青春阅读　幸得相见

有爱的青春陪伴者

你不是意外，你是我注定的必然，
命运把你带到我的身边。
我这个人从不信命，
但这一次如果是命运的安排，
我愿意妥协。

艾拟
AINI
◎著

上海故事会文化传媒有限公司
上海文化出版社

艾拟

A i N i

一只正在减肥的异地恋爱狗。

梦想成为女神，却莫名多出了个“经”。

有一个狗血体质，生活常常比小说还要精彩。

热爱文学音乐，喜欢弹贝斯和钢琴。

希望可以用轻松欢快的文字写出更多又暖又甜的故事！

微博：@ 艾拟的牛排

Z U O Z H E J I A N J I E

目录

Dengdeng,
Zhegehunyue
Youmaoni

目录

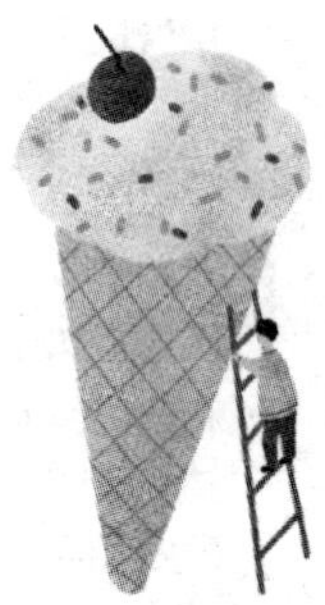

Dengdeng,
Zhegehunyue
Youmaoni

1.

两卷浮云稀稀疏疏地游荡在天边，盛夏的日光倾城，投射在人身上是火辣辣的灼热。

向绾走进某大型商场，不紧不慢地在更衣间里磨蹭着。

她打开奢侈的名牌背包，从里面“咻”地扯出一套戏服麻利地套到身上，然后将备好的假发瞬间盖在收拾得干干净净的秀发上，玉手轻轻拈起暗袋里的墨镜，优雅地推向鼻梁上端……

干练利落的短发，磁性的假耳钉，宽松的黑色西服外加一副肉色文身长手套，腰间缀着一支不易被发现的黑手枪……整个就一个女黑社会模样。

完美！

她满意地走出更衣间，在商场橱窗前借着天光来回照了几圈，越看越胸有成竹。

“向绾！”身后猝不及防地响起一个熟悉的声音，向绾立马进入十万分准备状态，从腰间迅速摸出一支烟叼在嘴里。

她嘟囔着：“怎么？”随后在口袋里摸索打火机，岂料搜了半天都没找着。

“绾……绾哥，你烟拿反了……”缓缓走近的余知羡表情明显崩塌，一向温和可亲的脸露出了难为情的神色，弱弱地提醒道，“还有，打火机……掉地上了。”

向绾一把踩住打火机，像没事人一样吆喝着：“哈哈哈！老子早看到了，干我们这一行的难不成还差一个打火机？来，你给我点上！”说罢，她不动声色地把头凑近，示意余知羡给她点烟。

过往的行人纷纷侧目，用一种相当惊疑的眼神看着这个穿着古怪、打扮浮夸的女神经。

这是21世纪好吧？谁家小孩吃饱撑着没事干瞎玩什么古惑仔啊！

余知羡明显抵不住众人那如同探测仪一般审视的眼光，硬着头皮弱弱道：“向绾，我……我……实在丢不起这个脸。”

向绾赶紧捂住她的嘴，把她扯向无人的小巷口，压低了嗓音：“你的脸不重要，我丢得起就好啊！委屈的是我好吧？稳住，别破功！我们现在的一举一动很可能都在对方的监视范围中……你说说，我刚才的演技是不是 perfect（完美）？”

岂止是 perfect，简直是宛若智障啊……

余知羡意味深长地摇了摇脑袋瓜，在接触到某人犀利的目光后又赶紧点了点头。

“既然你那么完美，我还是不去了吧，我怕我出戏。”她委屈地睨了眼身上和自己气质一点都不的装备，手里捏着的墨镜已经沾上一层细汗。

“别啊，干咱们这行的最讲究义气！对了，比起这个，你再好好瞅瞅我，我是不是很社会啊……”还未等向绾说完，余知羡的手机便响起，她趁机和电话里的经纪人讨论新书签售会的事宜，找了个借口立刻脱下服装闪人。

向绾望着这个没出息的家伙逃之夭夭的背影，拿着烟的手微微颤抖，但还是咳了几声，不慌不忙：“快去吧！老大说了，这边的事有我扛着，你就别瞎操心！这次的美人计靠你了！得罪了老大，看咱不弄死他！”

街边卖冰糖葫芦的老头见状，匪夷所思地瞟了她一眼。

这附近的治安真是越来越堪忧了啊！真想拿冰糖葫芦堵住这疯子的嘴……

“老伴儿，咱离她远点吧……”卖老冰棍的老奶奶及时制止了老头，开始弯腰挪摊位。

西餐厅就在街对面。向绾无视一路上投射来的“赞许”眼光，大大咧咧地推开餐厅大门。一阵怪风防不胜防地卷进了室内，站在门边接待的服务员呆愣了好半天才做了个“请”的手势。

向绾眼尖地瞥到餐厅一隅坐着个斯斯文文的男人，点了两杯咖啡正在等人，便风风火火地杀了过去。

一定就是他了！

连问好都免了，她霸气地一屁股坐在男人面前，猛地一拍桌子，叫来服务员。

“咖啡撤掉！一杯水就行，动作麻利些，眼睛给我看紧点！最近虎爷那头盯得紧，随时都可能暗中动手脚，我要是出了问题，你们这家店保准见不到明天的太阳！”向绾声色俱厉，一只手托着下巴，娴熟地摇晃着脑袋活动筋骨，面露狠色。

新来的服务员看到这架势，一时间也被唬住，颤颤巍巍地端上来一杯水，盘子抖得咯咯作响。

向绾无视来人的恐慌，心里暗自窃喜，继续绷着脸转而向对面的男人发话。

“我就和你打开天窗说亮话了。我向绾就是这么爷们儿，大概和你理想中的差远了吧？这门亲事我劝你再考虑考虑，一来嘛，我背地里加入这行随时有性命危险，你家祖上如今也算洗白了，断然不会想要我这种孙媳妇；二来嘛，我这人行事一向莽撞，保不准明儿个手一抖，枪支就伤着自己人，又或者连累了你家，刀子架在脖子上也没准……”

向绾连台词都不用事先准备，一旦入戏三两句说得那叫一个麻溜，想都不用想就信手拈来。凌厉的眼神外加痞气的姿态，这种演技舍我其谁？！

戏精本精非她莫属啊，哈哈哈哈！

岂料，对方似乎不太领情……

“你说完了吗？”对面的男人先是扬起食指指了指脑袋示意她看病，随后起身吐了口痰，斯文的人设霎时崩离瓦解，“你神经病啊！你混道上的？那你知道我谁吗？我才是道上的，我还黑白通吃呢，我现在就让局里叫人来，你别尿啊，男不男女不女的家伙……”

向绾一时间惊呆了，有那么两秒钟，她怔在原地宛若一座不可动弹的石雕，但随即稳了稳心神，镇住气场。

输什么都不能输气势！

电光石火间，她捞起桌上的水杯，“啪”地泼向对方的脸。

这下换对方惊呆了，龇牙咧嘴地瞪着她，气得说不出话来。

你小子被镇住了吧？

“嘴巴放干净点！我话说到这份上了，你好自为之。”

正当向绾准备起身“沉着冷静”地落荒而逃时，近旁的厕所一端，一个身着休闲运动服的男人突然走来，伸出手堪堪拦住了她的去路。

还有帮手？

但情况似乎不太对劲，要是只是帮手还好，偏偏……

“你叫向绾是吧？”他的嘴角忍不住抽了抽，尽量不去直视面前这个浮夸的女人，“你找的人不是他，是我。”

向绾：？

脑海中浮现三个字，糗大了！

搞了半天，原来眼前这个才是要对付的人……

皮笑肉不笑，气场不能输。向绾硬着头皮，干干赔笑：“呵呵，他嘛，自己人，我和兄弟闹着玩的。”

滚开！我没有你这样的兄弟！别乱认亲行吗？

斯文男欲哭无泪：“……”

肖岂沅：“……”

几秒后，向绾跷着二郎腿，心情复杂地坐在肖岂沅面前，余光瞥到两个和自己穿着相似的黑衣猛男礼数周到地将斯文男“请”走了，一颗心上蹿下跳，气势莫名矮了半截。

“好好给人慰问下。”肖岂沅先是淡淡地吩咐了黑衣猛男后，才把目光落到了向绾脸上。

这女人心理素质还挺不错嘛！不对，应该说是脸皮还真厚……

向绾感觉到被人注目，顿时觉得浑身不自在。

她一把揪起桌上的橙汁咕咚一口喝了下去，顿觉神清气爽。

“怎么，现在不怕有人暗中动手脚了？”肖岂沅嘴角扯起一抹轻蔑的弧度，精致的俊容上，狭长的一双丹凤眼里尽是玩味，眉宇间却是淡淡的疏离。

向绾尴尬，却还是硬气地随口胡诌：“素闻你为人光明磊落，不像会做这种事的人不是？”

对方似对这番夸赞很受用，好看的星眸亮了亮，语气却仍是一派深沉：“继续。”

向绾却话锋一转，撸起袖子故意露出肉色的文身手套：“想必刚才我说的话你也听见了，其实……实不相瞒，那小子暗恋我，我今天是来做了断的。同样的话我不会说第二遍。听说你不是会随便委屈自己的人，其余的理由就罢了，最重要的是，我不合你胃口对吧。所以啊，这顿饭也别吃了，我这种不配当你的下酒菜嘛！话不多说，我那帮兄弟还等着我，先行一步！”

向绾抱拳作揖，眼睛直勾勾地对准了大门，脚底像抹了油一般动作飞快，一个利落的转身就要溜。肖岂沅却立马扯住了向绾的衣领，身高劣势的向绾脖子一紧，差点被人拎了起来。

“这就要逃？别急啊。”他居高临下地对着她的脖颈说话，一股温热的气息惹得她颈后有些痒，四周的空气莫名有些暧昧，“看来，你对我似乎存在一些误会。”

“什么？”向绾机灵地从他手上挣脱开，抖了抖衣襟，昂首挺胸，英气盎然。

“我并不打算放你走。”

“那你想？”

“多坐一会儿。”肖岂沅摁住向绾的肩膀，向绾被迫弯下膝盖陷进沙发里，不敢轻举妄动。

肖岂沅扫了一眼暗处坐着的几个客人，随后目光灼灼地望着她，刻意将音量放大：“有些话我就明说了。像你这样的，很有个性，我喜欢！”

周遭的气流有一秒钟的凝滞。

随后……

“你这品位也是……”向绾差点就暴走了，这人怎么不按套路出牌？好在仅存的一丝理智拯救了她，“也是……很独特嘛！那我考虑考虑，咱先上个洗手间。”

向绾强压制住爆粗口的冲动，从沙发上直接蹦了起来，风驰电掣地躲进洗手间，然后捞起电话给肖昱来了一回夺命连环call，声泪俱下。

“肖儿子，你怕不是在逗我吧！不是你说他喜欢贤惠端庄大方的那种吗？怎么这么快就变了，专门好糙汉这口了？”

电话那头的肖昱语气很是冷静：“他亲口说的我还能骗你不成？这个世界计划赶不上变化的事太多了，也可能他看到你的瞬间转型了。”

“还有这种bug（漏洞）？这怎么成？赶紧找人来救我啊！”

“救你？比起救你，我更想救我哥和我大伯一家。”摊上了向绾，他们肖氏有得折腾了，要不是碍于老爷子太难搞定，他还真不忍心看着堂哥就这么牺牲。

电话那头的肖昱不由得嘲讽地笑出了声。

“肖昱！你就算在国外，国内也有朋友吧。你……喂？喂喂？”

向绾目瞪口呆地看着挂线的电话，一下瘫坐在马桶上瑟瑟发抖。

苍天饶过谁？！

现在怎么办？赶紧改变人设吗，还是以不变应万变？

是要将那男人踩在脚下霸道宣示不合胃口，还是破罐子破摔献身强吻让他不禁作呕？

这次真是摊上事了！

而事情的起因，还得从三天前说起啊……

2.

三天前，正是肖老爷，也就是肖岂沅的爷爷肖大状的七十大寿。

虽说已经年到古稀，肖老爷子却还是精神矍铄，意气风发。毕竟，他年轻时是一名赫赫有名的军官，处事一向雷厉风行。而老爷子的弟弟，也就是肖岂沅的叔公，从小不学无术，仗着肖家祖上那点儿黑道背景，这么多年来混得有声有色如鱼得水，因此肖家更加巩固了在外人眼里不敢轻易得罪的名门望族地位。

而肖氏家族传到肖岂沅他爹肖大头这一代，算是洗白了。肖大头本本分分地在医界里摸爬滚打，最终坐上了市第一医院院长的位置。儿子肖岂沅自小就是个天才，三岁识得药材，五岁能通医书，长大后，中西医兼修，如今刚完成八年学业已是第一医院新晋的外科医生。

这还仅仅是肖岂沅父辈的名望，至于母亲那头嘛……

“咳咳！”

宴席正进行到关键处，肖大状颇有些不满地横了眼正在装 × 的小孙子，示意他赶紧收起那副显摆的嘴脸，别让桌上的长辈笑话。

小孙儿讪讪地打发走前来八卦的同学，沉默地旁观大人们的谈笑风生。

“大状啊，我看你岁数照样长，精神却是一点儿也不减当年啊！”拜把兄弟向大山端起酒杯，走向老爷子身边祝寿，脸上是几许酡红。

老爷子严肃的神情方才有了一丝悦色，搂着铁哥们感慨：“时间过得快哟，一晃眼就老了。好在江山代有才人出，我家岂沅一看就有我当年的风采，现在我唯一的心事就是他的婚事了。”众所周知，肖岂沅是老爷子最宠爱的孙儿，俗话说成家立业，如今已立业还未成家，这的确是家里上上下下未了却的一桩心愿。

向大山听他这么一说，突然想起一茬子事。

“大状，你不会是忘了当年我们定下的娃娃亲了吧？”

话音刚落，默默无闻的肖岂沅脸蓦地变成了猪肝色，转眼瞟向肖老爷子，顿觉事情不妙。

“啊！”向大山微醺的酒气一下子令肖大状清醒了不少，他一拍脑袋，过往云烟悉数想起，“怎么会忘！红纸黑字呢不是！我可是军人，军人最讲究信誉和承诺了，哪有反悔的道理。这事作数，这事作数！明儿就让他们碰面！岂沅，你听见了吧？”

几许阳光透过窗帘在肖岂沅的发间铺散开来，更加映衬出他脸色的阴沉。

“不许沉着脸！”肖大状一点情面也不留，严肃地数落孙子，手里的拐杖“咚咚”地砸向地板，“我见过那孩子，一定不会让你失望！”

于是，迫于肖大状的威严，肖岂沅明智地选择了权宜之计。

见个面，演出戏有什么损失呢？先把老爷子哄开心了，再慢慢想办法，这才是万全之策啊……

而相比起肖岂沅的“老奸巨猾”，向绾明显是沉不住气的小年轻。

“什么？”当她从孝子老爸口中得知此事时，她正气喘吁吁地站在拍卖会场外的某个幽僻处。

“本来就没有挽回的余地，现在？你自己看着办吧！我爸正在气头上，说是太宠着你了！你拍卖就拍卖，偏偏被他逮个正着，他老人家还以为你终于定下心来奋斗学业了呢。”

向绾欲哭无泪，奶声奶气地向老爸求饶。

她不过是逃课来给老妈买生日礼物，谁知道这么巧，向大山也在现场，还和她看上了同一件拍卖品！于是，在向大山打断她的腿之前，她赶紧迈开脚丫子跑了。什么礼物都不重要了，还是保命要紧。

“你也知道你爷爷他特要面子，答应了肖军官的事不可能算了。你现在又大手笔花他给你的零花钱，还是以逃课为代价，我要是你爷爷，我也得活活被你气死！行了，你就替你爸我想想吧，爸爸的上头还有个爸爸，你要是不去和肖岂沅见面，你让我爸爸的面子往哪儿搁？”

“我也是为了老妈……”

“你这丫头片子还狡辩！你要是为了我老婆的生日礼物，一件就够了，你还多拍了一双高跟鞋干啥？你爷爷可都跟我说了，你在会场上的一举一动他都看着呢！”

向绾一时没了话，认尿了。

好吧，她的确是有那么一丢丢私心，谁让她从新闻上得知，那双梦寐以求的水晶鞋正好会在此次拍卖会上展出呢……从小到大就这么一次，没想到被抓个现行。

“总之，你最近给我收收心，别在那天见面的时候给向家丢脸知道吗！”

被向爸爸怒气冲冲地挂了电话，向绾心虚地回到了学校。

一开始，她以为时间是最好的良药，等老爷子气消了，她就有解释的机会了，直到——零花钱被克扣，银行卡也被悉数收回，她清楚地意识到老爷子这次是动真格的了。

望孙子成龙，望孙女成凤。向大山没有孙子，就盼着向绾这么一个孙女能有点出息，谁知她竟敢翘课跑去拍卖会场挥金如土？一次都不行！这孩子开始叛逆了！

向绾心知肚明，老爷子失望了。

她知道，钱倒是小事，只是眼下她伤了他的心，这个罪过不得不弥补，而解决的办法就只有一个，那就是顺从。

于是，向绾答应了这次始料未及的约会。

不过是一次见面，她有自信搞定这个名叫“肖岂沅”的家伙。

等等……肖？肖岂沅？

这不是肖昱那小子的堂哥吗？

想到这里，向绾蓦地掏出手机，给身处异国的“竹马”打了个电话，打探肖岂沅这家伙的喜好。

“肖昱啊，这次你不帮我，我就要成你嫂子了，你也不希望我骑你头上吧！”

“……”

“你赶紧打听下，肖岂沅这厮喜欢哪种女人？呵呵，放心吧，不管是草莓味、榴梿味，还是芥末味的，我一定会为了‘爬上他的床’而不择手段的……呸，我一定会让他跪着祈求退婚的！”

“……”

“据你平时观察，他到底直的弯的，这个总该知道吧。”

“……”

于是，在肖昱的探听下，向绾胸有成竹地从衣柜里挑出当初买的戏服，阴笑着在脑海里自导自演了一场“黑涩会美眉重出江湖”的剧，跃跃欲试地期待着三天后的到来……

3.

这不是我要的剧本啊！

此时此刻，向绾孤立无援地从洗手间施施然飘回了座位。

受到惊吓的她，凭借超强的心理素质，勉强撑着口气继续拼演技。虽然这突如其来的告白令她产生了“猝死”的冲动，但她坚信还有力挽狂澜的余地。

她跷起二郎腿，重新摆出一副漫不经心的模样。她从口袋里摸出一包烟，故作老成地推到肖岂沅面前。

“兄弟，来一支？”

肖岂沅明显不大高兴，他忍不住皱了皱眉头，用的是绝对颐指气使的语气。

“向小姐没看见西餐厅禁烟？”修长的手指了指禁烟标志，兀自在心里吐槽这个粗鲁的女人。这叫不错？他开始怀疑老一辈人的眼光了。

向绾瞬间有些小得意，更加嚣张地表现自己的“社会”气息。

她不停地晃动着手臂，向某人展示文身手套上的“小猪佩奇”标志，眼底不自觉地滑过一丝狡黠。

小猪佩奇身上文，掌声送给社会人，这小子不会连这都不知道吧。

为什么肖岂沅看自己的眼神如此……淡定呢？感觉像是在宣告她……无可救药？

意识到此招行不通的向绾放弃了向大家展示“小猪佩奇”的机会。

可惜了，多逼真的文身啊……她叹了口气，终于使出大招。

她把双手插进衣袋里，虚晃着下摆，时不时地露出腰间处插着的那把黑色手枪，白皙的小手有意无意地朝那里戳来戳去。

看见真家伙，怕了吧？

向绾勾起嘴角，眼神佯装无意地四处流转。

肖岂沅对这一切尽收眼底。他头疼地看着这个神经质的女人，眼角也不禁抽搐，忍不住低下头来嗤笑了一声。

“点菜吧。”换作平时，他早就忍无可忍地掀翻桌子了，只是这次……他抑制住一口老血喷出来的冲动，暗示这女的赶紧做点正常人该干的事吧。

岂料，这女人相当不给情面地回绝了。不，应该说是相当自觉地放弃了治疗。

“不必了。我不饿。”

肖岂沅对她的态度“很是关心”：“那我就不勉强了。我吃我的，向小姐自便，都是自己人不必客气。”他决定无视这一切，放任她继续在一旁做奇怪的事。

向绾以为这男人拿自己没办法，喜滋滋地在心里夸自己演技了得，又开始酝酿如何脱身。

一盘热乎的牛排端了上来，工整地放在肖岂沅的面前，香气扑鼻。向绾忍不住咽了口唾沫，郁悒地看着某人有条不紊地切割牛排，动作那叫一个优雅。

飘香四溢的牛排味无障碍地在空间里蔓延，不知道什么时候起，一只大头蝇嗡嗡而来，嚣张地在两人的餐桌上盘旋。它体形之硕大，不是一般的苍蝇可以企及的。

它一会儿停在肖岂沅的肩上，一会儿又趴在肖岂沅的餐盘上，向绾看着都觉得恶心，谁知这个男人不仅不赶大头蝇走，还相当自如地叉起一块牛排送入口中。

大头蝇似乎也开始不满了。

它“唰”地停在肖岂沅的手臂上，飞快地舔了他一下，随后逃命似的盘旋回空中。

无事可做的向绾忍不住把视线落在那大头蝇身上，眼看着大头蝇越飞越高，就要飘走……突然，它像失去了方向一般晕头转向，莫名其妙地越飞越慢，越飞越低，扑扇的翅膀的频率就像在唱着“跟着我左手右手一个慢动作”一样，屈指可数。

最后摇摇欲坠，还未等向绾把它扇走，一个失衡，大头蝇“啪”地就掉进了向绾的橙汁里，正在用吸管吮吸橙汁的向绾神情瞬间变得很复杂，内心的大厦轰然倒塌。

“咳咳咳！”她扼住喉咙，胃里一阵翻江倒海。

肖岂沅却连眼皮子都不眨一下，适时地进行补刀。

“大头金蝇，可药用，幼虫入药，有清热解毒、消积化癖之功效。只可惜……”

“可……可惜什么？”向绾明显读出他话中有话。

肖岂沅放下刀叉双手交叠着放在桌面，一本正经地说：“可惜，这一只明显已经是成虫。”

“……”向绾的表情仿佛被五雷轰顶，面部肌肉莫名扭曲。

好不容易气运丹田稳住阵脚，她忽然意识到自己很可能目睹了一场谋杀案。

前一秒还身强体壮的苍蝇怎么突然像猝死一样呢？在这期间，它唯一接触过的人只有一个！

肖岂沅。

我去，难道这个男人作为曾经混迹黑道的肖家十几代传人，真的拥有杀人于无形的本事？连一只骚扰他的苍蝇都不放过，这手段，这心思……自己今天不会竖着进来，横着出去吧？

别瞎想了，这可是法治社会啊……

脑补着这一切的向绾不由得缩了缩脖子，指尖不受控制地绞着衣角。

而接下来的一幕更令她肯定了心中的猜测！

就在她暗自怀疑时，一只白色的毛茸茸的狗悄无声息地踱到桌角，眨巴眨巴眼珠子，痴痴地望着肖岂沅叉子下的牛排。

肖岂沅用一种君临天下的气场震慑住这条狗，摆出眼神示意它走开。然而这条狗显然不是一只普通的狗，它很可能是一条高智商的“阿法狗”，硬的不行它就来软的。

它二话不说就蹿到了肖岂沅怀里，温顺地卧在他的大腿上，舌头有一下没一下地舔着肖岂沅的手。

肖岂沅的脸色顿时阴郁下来，如同浓云密布，单手把小家伙直接提了起来，放回地上。

无辜的狗子泪眼汪汪，眼神越渐迷离……

如果眼神可以射杀动物的话，这只狗子大概是被肖岂沅谋杀的？！

总之，几秒后，狗应声倒在地上，一声不吭，看起来像是一命呜呼。肖岂沅无奈地觑了眼“尸首”，勾勾手指，方才的两个黑衣猛男旋即出现，抱起狗无声地退下。狗主人发现这一切后捶胸顿足要找某人算账，牵着另一只更大的狗在一旁垂泪：“二狗子，你怎么了？”结果被黑衣猛男拦住，“请”到另一头安抚情绪了。

我去，这什么情况啊？敢情这两个男人是他的贴身保镖？而他难道就是那个江湖中传言屠狗不眨眼的冷血杀手？心狠手辣、阴险无情，连一只手无缚鸡之力的狗都不放过。这种人要是结了婚还了得？

面前的肖岂沅莫名打了一个喷嚏，拿出手帕高雅地擦了擦，淡定地说：“它只是睡着了。”

睡着了？

逗三岁小孩的吧。

向绾的太阳穴突突地跳，全身血液倒涌，莫名地腿软。她不由自主地扶额作头疼状，心里已经开始打退堂鼓了。

她捻了捻衣角，故作镇定地站起身来，稳住气息：“肖先生，既然我该说的也说了，那我就先走了。”

肖岂沅抬眼悠悠然地扫视她，神色不明。

“向小姐要是有急事先走也无妨，反正，我已经表明过我的立场了。”他的语调莫名有些上扬，像是要和在场的所有人宣布似的。

“行吧，但是你的立场不重要。”

向绾在心里长吁一口气，正打算拔腿走人，某人轻佻的声音冷不防追了上来。

“只是……”肖岂沅不疾不徐道。

“只是什么？”

肖岂沅的身形依然挺拔，声音依旧倨傲，话语里却分明有一丝嘲弄的意味：“只是忘了提醒你，你的玩具水枪漏水了。”

向绾：？

她怔在原地，下意识地低眸查看自己的腰际——

果然！

白色的衬衣早已被盈盈水泽浸透，湿漉漉地贴在身上，肌肤若隐若现。那把余知羡花低价为她购来的劣质手枪，此时正一脸无辜地缩在皮带里。

向绾一句粗口在喉头里滚了几遭，最后愣是被她吞了下去，只东拼西凑出两个字：

“谢谢。”

“小事，不用谢。”肖岂沅得意地目送她离去的背影，直至在视线里消失后，才缓缓放下了刀叉，取过餐巾纸傲然地抿了抿嘴。

“可以滚了吧？”他偏过头对两个黑衣猛男怒道。

两个黑衣猛男面面相觑，三秒后消失得无影无踪。

肖岂沅遂穿着与西餐厅格格不入的运动装，迈开长腿快步离去。他的下巴微微上扬，俊颜上挂着一如既往的桀骜神情，像是穿梭于群山之巅狂妄的风。

向绾？

呵，这女人还真是个极品。

4.

出了西餐厅，向绾相当狼狈地拦了辆出租车走人。

“小姐，去哪儿啊？”司机师傅对着后视镜瞄了一眼，顿时有些心神不宁。

大夏天的，长袖西装掩得严严实实，漆黑的墨镜后似是一双泛着凛冽寒光的眼，耳朵上是满满的一排耳钉？上面镶嵌的钻石在阳光下都快闪瞎他的狗眼了！

糟了，这女人不会是精神病院逃出来的病患吧？

“师傅，去S大学，越快越好！”向绾看这司机磨磨蹭蹭的，蹙了蹙眉头不悦道。

“好好好！”司机二话不说油门一踩，巴望着赶紧将这个不明人士卸下车。

然而，这女人的举动实在太可疑了！

车一启动，向绾就再次拨通了肖昱的电话意图兴师问罪，没想到这小子竟然关机，于是打给了余知羡。

入戏太深的向绾开口就是大哥小弟，社会气息扑面而来。

“小弟，你今天不来，大哥孤立无援地被坑惨了啊！”

“小弟，你怎么能贪小便宜给大哥我买这种低廉的东西呢？关键时刻出娄子，擦枪走火你懂不懂啊？”

“行了，你先忙吧。我和他这样算没完了。来日方长，应该有机会再扳回一局。”

挂了电话，向绾仍心有余悸。

“司机，来点音乐吧！我需要放松下心情！”

司机一边顺从地打开广播，一边试图摸底：“小姐，这是遇到什么事了吗？”

“没事，就是被人盯上了……”向绾一手撑在车窗边神游，漫不经心道。

“被人盯上了那还不叫事？”司机立马打起十万分精神，警惕地看着后视镜。

向绾对他的一切举动浑然不觉，自言自语道：“好热啊！”

说罢，她三下五除二地脱下西装，挽起袖子，露出了五颜六色的文身。司机对着后视镜一瞧，顿时受到了十万点伤害！

那……那是什么？

这人好社会，不会是放高利贷的吧，还是不良社会青年？身上还有枪。

司机师傅猛地一踩刹车，停在了路边，转过身来双手合十。

“女侠，放我一马吧，我上有老下有小能做个司机已经不容易了，你饶我一命吧。”

向绾愣在原地不知所措，顺着他的目光发现此人正注视着自己身上的这把水枪，于是马上拿起来澄清。

还没等她开口，司机立刻老泪纵横：“别！等等！我给你钱行吗？”

“给钱？哈哈哈，假的啦！你也觉得我演技了得吧？还是你有眼光啊！”

向绾按下水枪按钮，水珠立马溅到了“小猪佩奇”身上。她笑嘻嘻地取下手套，露出了白皙细腻的肌肤。

司机愣在原地，突然觉得应该改变路线把这人送回医院去……

肖岂沅离开餐厅后便驱车回肖家老宅，此时此刻，他正不满地看着前方那辆一会儿慢下来一会儿又开得飞快的出租车，强行忍住了按喇叭的冲动。

除去这辆乱窜的车，目前路况十分完美，不能鸣笛破坏这完美的交通秩序啊，嗯，需要完美。

于是，他猛地踩下油门，超车了。

超车的瞬间，他侧目瞟了眼车窗，不料看见了这样一番场景——名叫向绾的女人猛地扯下自己的假发，直接塞进了口袋里。

肖岂沅机械地把余光收了回来，只觉得背上凉凉的。他假装什么都没有看见，飞速地回到了父母家。

“我回来了。”刚进门，肖岂沅的视线在接触到满屋子摇篮、布娃娃、滑滑梯后便虎躯一震，感觉自己好像走错了屋子，差点扭头走人。

好在肖妈妈及时扑了上来，紧跟在身后的是一向不苟言笑的肖大状。

“儿子，你终于回来了！”

肖岂沅巧妙地躲开亲妈的热情拥抱，转过身要去换鞋，却一脚踩到了地上的一只戏水小黄鸭，一声尖叫响彻屋际。肖岂沅英挺的背影僵了僵，小心翼翼抬起脚看向地面的玩具。

谁能告诉他这么丑的鸭子……

“这是什么？”他问。

肖妈妈心疼地捡起小黄鸭，拍拍灰尘：“臭小子，我未来孙子的玩具被你踩脏啦！”

“……”

“先不说这个了，我和你爷爷都在等你的好消息呢！怎么样，我家绾绾是不是很非比寻常，与众不同呀？你爷爷说，向大山调教出来的孙女他放心，这门亲事啊指日可待！”

肖岂沅沉稳的脚步顿了顿，额头上出现了一排黑线：“的确很……特别。”特别抽风！

肖爸爸闻声从客厅里走来，搂过肖妈妈，然后从口袋里抽出了一沓照片。

“亲爱的，未来亲家亲自送来的照片！”

肖妈妈喜出望外，巴巴地望着照片上的美人，一口一个“我儿媳妇真美”“明天可以开始备孕了”……

肖大状的脸上也难得露出一丝笑意，看着肖妈妈刚刚采购的一屋子婴儿用品，心里觉得这个儿媳妇办事真是滴水不漏啊！

“……”肖岂沅看着这一家子简直无言以对。他瞥了眼照片上的人，面上没有一丝波澜，心里却不禁嗤笑。

照片上的向绾长发飘逸，五官出落得精致大方，笑容亲和力十足，脸颊上缀着两个浅浅的梨窝，就像小小的酒杯，里面斟满了醉人的甘醇，然而……

呵，就这样也想垂涎自己这块肥肉？肖岂沅暗暗思忖，桀骜的脸上闪过一丝僵硬。

站在一旁的肖大状好像发觉了孙儿的不对劲，板着脸问：“怎么，今天的见面搞砸了？给人难堪了？”

“没有。这事爷爷你应该比我清楚，不是吗？”肖岂沅不耐烦地换了鞋子往里走，摆摆手继续道，“该说的我都说了，问题可不出在我这儿。”

是啊，黑锅就让那个叫向绾的女人背去吧。

然而，肖大状倍感满意：“能有什么问题？有些事本来就该男人主动。反正我觉得那孩子很好，表演系出来的人就是活泼。你们很般配。自己的孙子，我懂你的品位。”

不……你不懂……

肖岂沅无语凝噎，风尘仆仆的一群搬运工突然出现在门口，呈一字形排开。

“肖夫人，根据订单显示，您的婚庆室内布置服务到了，是否现在就开始进行呢？”

肖妈妈心满意足地看着众人手里的红“囍”贴，红缎带，红地毯，乐得合不拢嘴：“好好好！你们公司服务真周到，昨天订的单今天就准备齐全了。快进屋布置布置吧，咱家也是许久没这么喜庆过了。”

众人礼貌地点点头，走向了肖岂沅的房间……

一时还没反应过来的肖岂沅惊愕地站在门口，幽然按住肖妈妈的肩膀。

“妈，你这是在做什么……我又不住这里。”

“我知道啊！”肖妈妈毫不介怀地转过身给肖岂沅整理领带，“所以我预订了一拨更好的服务，过段时间上你家，记得查收哦！”

肖岂沅：“……”

1.

“嘿嘿，所以，你真的把水泼到了别人身上？肖岂沅运气真好，躲过了一劫……”

“不不不，你懂什么，还好我没把水泼到他脸上。你都不知道，他身边跟着那两个三大五粗的家伙，就我这身板，估计单手能把我扔出地球！”

S 大宿舍楼下，余知羡挽着过敏的向绾朝着校门外走去，一边走一边讨论着某件难以启齿的大事。

向绾白净的鹅蛋脸上顶着一副大大的墨镜，面颊上裹着只黑色口罩，头上还戴了顶硕大无比的渔夫帽，看起来就跟个狗仔似的。相比起她微低着头的神神秘秘，余知羡明显看起来正常多了，秀气的瓜子脸上有一种别样的温柔。

“没那么夸张吧？我比较好奇的是，肖岂沅的品位，你不觉得真的……好特别吗？”余知羡压低了声音缓缓道。

“对对对！”向绾忍不住扯掉口罩飙高音量，说完后莫名觉得怪怪的，“好像又不太对劲啊，你几个意思？你是说他看上我很没眼光喽！”

余知羡接收到某人很不满的眼光后，眼神嗖地柔和了下来，声如蚊蚋地纠正她：“向绾，你好像立场不坚定啊，你的目的不就是……”

向绾猛地一拍脑袋，突然“精分”。

“对，余知羡！你别扰乱我的思路好吗？总之，肖岂沅那小子还玩什么一见钟情的套路，要我说这种人最不靠——”

向绾忍不住叽里呱啦地说了一堆，声音越说越响，前脚正要迈出校门，突然不经意间放眼一瞧，向大山就站在不出五米的警卫室正直直地盯着她看，一双眼睛眯得紧，也不知是看不清还是在观察着什么。

向绾莫名尿了，面部原本扭曲的肌肉急刹车来了个重组，一个“谱”字还没说出口，赶紧吞了下去。

“噗！嘴里好像有个脏东西。哎哟，知羡啊，当时的场面那叫浪漫，我都感动得快哭了，你记住了！从头到尾，我绝对没有轻视这场约会的意思，那天双方成功会师，过程相当愉快！一切都是命中注定，我要感谢我亲爱的爷爷给了我这个机会，我……”

“向绾，你这是怎么了，你刚刚可不——”蒙了的余知羡一句话还没说完，向绾飞快地捂住了她的嘴。

“别别别！别说出哪怕一句你嫉妒我的话，因为这会使我的幸福感爆棚，我不愿将我的快乐建立在别人的痛苦上。”

余知羡：“……”

向绾赶紧戴上口罩，目不转睛地深情凝望着余知羡，余光却一个劲儿地往向大山那边瞄。

向大山本想躲在警卫室门边多听几句，越听越觉得像被洗脑，看样子，他这个孙女又在蛊惑人心了！

“咳咳，够了！你当爷爷来听戏的吗？再说下去，你爷爷我是不是还得膜拜你那张嘴能说会道啊？”向大山背着手缓缓走了过来。

向绾慌忙放下捂住余知羡的手，亲切地迎了过去，弯着腰笑眯眯地扶着向大山。

“哪里的话！爷爷，您怎么也不说一声就跑来看我啦？我乖得很呢，那天的事……”

肖岂沅不会真那么小心眼跑去长辈那儿告状了吧？

向绾心里虽隐隐不安，嘴上却仍想着试探试探。

“那天的事……大状都和我说了，很满意。看来你倒是没给我添乱，安分了些。”向大山摸了摸胡子，终于恢复了笑容。

没想到这小子嘴巴还挺紧，看来是真心实意看上自己了。

这真的太糟糕了。

“我哪敢添乱。”向绾恬不知耻地乘胜追击，一边笑一边忍不住扬起手在面颊边扇来扇去，“添乱？我以后给您添重孙还差不多，对吧？”

向大山知情知趣地打断她：“呵呵，你少花言巧语。你告诉爷爷，大热天的，你把自己蒙得跟个特务似的，又是怎么回事？”

被人提醒的向绾这才想起自己身上的不适，面颊一阵又一阵地犯痒，手指禁不住伸进秀发里挠了挠头皮。

要不是眼下身在公众场合，她早就把手伸到后背上了。

“爷爷别担心了，我就是老毛病，过敏呗！这次啊，据我从小到大的过敏经验判断，可能是荨麻疹……我正要去医院呢！”

“怎么又得荨麻疹了？”

“网上说了，荨麻疹的病因非常复杂，四分之三的患者都找不到原因，我要是知道的话，我都可以成医了。”

成医？

向大山略微蹙了蹙眉，环着手打量着向绾。

荨麻疹，荨麻疹，啊呀，老肖那孙子不就是皮肤科医生吗！

当下，向大山就决定给这两孩子制造第二次会面的机会，这可是未来孙女婿表现的好机会啊。

“你这孩子，得了荨麻疹哪能是小事，赶紧的！我现在就让司机送你们去市第一医院，那里的皮肤科最有名！”向大山不容辩驳地下命令，亲手把向绾塞进了车后座，然后火急火燎地赶到了第一医院。

余知羡呆呆地看着眼前的一幕，愣住了。

那啥……向绾家的办事效率果然名不虚传啊。

向绾反应过来的时候，已经攥着病历本和预约单站在了皮肤科门口。

这是她第一次来第一医院，看到皮肤科门前的长队时着实惊讶了一番。在她前面挂号的人还有十几个，在她后面的更是数不胜数。候诊厅里的座位已经被占满，向绾不得不讪讪地倚在墙壁上等待叫号。

难道，今天是荨麻疹日？本市所有妇女同胞，年轻女士都得了荨麻疹？

排队的间隙，向绾闲来无事开始听左右两边那群女生有一搭没一搭地聊天。

“这么巧啊，你今天也来了？你皮肤怎么了？”

“我？嘿嘿，皮肤粗糙算病吗？老实说，你和我来的目的不会是一样的吧。”

“你的目的怎么会是和我一样呢？应该说是和这边绝大多数人一样好吧？看来你也听说了新晋的皮肤科医生长得很帅啊，就是不知道性格怎么样？上次我朋友来看过一次病，说是一见误终身啊，强行要人家的微信，却被无情拒绝了……”

“其实我们俩算好的了，光明正大地来看帅哥。你看，旁边那个女的，太浮夸了吧，把自己整得跟个什么似的，有点此地无银三百两啊。”妹子一边说一边有意无意地朝向绾那里努了努嘴，殊不知自己的字字句句已经被听力超常的向绾全听见了。

向绾感觉自己的背莫名好沉重……不，平白无故地凭什么背这个锅呢？

向绾忍不住上前几步，凑到两个女人的脑袋中间，猛地甩掉背上的锅耿介道：“姐妹们，我是真的有病！”她一边说一边扯掉脸上的口罩露出长着风团，肿胀的面颊。

两个妹子吓了一跳，赶紧后退一步。

“你们不觉得自己很影响医院秩序吗？能不能别没病装病影响真正有需要的人治疗啊！这里又不是动物园，医生有医德，你们这叫没有病德！”

说罢，向绾推了推脸上厚重的墨镜，正气凛然地走开了，只留下那两个妹子尴尬地愣在原地。动物园？她把坐诊医生当什么了啊！

办公室里的某医生莫名打了个喷嚏……

不远处，候诊座上的一对母女将这一切尽收眼底，对向绾投来了善意的微笑。向绾摘下墨镜对着小女孩眨了眨眼睛，小女孩咯咯笑了。向绾正要走过去寒暄，急促的手机铃声突然划破医院里的相对沉寂，她赶紧接通。

“绾绾啊，你爷爷说你又过敏了，妈有些担心你，你没事吧？”电话里的向妈妈紧张兮兮。

向绾很是释然：“妈，从小到大，我都习惯了。没事，在候诊呢！”

“唉，苦了你这孩子，生下来就是易过敏体质。佛祖保佑，总算苦尽甘来，你爷爷说那孩子就是医生，你以后可以享福了，何必动不动就上医院呢？”

向绾听得一头雾水：“什么孩子啊，妈，你在说些什么乱七八糟的啊？”

恰巧候诊厅屏幕上出现了向绾的名字，她一边压低嗓子，一边快步朝皮肤科室走去。

“行了，妈，我先不和你说了，要见医生了——”向绾把电话垂放，推开办公室的门……

顿时，她脑中轰然一响，心里咯噔一声——

一个男人正一派谦和地坐在办公椅上，抬头扫了她一眼。

须臾间，向绾觉得双腿有些不得劲，一只手强行扶住门把手，把持住有些虚软的身子，结结巴巴：“怎……怎么是你？”

那人重新低头，不温不火地回她：“怎么不能是我？”

向绾：？

慌乱间，她重新拿起电话，打算让老妈解释解释：“你说的那个孩子不会就是……喂？喂喂？”

电话那端早就挂了。

向绾放弃挣扎，瞠目结舌地看着办公桌上摆着的名牌——

肖岂沅。

三个大字像利箭一般刺入胸口，向绾顿时觉得万箭穿心！

妈呀，原来她耐着性子排这么久的队，就是为了亲手把自己送入虎口！这不是活生生的大型坑孙女现场吗？

啊，对，她怎么就没记起来肖家还是个医学世家呢！

一将功成万骨枯，向爷爷才是那个将啊！

2.

站在皮肤科室门口的向绾，此时心情是很崩溃的。

没想到前两天刚丢完脸心情稍有缓解，今天就毫无准备地再次交锋，还是以现在这副丑样子？！向绾心中顿时飞奔而过一万只羊驼。

顶着一种不战而败的不祥预感，她进退维谷地杵在门边，进去也不是当场走人也太丢脸，于是——

“你还要在门口站多久？我办公室的门把手快被你扭断了。”肖岂沅等得有些不耐烦了，一双锐眼不偏不倚地盯在向绾身上，无视门边频频探过头来八卦的广大妇女同胞，“你要是不看病后面还有很多人等着，下一个。”

“等等！”向绾一听立刻出声，自己花了一小时排队的工夫就要当作虚掷光阴，赶紧跨了进来，砰的一声关上了门。算了，就当是排了很久的队终于买到动物园的门票吧！

她坐在凳子上，把病历本端到了某人面前。

岂料，某人根本就没有接，向绾有些囧地放到了办公桌上。

肖岂沅的眉眼间几不可察地闪过一丝嘲弄。

向绾不经意间对上他那双深邃又明亮的眼睛，一时间竟也不自觉地怔了怔，脑子里突然想起了不知道哪天看到的言情小说中的片段——他的眼睛像是投掷到深海里的一颗钻石，虽埋于黯黑的万丈深渊，却难掩金华万里的流光溢彩。

当初她还跟知羡吐槽来着，说现在的小说是怎么夸张怎么来。

直到今天——

原来这个世界上还真的有这样的眼睛啊，真好看。

肖岂沅见向绾有一刻的恍神，哼笑了一声，伸出手摁住她的病历本，眉梢一吊：“想看病？特意来这里，是连带着想看我的意思？”

向绾立马回过神，无语道：“今天来这里是我失算，总之，我立场像上次那样坚定，你别以为我和你两情相悦就好。”

“呵，”肖岂沅突然轻笑，向绾隐隐不安，“向小姐该不会是当真了吧？”

他一边说一边上下仔细地打量了向绾一番，向绾顿时觉得毛骨悚然，倍感羞耻地捂住胸。

这人怎么和上次不太一样啊！莫名欠抽，上次不是还一口咬定“喜欢”吗？

难道……这其中有诈！

“既然向小姐立场坚定，那我就直说了。上次的事，我们不过是各自演了一出戏。老头子派了眼线，我不得已而为之，希望向小姐不要把那天的事当真。”肖岂沅淡淡地说。

“哈哈哈！你在搞笑吗？我怎么可能当真，笑死本宝宝了。我那天早就看出来了你在演，所以我配合你来着！”向绾笑得花枝乱颤，声音清脆响亮，生怕别人不知道她如此“强悍”的观察力。

肖岂沅狂汗地看着又开始抽风的向绾，绷着俏脸，继续道：“既然如此，在看病之前，我想提醒你，你应该明白些什么。”

“什么？”

肖岂沅那双漆黑如深潭的眼直直地扫过向绾的眼睛，黑白分明，奕奕有神，带着那么点慵懒和桀骜。

“我的身边不需要女人，你应该懂我意思吧。”

向绾挠了挠发痒的脖子，心想，他是叫她自觉点滚蛋吗？拜托，不用他赶她走，她也看不上他好吗？

想到这里，被激将的向绾不由得提高嗓门：“别废话了。你委屈，我比你还要委屈好吧？这破婚约我可不稀罕。你赶紧的，我拿了药就走人！”

肖岂沅那张邪媚的俊颜上突然扬起一抹讳莫如深的笑。

“看来，向小姐也并非一窍不通。有些事，我并不想为此伤脑筋。毕竟，我这颗脑袋是用来看病的，不是用来思考儿女情长的。”

听他这么一说，向绾的脑门上不由得冒出涔涔冷汗，爽快地把话挑明了：“什么事不事的？我走我的阳关道，你过你的独木桥，你别阻止我破坏婚约就成。”

肖岂沅幽暗的眼眸中划过一星狡黠，那张出众的脸上忽地多了几许隐忍。

“那我就尊重向小姐的意思了。”他说。

他勾起嘴角，把桌上的病历本打开。

“把你的口罩、帽子取下来。”突如其来的肖医生式命令。

语毕，向绾莫名陷入被支配的恐慌。她磨磨蹭蹭了一番后，悻悻地摘下这些身外之物，露出了肿大的“猪脸”，心里疯狂尖叫：我去！

老娘最丑的样子都被你看到了，算你狠啊！

她一边把手伸到后背挠个不停，一边又难受地改变坐姿。

肖岂沅明显无视向绾的不满，问了发病时间、饮食、药物使用以及接触物的情况后，要求向绾转过身掀起衣服。

向绾唰地站了起来："你说什么！在这里？你面前？"

"你想出去掀也可以。"肖岂沅的俊眉皱成了一团，真不知道这女的在想些什么啊，"后背看一下，这是程序。"

"什么程序？这是程序漏洞吧。"向绾说着说着，转念一想，突然觉得有道理，以往就诊的女医生也会要求这么做啊。

于是，她的声音软了下来，却还是誓死揪住衣服贴在墙上，绝不服从。紧接着，素有"唐僧"外号的科室主任推开门回来了。看到某人惊恐地挂在墙上，也被吓了一跳，得知是不配合治疗后，他表情顿时很严肃，拿出长此以往训导消极患者接受治疗的话，将向绾碎碎念了一番。

"你不接受治疗影响的不只是你自己，你的家人，还有这个世界上因疾病而绝望的患者，你是你自己的希望，也是他们的希望……"

五分钟后，向绾认命。求求你闭嘴吧！我宁愿一辈子被压在五行山脚！

于是她"英勇就义"地掀起了衣服，让肖岂沅尽情地欣赏她丑不堪言的后背。大概真的被丑到了，某人只是瞄了一眼就结束了，向绾内心百味杂陈。

"荨麻疹，按着药方去取药。"肖岂沅平静地下"逐客令"。

向绾遂拖着沉重的躯体挪出了办公室，连口罩都没来得及戴上，面如土色。

旁边一群女人渐渐围了上来。

“看吧，又一个被拒绝的，小姑娘打击可大了，脸色好难看。”

“可不是吗，哭得肿成这样，接下来应该要去心理科了吧？”

向绾：“……”

3.

向绾拿着药刚出医院，手机提示音就响起，掏出手机，是一条短信。

她滑开手机——

是一个陌生的号码发来的。

“听说你勾搭上了肖岂沅？进展如何？准备什么时候结婚？”

向绾嘴里哼了一声，心里想，婚约的事这么快就走漏风声了？人家追求者都跑来逼问了。

她刚刚想无视，突然想起方才的一幕幕。

她，表演系高才生向绾，两次在肖岂沅面前丢尽脸面，凭什么一开始她就要处于被支配的地位啊！

长这么大除了她爷爷，她还怕过啥？

她再次盯着这条短信，想了想，这不是解除婚约绝佳的好机会吗？给“情敌”有机可乘，最后借刀杀人，只要对方将肖岂沅一举拿下，肖岂沅被迫出招，什么婚约那不都是过去的事了？

向绾捂住嘴吃吃地暗笑着，迅速搜肠刮肚出一堆非主流情感语录，指尖灵活地跃动在屏幕上，编辑出一条自认为很满意的短信。

“婚期无望，感情破碎。祝天下有情人终成眷属。俗话说，放弃是另类的美德，成全是最深的爱。我退出，希望你不负众望，速战速决。肖岂沅手机号：178576*****。”

短信发出去不到半分钟，向绾的手机铃声迅速响起，竟是那个陌生人打来的！

她手忙脚乱地挂断后，直截了当地又给对方发了一条短信。

“不便联络。非诚勿扰。”

岂料，对方显然诚意十足，一遍又一遍不死心地 call 她。

向绾最终忍无可忍地接起电话，打算看看到底是何方神圣。

“绾绾啊！”

绾绾？竟然叫得如此亲切？

“不好意思啊，你哪位？”向绾疑惑地问，本想脱口而出“我话已经说清楚了呀”，却在对方下一句话响起时，立马认㞞。

“我是你未来的婆婆，肖岂沅的亲妈呀。绾绾，听说你过敏去找我家岂沅了，他是不是欺负你，让你伤心了，你怎么这么心灰意冷地就要放弃了？成全谁呀？不对，过敏了……你们没有接吻吗？”电话那头的肖妈妈声音颤抖，分明有种梨花带泪的样子。

向绾的心七上八下。

接什么吻啊？她过敏痒都要痒死了，哪有空接吻！

等等，大事不妙，把未来婆婆惹哭了，别说是肖家了，向家上下都不会放过她的！

向绾忍不住颤抖了一下，此时她的心早已蹦到了嗓子眼儿，一时语塞，但仅是迟疑了半秒，半秒后她立马飙戏。

“阿姨，怎么会呢？是这样的，我就是太意气用事了！”她一边说一边努力酝酿出两滴眼泪，从眼眶里挤了出来，岂料很快就蒸发了。她赶紧压低嗓子嗫嚅道，“我……我是去找岂沅没错，却发现好多女孩子没病却装成病恹恹的样子去找他，摆明了就是要勾搭我未婚夫，我一时气结，才会小孩子气发这种短信。”

向绾在街边蹲了下来，“无助”地摆动着自己的脑袋，捂着嘴失声“痛哭”，但脸上的表情喜庆得很，两颊连滴眼泪都不挂。

来往的行人纷纷用错愕、同情的表情看着她，还有一两个好心人想伸手拉她一把，她赶紧疯狂摆手：别别别！不是你们想象的那样啊！

电话那头的肖妈妈听见儿媳妇哭得竟然比自己还认真、还得劲，赶紧收起我见犹怜的哭腔，瞬间和蔼可亲地安慰她：“绾绾啊！原来是这样，你真可爱！我太喜欢你这样的儿媳妇了！完全就是我年轻时的模样嘛！你放心，以后我让那小子注意点，只对你一个人好，行不行呀？”

向绾头皮一阵发麻，瞬间泪奔：“行行行！那阿姨，我还有事，先挂了，劳您费心了！”

“好！”那头的肖妈妈刚想挂电话，突然想起了什么，“绾绾，你刚刚叫我什么呀？”

向绾愣了愣，但也很快反应过来：“妈呀！”

肖妈妈听了更激动了，对着手机亲了好几下：“还是儿媳妇乖，有空来家里吃饭，妈给你做好吃的。”

“行嘞！”向绾哭笑不得地挂了电话，觉得此时四周天昏地暗的。

弄巧成拙！自作聪明！

解除婚约的办法还没想到，现在又迫不得已让肖妈妈对自己赞不绝口。

果然，生活就像一盒巧克力，你永远不知道下一颗你得到的是巧克力味的狗屎，还是狗屎味的巧克力！

向绾一路心事重重地晃到了余知羡家楼下，按响了门铃。

开门的是一位长相帅气颇有风度的中年男子，沉着的脸上缀满了岁月留下的痕迹。

“叔叔好。”向绾弯腰笑了笑。

“是向绾啊，进来吧。”男子憨厚地拍了拍向绾的肩，示意她进屋，“知羡在房间呢，你上楼找她。不过，你心情看起来不太好啊。”

“我的事叔叔肯定知道的嘛！唉，我呀，还是找知羡说去了。”向绾三两下脱掉鞋子，径直往余知羡的房门走去。

进屋后，发现房间里摆满了塔罗牌，余知羡一个人孤零零地坐在地上低着头，不知在捣鼓什么。

“你怎么也变迷信啦，还玩这玩意儿？”向绾一屁股坐在她面前，揉了揉她的头。

“写作需要嘛。”余知羡无奈地摆摆手。

“瞎扯，我怎么看你好像在占卜些什么呢？”

余知羡圆溜溜的眼睛呆呆望着地面："真没骗你，我看上去像是那种迷信的人吗？"

"迷信……等等！"向绾突然按住余知羡的手，大声惊呼，"我知道了！哈哈哈！迷信！我妈很迷信啊！啥也别说了，知羡，过几天你有空了就陪我去庙里走一趟，或者找个算命先生也成啊！"

从小到大，只要神明说不行的事，向妈妈一向都坚信。眼下如果能整出自己和肖某人天生不合的证据，这解除婚约不就有望了吗？

4.

向绾靠着自身强大的关系网，在某个寺庙外面找到了一个算命先生愿意"出手相助"。虽然价格贵了些，但向绾觉得只要能解除婚约，都不是事嘛！

实在不行可以找某位肖先生报销，相信他会很愿意的。

这天清晨，她早早地拉上余知羡上路了，一路鬼鬼祟祟，就像做贼似的。

一路上，余知羡揉着眼睛昏昏欲睡，向绾却绞尽脑汁在想怎么让算命先生把话写得严重一点，是写"妻克夫"呢，还是写"有血光之灾"？

就在她思维的火花刺啦刺啦地燃烧时，一阵急促的手机铃再次打乱她的思绪。

向绾不得已接起电话，里面传来舍友十万火急的呼声。

"绾姐！不行了，你爷爷和你妈妈刚刚直接杀进了宿舍，那阵仗之大简直了！你这都还没结婚呢，就搞同居？整栋宿舍楼都要以你为傲了！”

另一位舍友抢过电话，继续道：“绾哥！你爷爷太帅了吧！叫来的那几个男人单手就举起你的大号行李箱，走路都不带喘气的那种，你家不会是干保安行业的吧？”

保安？

向绾很清楚，向大山虽然与曾经有黑道家底的肖家关系亲密，但还不至于掺和进去。眼下舍友口中所谓的保安，恐怕不是真的保安，而是……

向绾倒抽了一口凉气，还没来得及安慰舍友要冷静，司机忽然一阵急刹车，骂骂咧咧。

向绾嘭地撞到了前座椅背上，吃痛地捂着额头龇牙咧嘴。

余知羡一边扶着向绾，一边不知所措地戳着大腿。

向绾一看车外的形势——

只见一辆银色面包车硬生生停在了她们面前，不前进也不后退，分明是冲她们来的。

随后，一群黑衣人井然有序地从面包车上下来，不紧不慢地朝向绾走来。

司机一看，这不是传说中的黑道混混吗？吓得打开车门弃车而逃……

向绾哭笑不得地看着司机的背影，沉住气打开了车门。

黑衣人恭恭敬敬地朝她鞠了个躬，说明来意。

“他们真的是……混混吗？”不知情的余知羡拉着向绾的衣角，

小声嘀咕。

“怎么可能！”为什么肖家的保镖个个都长得这么苦大仇深的，就不能喜庆一点穿红衣服吗？

向绾瞄着导航仪上距离算命先生不足一百米的提示，痛心疾首道：“他们是我爷爷联合肖岂沅爷爷派来抓我的保镖，其实，同居这事我妈昨晚和我说了，我没同意，没想到姜还是老的辣啊！”

所以，这就是她一大早天还没亮就急着找算命先生的理由？

余知羡一知半解地点了点头，一分钟后识相地下了车，巴巴地望着向绾乖乖坐上面包车扬长而去。

这头，不到半小时，坐上面包车的向绾就恭恭敬敬地站在某豪华住宅门口，在一群黑衣人的注视下硬着头皮按响了门铃。

过了好一会儿，门打开了。

肖岂沅穿着一件宽松的运动服站在门边，面上尽是冷月清辉。

“看来是我高估你了，该来的还是来了。”他慵懒地捋了捋头发往回走，莫名有种睡醒后张扬的、凌乱的美，不带一点拘束。

向绾“呵”了一声，跨过门槛走了进去。

“那还真是谢谢肖先生看得起我了……”下一秒，向绾失神踩住松散的鞋带，脚下一个趔趄，“啊”的一声，整个人惊慌失措地往前扑去。

听到惊呼的肖岂沅转过身，还没来得及反应过来发生了什么，就被一块“巨型肉饼”压在了地上。

压在地上就算了！关键是，这个女人的手竟然不偏不倚地抓在他的胸前！

受到惊吓的向绾像被雷击般惊愕地瘫在某人身上，手指却不自觉地扒呀扒，像是要找到某个站立起来的支撑点似的。

但对肖岂沉来说，可不是这么简单了。

他听过手抓饭，手抓饼，而眼下这个是什么？手抓……

眼中仿佛盛满滔天的怒火，他猛地撇开向绾的手，怒喝道：“向小姐，你这是在干什么！”

他的声音清冷阴郁，像是群山之巅传来的一声呵斥，严肃又凌厉，令人陷在其中无从辩驳。

向绾赶紧从他身上坐了起来，刚要解释，身后突然传来一个熟悉的声音。

“绾绾，我跟你说啊……啊！绾绾！这两个孩子进展太快了吧？”向妈妈虔诚地拨弄着手里的佛珠，惊讶地看女儿正骑在准女婿身上，“怪不得，我昨晚去问了，你俩八字极合，说是天生一对呢，求的还是上上签！”

老天爷连她最后的路都要断绝吗？

向绾从某人身上挪开，绝望地摇了摇头。

“你们这群家伙，小两口在办事，你们站在门边看什么，看来平时领班对你们缺乏管理！”随后而来的肖大状站在门边秉承一贯的严肃之风训斥手下。

向大山听了却忍不住笑了：“大状啊，不怪他们。现在的小年轻

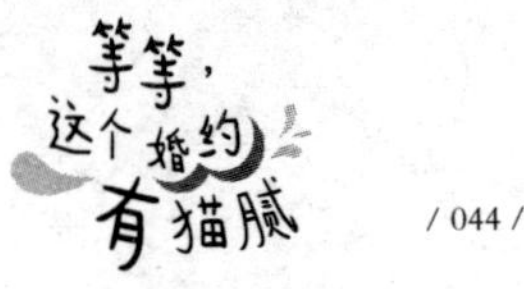

都开放得很，干柴烈火的，哪像我们年轻时那么保守。”

“是这个理。”肖大状道。

最终，在长辈们长达五分钟的“热烈庆祝”后，向绾和肖岂沅被关在了屋子里，目送离去时仍面带桃花微笑的一行人。

肖岂沅看着某人宣告阵亡的表情，头疼地揉了揉太阳穴：“你和我说实话，在女人中，像你这样的应该也算寥寥无几吧？虽然我不了解女人，但我算是看出来了，你绝对是女人中的极品！”

“不好意思了哈。”向绾不置可否地笑了笑，那叫一个没心没肺。

“别对我笑。你的笑，作为男人，我真的欣赏不来。”肖岂沅的眉毛拧成一条，不可原谅地望着她，玉指一勾，“优雅”地顶开某人靠得很近的额头。

向绾顿时气结，刚叉起腰准备跟他斗个你死我活，岂料，肖岂沅没有给她唇枪舌剑的机会，直接关上了阳台门，只留向绾一人孤独地在晨风中凌乱着……

1.

送走了一众长辈后，被迫同居的向绾孤零零地从阳台飘回客厅里，打电话给余知羡吐槽了一番，心情倒是顺畅了不少。

她无视地上堆积如山的行李，舒爽地瘫在柔软的高级沙发上享受周末的晨光。

果真是豪宅啊！

她双腿交叠着环视四周，客厅中央那盏水晶吊灯在阳光的照耀下，晃得她眼睛花。她把视线错开，沿着旋转扶梯往上粗略一看，二楼的房间少说也有四间，仅是房门的设计看起来就很奢侈华贵，散发着一股典雅的欧式风味。

想着想着，向绾的眼皮子越发沉重，迷迷糊糊地在沙发上睡了过去。

她做了一个梦，梦里的她一动不动地蹲在墙脚，双手抱着一只瓷碗顶在头上，表情充满了委屈。四周的场景熟悉又陌生，整个画面里只有她一个人。

她将瓷碗放在地上，这才发现碗里装着一块肥肉。她赶紧低下头嗅了嗅，脖子上的铃铛项圈丁零作响。这是什么玩意儿？是谁把这么丑的项链挂她脖子上了？

就在这时，一个和肖岂沅长得一模一样的男人朝她缓步走来，只是与平日里那种高傲的眼神不同，他的眼里尽是柔情，嘴角还噙着如沐春风的笑。

向绾的胳膊上起了一层鸡皮疙瘩，忍不住抖了抖。她刚想溜走，肖岂沅从地上捡起了一条绳索，她脖子一紧，重新被拖回了角落里，一只温热的手蓦地揉着她。

“乖，这不是你最爱吃的肥肉吗？赶紧吃，吃胖我才好把你卖出去啊。”

……

肖岂沅的声音像是来自地狱的审判，一时间开启了3D立体环绕模式在她耳边回响。她惊愕失色地叫嚷着，可是一开口，她发现房间里充斥的都是“汪汪汪”的声音，清脆又响亮……

再低头一看，她发现脖子上套的根本不是什么项链，分明是一条狗链！

她竟然变成了肖岂沅养的一条狗？

她又惊又急，挣开肖岂沅的手，猛地抬脚一踹，“哐当”一声，肖岂沅的帅脸立马消失得无影无踪，取而代之的是一块天花板。

……

向绾吃痛地捂着脚踝，一下坐直身子，蒙蒙地看着周身的一切。

散落一地的玻璃碴，泛着波光的一摊水，还有……一只受到了惊吓缩头缩脑的乌龟？

向绾小心翼翼地抱起龟，盯着龟壳里面看。很快，她和这只龟对上了眼，你盯着我，我看着你。

过了好一会儿她才缓过神来，满屋子找扫帚，可还没来得及收拾好“犯罪现场”，肖岂沅阴郁的声音就在身后响起，她顿时觉得脊背上一阵发凉。

“你在干什么？”他的声音有几分压抑，不知是不是暴怒前的隐忍。

向绾自知做错了事，抱起老龟干干赔笑：“我给你重新买个鱼缸呗，这件事说来你肯定不信，但是我刚才在沙发上睡着的时候，这只老龟真的托梦给我了！它说住在同一个鱼缸里太久了没出来活动，心里憋得慌，要我给它换一个更大的住所。我一开始还不信，结果醒来后它就愤怒地冲破鱼缸，爬到地上了。”

“这样啊！”肖岂沅的一双眼睛眯着，亮堂堂的目光来来回回端详着向绾，“可是，这鱼缸我昨天才刚换的，我的龟什么时候变得这么娇气了？我怎么不知道，嗯？”

他一边发问，一边朝着向绾步步紧逼。

向绾不由自主地往身后的墙壁上靠去，最后无可奈何地被圈进角落里。

“给我……”肖岂沅浑身上下都散发着危险的气息。

一句话没说完，向绾就惊得贴在墙壁上大喊一声：“不可以！我报警了！”

所谓饥不择食，孤男寡女的，这个男人不会是在盛怒下突然改变主意，想她再不济也是只雌的，便要将她就地正法吧？

“……”肖岂沅绷着脸不悦地看着这个突然暴躁的女人，一把捂住了她的嘴。

“唔唔唔……”向绾顿时像打了鸡血一般，使出十八般武艺妄想逃脱肖岂沅的魔爪。但肖岂沅毕竟是一个成熟男人，他轻轻一用力，向绾一口气差点没换上，就要憋死在角落里。

“嘘！”他沉郁地皱了皱眉头，扬起食指轻轻抵在双唇上，“给我安静点，我儿子在睡觉！”

“什么？”向绾吓了一跳，看着肖岂沅的眼神顿时变得有些难以置信。原来这个男人早就暗度陈仓，在外面偷生了一个孩子？

天啊，向大山这是把他亲孙女卖给了一个带着孩子的离婚男人？可肖岂沅又是怎样瞒过那么多长辈的眼睛呢？

向绾震惊得说不出话来，同时又对这个男人的亲生骨肉产生了极大的好奇。

肖岂沅见她终于安静了点，这才缓缓放开了手，抱过向绾手里的龟转身走开。

向绾不动声色地跟在他身后，相当自然地就要往二楼走，好一探究竟肖某人的秘密。

但肖岂沅显然看出了她的意图……

“别跟着我，你房间在二楼左数第二间，自己收拾行李去。”他头也不回地命令她。

向绾只好止住脚步，转过身往楼下走。毕竟寄人篱下，儿子的事等收拾完行李再去探究也不迟，看来，有了“儿子”这个筹码，解除婚约指日可待了。

向绾越想越乐开了花，一边收拾行李，一边忍不住哼起小调。

等到终于安顿好自己的行李后，她站在肖岂沅的房门口开始徘徊不定。她一会儿把耳朵贴在门板上探听虚实，一会儿又弓着身子往门缝里瞧，然而，什么也看不清。

就这样过了十分钟，屋内的肖岂沅仿佛察觉到了外面细微的动静，房门突然被打开，向绾猝不及防地“哎哟”一声摔在地上。

“你这样不累吗？”肖岂沅情绪崩溃地看着这个神经兮兮的女人，一点都不像是要来和他同居的未婚妻，而像是仇家派来寻仇的眼线。

与此同时，一连串狗叫声从肖岂沅的床榻上传来。

“汪汪汪！”一条棕白的秋田犬正舒舒服服地趴在肖岂沅的高级床上，两只眼睛警惕地盯着向绾看。

狗？原来，肖岂沅的房子里竟然真的住了一条狗，不是梦里的她，而是一条有血有肉的狗？

向绾的眼珠子差点没滚落在地上，她几个翻身从肖岂沅的脚边滚出了房间，然后连滚带爬地奔到了楼梯口，捂着小心脏恐惧地望着某人的房门。

肖岂沅站在门口莫名其妙地看了她一眼，与此同时，那条秋田犬也雄姿英发地来到门边，威风凛凛地冲着她一阵狂吠，向绾扶着楼梯双腿一阵发软。

这不会就是传说中的儿子……

“我儿子有起床气，你把它吵醒了，你自己负责。”肖岂沅靠在墙上双手交叠，好整以暇地看着向绾花容失色的模样，忍不住一声哼笑。

“这就是你儿子？”向绾指着秋田犬大声发问。

肖岂沅再次忍不住地皱皱眉头，扬起食指塞住耳朵，而脚边的秋田叫嚷得更大声了。

“不是我儿子，难道是你儿子？你能小点声吗？你确定你现在说话的音量是一个女人该有的样子？”

向绾禁不住反唇相讥：“你难道看不出来，我不是一般女人吗？”

“是很不一般。能惹恼我儿子的人，你是第一个。看来，它并不喜欢你。”肖岂沅一边说一边将爱子抱在怀里安抚，脸上活生生地烙着“此人喜爱撸狗”六字，向绾服气地竖起大拇指。

“它不喜欢我？我还不喜欢它呢！你喜欢撸狗，我对狗过敏，看来解除婚约是迟早的事。我和你一间屋子，这日子没法过了！”

向家上下谁不知道她对宠物过敏呢？只要她声泪俱下地对着向大山一阵哭诉，至少长辈们会念在她体弱的分上让她搬出这个“水土不服”

的鬼地方吧！

想到这里，向绾开心地捞起手机拨通了向大山的电话，却在须臾间，被身旁的肖岂沅伸手碰掉贴在耳边的手机，他一个帅气的俯身，敏捷地在她身后接住掉落在半空的手机。动作之快，令仍旧保持着手握手机姿势的向绾目瞪口呆。

“这么急着告状，我不准。”

以肖大状这帮长辈的处事风格来看，这个女人的告状非但不能轻而易举地解除婚约，反而可能祸及他的狗儿子，被迫将它扫地出门。

更何况，如果肖妈妈知道向绾对狗过敏，他和她的事就更无反转的余地了。

2.

肖岂沅拿着向绾的手机，泰然自若地杵在一旁。秋田犬见状，从房门口跟了过来，围在他的脚边徘徊个不停。

向绾连忙捂了捂鼻子，往后退了一大步。

“肖岂沅，把我手机还回来。”

肖岂沅显然看出了她对狗的恐惧，气定神闲地望着她：“你自己来取。”

向绾气鼓鼓地站在原地，向前也不是，后退又不甘，两人就这样对峙着。

突然，向绾的手机铃响起，肖岂沅非常自然地就摁了接通键。

“喂？绾绾啊，怎么了？找爷爷有事？”向大山的声音从电话那端清晰地传来。

“爷爷，肖岂沅欺负我！”向绾拼了命地喊出声，只希望能让向大山得知自己此刻的艰难处境。

肖岂沅却淡定地瞥了她一眼。

“爷爷，是我，肖岂沅。向绾刚才和我打游戏时误打了您的电话，现在去洗手间了。嗯，没事，游戏打输了闹脾气说我欺负她呢……是很孩子气……好的，爷爷再见。”

整个通话只持续了不到一分钟。

挂断电话后，向绾奓毛了，她怒气冲冲地指着肖岂沅大声讨伐：“好啊！你撒谎不打草稿的！等着吧！鼻子迟早变长！”

“……”肖岂沅蜷手搭在嘴边嗤笑了一声，不予理睬地转身回房。

他抬起手随意地一抛，向绾的手机即时在空中划出了一道优美的弧线，然后稳稳当当地落在了沙发上。

向绾迅速跑去沙发上取手机，却被空气中某“儿童”散播的气息刺激得打了个喷嚏，捂着鼻子躲回了房间里。

在抱着手机不懈地给向大山发了求助短信后，向绾得到的却是来自一家人肯定无疑的答复：“孩子，你爸妈和我坚信你和岂沅这孩子是天作之合了。有些事还是让他亲口告诉你的好。爷爷事忙，非诚勿扰，专心在家相夫教子。”

向绾差点哭晕在马桶边，郁闷地在房间里玩了一下午的“斗地主”。

然后，输得一塌糊涂的她终于因为强势来袭的饥饿感被迫摸到厨房里找吃的。刚找到一块蛋糕要一口独吞时，就发现肖岂沅悄无声息地站在厨房门口，身后跟着他的狗儿子。

向绾瞬间有种被捉奸在床的即视感，不好意思地抹掉嘴边的奶油，窘然一笑："嘿嘿，我下次回来买一块还你。"

肖岂沅却对她的偷吃行为不甚在意，他更看不惯的是她毫无吃相的那副样子。

"还我就不必了。我儿子在我的教育下向来大度，还是乐意和别人分享食物的。"他悠然地把手搭在冰箱门上，"只是，向小姐的吃相实在令人不满意，既然你是我名义上的未婚妻，我希望你可以注意自己的一举一动，尤其是你的吃相。"

"……"向绾的注意力显然只在肖岂沅的前半段话上，意外给自己塞了一把狗粮的她顿觉胃里翻江倒海，难不成这个蛋糕是狗粮做的？

这样的疑惑很快就得到了解答。

她眼睁睁地看着肖岂沅动作熟稔地洗手，系上围裙，打开冰箱准备琳琅满目的食材，然后一气呵成地下菜、翻炒、撒盐、起锅，最后把新鲜出炉的第一盘菜肴端到他儿子面前时，向绾的心情顿时变得很复杂。

这人怕不是个宠狗狂魔吧？看来，在肖岂沅家，人类误食狗粮是不存在的，只有尊贵无上的狗子享用人类佳肴的可能。

但是，这又如何呢？

肖岂沅的厨艺显然给他不完美的人设增添了一抹光彩，看在这份上，她和她的胃还是可以原谅他先前的无礼的，毕竟，很快就要被盛情款待了呢！

想到这里，向绾屁颠屁颠地在厨房里当起了贤惠小帮手，来回地替肖岂沅将完工后的菜肴端到餐桌上。

然而，当肖岂沅终于做完第八道菜肴，优雅地把围裙取下，并温柔地抱起他儿子放在高级餐椅上时，向绾的表情自动切换成了括弧笑，操起口袋里的口罩火速戴上。

与狗同吃一桌饭，同坐一排椅……山珍海味，手动再见。

向绾吃瘪的表情肖岂沅都看在眼里，于是，他非常“愉快”地提醒她："沙发在那头。"

“知道了。”向绾没好气地盛了饭，趁狗儿子动嘴前往碗里垒起高高的菜，越夹越来劲。

“向小姐，你确定这是一个女人该有的饭量吗？”肖岂沅表情复杂地看着向绾，忍不住伸出筷子制止了她的行为，“说实话，这些菜是为我儿子准备的，你这样反客为主我们父子可看不下去。”

向绾头冒冷汗地看着这对父子：“不是说你儿子很大度的吗？”

“它是很大度，但是你这样，我家的床表示大度不起来，我不想今晚就破费维修床板。”

“……”

五分钟后，向绾可怜兮兮地坐在客厅一隅捧着碗扒饭，心情不悦地看着餐桌上的那对其乐融融的父子。

狗爸爸肖岂沅正小心翼翼地将狗儿子抱在怀里，夹了一块海参放进它的饭碗里。这还不够，一口饭下肚后，他慈爱地将一杯鲜榨果汁端到狗儿子面前，小心翼翼地将吸管伸进它的嘴里。

“……”向绾一口米饭差点呛到气管里。

我去，这年头，连狗都吃得比人好！世道变了啊……

她虽愤愤不平，却又不敢轻易靠近那块已经四处散播着狗子气息的领域，口罩在口袋里乖乖地躺着。

就这样，一顿令人难忘的晚餐结束了。

饭后，坐在风扇前乘凉的向绾呆呆地望着狗儿子的饭盆里赫赫然出现的那一盒哈根达斯，再次产生了屠狗的邪念……

她闲来无事地在网页搜索栏里输入关键词——

“狗肉怎么做好吃？”

深入做了一番研究后，她方才解气地放下手机回到房间里。

刚进房门，就“啪”地一脚踩进一摊水渍里，她打开电灯，出众的脸庞在略显黄色的水面上若隐若现，一股尿骚味扑鼻而来，在她的房间里萦绕不绝。

向绾顿时情绪崩塌，冲向厕所来回搓洗自己的拖鞋。若不是她对狗过敏，她非得亲手惩罚这个无礼的小家伙不可！

看来，它是在和她宣战了！

好在，当她卖力地清扫干净房间里的污渍后，机会终于来了。

原来，在她不注意时，“肖儿子”一直躲在她房间的阳台上乘凉，一点都没有随地拉撒的悔过之意，反而悠闲自在地在阳台上扒地板。

向绾一看时机成熟，嘭地迅速关上阳台门，眼疾手快地拉上窗帘，优哉游哉地到客厅里看电视了，仿佛从来没有见过肖儿子的行踪。

过了一会儿，肖岂沅外出运动回来了。出于习惯，他刚进门就下意识地喊肖儿子的名字。然而，回应他的，只有客厅里嘈杂的电视声。

向绾虽然目不转睛地盯着电视看，但撑了一会儿还是有点心虚地关了电视，佯装困倦地回到房间带上房门。

肖岂沅见她神情可疑，却也未放在心上。他倒不是那种凭空污人清白的人。

只是又过了一会儿，在四处搜索无果后，他不得已才找上了她。

“你看见我儿子了吗？”他轻轻叩着门，并未夺门而入。

向绾却顿时紧张起来，大声打了个哈欠弱弱道：“没有哇！你家孩子不是不喜欢我吗，见到我应该绕道才对吧。”

向绾的声音里似乎不带一丝破绽，僵持了一会儿，肖岂沅从鼻腔里笑了一声，不多发言地走开了。

几分钟后，向绾房间里的灯灭了。

她和衣躺在床上闭上眼睛，却莫名地开始心烦意乱，怎么也睡不着，脑海里无端地浮现肖儿子那张明明欠扁却有些无辜的脸。

唉……它还是个孩子啊，这个世界上恃宠而骄的人多了去了，更何况它只是一条不谙世事的狗呢？

可是，她也不过是在替它父亲教育一下孩子嘛，毕竟，随地大小便不是文明狗该做的事。不对啊，呸！不是为娘人，何操为娘心！

想到这里，内心矛盾的向绾烦躁地把头埋进被子里准备入睡。在进行了三分钟强烈的心理斗争后，她在黑暗中摸出手机，上午搜索动物随地大小便的意图。

看来，这也不过是种领地标记行为嘛！

向绾掀开被子，重新坐在床榻边，借着幽暗的月光瞄了眼阳台。

就在这时，窗外忽然传来轰隆隆的雷声，一场倾盆大雨不期而至。惊天响的雷声震得向绾胆战心惊，她先是一愣，随后想都没想地跳下床套上鞋子，飞速拉开了阳台门，在偌大的阳台上寻找肖儿子的身影。

终于，借着一线月光，她看见肖儿子孤独地屹立在阳台的一个角落里，落寞地在雨里听花开，泪里看花落……一条尾巴正可怜地款摆着，嗓子里发出低沉的呜咽声。

向绾忽然想起小时候外公家养的那条萨摩耶，在外婆去世后，再也没有宠它如爱子的母亲了，它一度不愿接受这个残酷的事实，每夜都寂寥地站在庭院门口望着通往家门的小巷。有一次，外公当着向绾的面从它的眼角边擦掉了一滴泪。

想到这里，向绾来不及思考地奔到雨里，温柔地抱起肖儿子跑回屋里，然后从卧室取出一块浴巾包住它的身体来回擦拭着。任凭肖儿子抖动身子溅了她一身的水，眼里也只是难有的温柔。

在这个夜晚，向绾觉得，过敏与否对她而言已经不那么重要了，她只知道，有些东西，是她发自内心无法抗拒的本能。

3.

“啊啊啊！”

第二天清晨，向绾一睁开眼，映入眼帘的就是某“人”眨巴着眼睛盯着她看的模样。此“人”正是昨晚被她“全副武装”后洗了一次热水澡的肖儿子。

此时，它正顽皮地在向绾的床被上走秀，优雅地款摆着自己柔软的身段。向绾惊得裹住被子直接从床上掉了下来。

突然，传来敲门声。

向绾连忙呼救：“肖岂沅，你快进来把你儿子带走！”

话音刚落，一身西服的肖岂沅出现在门口，不紧不慢地蹲下身来呼唤他的儿子。肖儿子乖巧地跳下床，扑到他怀里。

奇怪的是，肖岂沅并没有询问肖儿子的行踪，只是宠溺地揉了揉它的毛发，有些嫌弃地嗅了嗅它身上的香味，带着它往外走。

“等等，肖岂沅，你怎么不问你儿子为什么在我这儿？”戏精好不容易想了一个绝佳的理由准备完美演绎，没想到肖岂沅根本没有给她机会。

“不需要问。我知道它在你这里。”

“你怎么知道的？”向绾有些吃惊。昨晚，肖儿子虽然受到她的欺凌，却并没有大声喧哗。

肖岂沅对这一切却了如指掌。他觑了垃圾桶一眼，里面赫然躺着一个空的药盒，上面是熟悉的过敏药名。随后，他淡淡道：“我房间阳台和你的连着。”

“……”这么说，某人竟然目睹了自己的犯罪现场？

向绾顿时心虚地呵呵笑。

肖岂沅似乎心情不差，一个转身消失在门口，只余一道充满磁性的声音：“下次给我儿子洗澡后别用香水，味道太冲！”

“……”

等到肖岂沅走远了，向绾在床上磨蹭了好一会儿，拿起手机一看时间，才惊觉自己快要迟到了。

她手忙脚乱地收拾好自己，再把床单被套全部扯下扔进洗衣机后，便风驰电掣地奔向学校。

下午的联欢表演是系里的重头戏，向绾和一帮话剧社的社员排练了许久，就等着上台秀一拨。为此，系里的老师还再三地嘱咐话剧社要打起十万分精神，不能在全校师生面前让表演系丢了脸。

毕竟是表演系啊，连最拿手的项目都做不好，岂不被人笑话？

向绾在这件事上尽心尽力得很，毕竟是做自己热爱的事。早在剧本定下来的当天她就和社友紧锣密鼓地裁赶服装，租借道具，好不容易东拼西凑准备齐全演出用品，结果却在关键时刻出了岔子。

半小时前，托肖儿子的福，一晚没睡好的向绾在去学校的路上忍不住地打瞌睡，迷迷糊糊终于晃到了演出会场，拖着巨大的服装包往后台走去。

由于昨日的彩排进行得非常圆满，再加上时间紧迫，一众人化完妆后才开始整理道具。等到向绾发现自己将所有人的服装都打包带上，唯独漏了自己的时候，已经离演出不到一小时了。

“怎么在这个节骨眼上犯浑？向绾啊向绾，你也太迷糊了！你把自己的服装放哪儿了？”得知纰漏的系主任气势汹汹地找上了向绾。

向绾没理由狡辩，老实回答：“家里。”

她记得，昨天从行李箱里特意挑出衣服后，就把它随意放在了家里的沙发上，后来发生的一连串事令她没来得及收起来，没想到出门太急给忘了这茬。

“你出的纰漏你要负责，赶紧打电话让家里人送过来吧。”系主任耿介道。

“可是……”

“没什么可是的。手机带了吗？现在就去外面打，再晚了就来不及了！”

系主任用犀利的眼神看着向绾。向绾自知理亏无法反驳，赶紧从包里摸出手机点开了唯一的“家人”——肖岂沅。

在打电话前，她就做好了被怼的准备了。

“有事？”果然，一接起电话的肖岂沅就对她的来电颇为疑惑，他认为两人还不至于熟到这个地步，并且，没有要联系的必要。

但电话那头的女人却相当自来熟地要他帮一个大忙，语气急不可耐。

“肖岂沅，我现在面临着要被学院开除的状态，快来救我啊！江湖救急，咱们做不成夫妻好歹是兄弟吧！”

谁和你是兄弟？肖岂沅头疼地把传出十万分贝音量的手机拿得远远的，皱着眉回她：“我和你不是夫妻，不是兄弟，更不是父女。我没有履行家长职责的义务。”

“我当然知道你不是我爸！我要的是家里那套被我落下的服装！就在沙发上，你就行行好帮我一次，我叫你哥行不？”向绾恳切地请求道。

“这个称呼听起来很有吸引力吗？”肖岂沉不紧不慢地问，一点也不把向绾的心急放在眼里。

“那我叫你爷，行不？你是王，你是天，你是不败的神话！”

“听着还挺养耳，但我……还是决定不帮你。”肖岂沉说完就要挂电话。

向绾急得跳脚：“别别别！我知道了！你今天帮我这个忙，我无条件替你达成一个心愿！”

电话那头的人明显沉默了一会儿。

“我没有心愿。但我说过，我的身边不需要女人。”肖岂沉的声音像是一杯热气腾腾的蓝山咖啡，有种微妙的醇厚。

向绾来不及欣赏他的声音，一句话说得飞快：“这个简单啊！我懂你！咱俩达成共识了，一个月，给我一个月，我让你身边不再有万恶的女人！”

肖岂沉的话说得深不可测：“你的意思难道是，我在赶你走？向小姐不要误会了我。我说了不是心愿，只是在陈述我的观点。我与你之间不存在达成了什么共识。”

他的反问说得铿锵有力，向绾情不自禁脱口而出：“当然不是共识！是我单方面不择手段地想解除婚约！你没赶我，也没有逼我！我自愿走的！”

“嗯……”肖岂沉意味深长地嗯哼了一声，随后才悠悠地问她，“学校在哪儿？”

向绾迅速地报上学校地址后，这才松了口气。好在肖岂沅并未食言，十分钟后就出现在了会场。

他的出现无疑引起了现场的一片哗然，过分瞩目的长相和气场令他的到来显得格外“闪亮”。一开始，系主任以为是学校哪位领导莅临会场，在得知是向绾的朋友后，吃了一惊。

“是你男朋友？”没想到一向公私分明的系主任也忍不住八卦地推了推向绾的手肘。

向绾看着一脸冷漠的肖岂沅，压着嗓子:“当然不是！他是我哥！”

“你哥？亲哥哥？和你长得一点也不像啊，明明是同一个爹妈生的……”旁边的一堆社员凑过来探听之余不忘插嘴。

向绾无奈地扶了扶额头，把话题拉回重点：“朋友们！快闭嘴吧！在你们眼里到底是演出重要，还是这个重要呢？”

“当然是……这个啦！”一群人不约而同地回答。

向绾无语地流下了一滴冷汗。她忽然意识到，无论这个男人出现与否，自己似乎都会摊上一个大麻烦。

不远处，一直被一群莫名蜂拥而来的女生围绕着的肖岂沅终于忍不住咳嗽了几声，突破重围朝向绾走来。

他显然对这样的场面并不陌生，却颇为反感。要说女人，他的身边向来不缺，但没有一个能近得了他的身，是不能，也是不想。眼下，他答应了向绾的请求前来送东西，也预料到可能发生的情况，却没想到脱身似乎不太容易。

“向绾。”他强势的声音一下压制住了场面。

这是他第一次认真地叫她的名字。此时，他正越过人群朝她缓步走来，一双眼眸不偏不倚地盯着她，眼里好像只有她一个人。

这……发生了什么？

向绾在接收到肖岂沅的眼波后，莫名心生不安。她还没来得及感谢他的救“命”之恩，他突然开口了，声音不大不小，刚刚够后台的人都能听得到。

“早点回家，我等你。”他的手有些僵硬地探了探她的头，眼里明明不起一丝波澜。

可向绾怎么也想不明白，这么粗糙的演技怎么就被一群演技卓尔不群的朋友当成了深情凝视？

“帅哥，向绾是你的谁呀？”人群里有一个朋友突然大声发问。

所有人都知情知趣地安静了下来等待回应。

肖岂沅自然不会放过这个机会，他扫了众人一眼，平静地说：“未婚妻。”

就是这么平静的一句话，后台瞬间炸成一团。看着这些喋喋不休的八卦者，肖岂沅没有再与他们纠缠，转身离开，留下向绾一个人应付广大的吃瓜群众的追击。

他的嘴角扬起一抹得逞的笑，却无人察觉。

既然被纠缠，他就将计就计让这个女人知道，待在他身边的日子将不再安稳，他的魅力将给她这个所谓的未婚妻带来无穷后患，她只需知难而退。

可怜的向绾再度成了新一轮被包围的焦点。

“向绾，你金屋藏娇啊！这么帅的未婚夫也不拿出来和我们分享分享？”

“就是！什么时候摆喜酒啊，不会少了你的红包！”

“妈耶，系花配帅霸，何止是童话？”

“……”

向绾捂着耳朵站在原地，解释了好久，才满足了这群人的好奇心。

好不容易在演出开始前的二十分钟将他们驱散去干正事，又一件祸事却从天而降。

原来，剧里的某位演出人员忽然身体不适莫名失联，后台已经乱成一锅粥，社友们个个急得如热锅上的蚂蚁……

就算是一个不起眼，全程没有台词的小角色也至关重要啊！

向绾万万没有想到，在这千钧一发之时，面面相觑的一群人中有一个人举起手来。

“向副社长，我觉得这个忙还是得你帮。无论从哪方面来看，你未婚夫都是最佳的替补人选，你们觉得呢？我们现在就近找不到认识的人帮忙，社里的人能上的都上了，你未婚夫毕竟是自己人靠得住，况且，颜值高肯定抢眼，有观众缘！”

“不！”向绾打断他的发言，振振有词，“哪有小角色帅过主角的？不合适不合适，况且，他这个人傲得很，绝对不会同意啊。”

“嗯……那快去把他追回来吧！”

“追回来吧！就靠你了！”

“向姐，你的口才我们放心啊！”社友们纷纷发声。

“……”向绾看着头顶那盏日光灯，越发觉得刺眼，就当是为了心爱的话剧社吧。

她咬了咬唇后，转过身风风火火地往停车场狂奔而去。

4.

肖岂沅正走到驾驶座边打开门，来势汹汹的向绾突然出现拦住他，强势地关上了车门。

肖岂沅皱着眉扫了她一眼。

气喘如牛，挥汗如雨。

“爷！行行好，你帮人帮到底吧！我们话剧社的命运都掌握在你手里了！”向绾哭丧着脸从眼角憋出眼泪，就差没扑通一声跪在地上。

“各自有命。帮忙的事，点到为止为好。”肖岂沅似乎察觉到自己又被盯上了，并且预感这次的事不简单。

“别啊！现在有个表演人员因为意外上不了场，也找不到人。现在所有人都说你最适合，你就帮帮忙吧，没有台词的，就站在台上就行！你只是男主暗恋的第五个人，小角色而已！”向绾说着说着便揪住了某人的袖子，步步紧逼。

肖岂沅不耐烦地退了一步，保持距离。

“你把我当什么了？”他冷笑了一声，“要我出面，先去了解一下我的出场费吧。向小姐，这个人情我可卖不了你。”

“呵呵，咱俩还说什么人情啊！既然来都来到这儿了，多帮一个忙就当做做善事嘛！”向绾说着说着，心急之余，竟然揪住肖岂沅的袖子来回摇摆，尝试着撒起娇来，画面异常诡谲。

这女人真是变脸变得快。俗话说，女人心，夜来香，海底针，最难懂……

肖岂沅毛骨悚然地甩开她的手，重新打开车门坐了进去。

“停止你的表演。别和我说，你一开始叫我来就是一场算计。”说完，他顺势要把车门关上。

向绾赶紧把手放在车门边缘，急道：“等等！半个月，半个月好吗！半个月，你的身边将没有女人！”

肖岂沅意味深长地看了她一眼，又沉默了一会儿：“是你急不可耐地要离开，与我无关。”

“对对对！”向绾举起手发誓。

“没有台词？”

“对！”

“没有走位？”

“对！”

“不会给我惹麻烦？”

“当然，我保证！”

肖岂沅这才重新打开车门，迈出一只脚，理了理衣裳，跟着向绾回到了现场。

现场的演出人员见向绾不负众望地带回了最佳替补，纷纷拍手叫好，肖岂沅却站在一旁漠然无视。等到向绾把演出服装拿到他面前时，他的心“咯噔”一声颤了一下，难以置信地盯着向绾。

“向小姐，你现在是要我穿上这个男不男女不女的东西吗？你知道自己在做些什么？”他冷冽地咬着牙，目不转睛地盯着向绾。

向绾感受到身畔是冷飕飕的低沉气流，却还是沉着地扯出一个凌乱的笑：“这……是标准女装，不是什么人妖啦！你别慌张，我们是要带领你打开新世界的大门，让你知道你长得有多么俊美，扮女装没在怕的啦！”

“我不需要，你们好自为之……”肖岂沅的话还没说完，向绾看了眼墙上的钟，突然紧张，啥都没说就直接站在椅子上，以突如其来的身高优势把服装套到了他的头上，拼命往下扯。

“你在做什么！”肖岂沅被蒙在一片黑暗里不明方向，暴怒之余感觉到一股奇异的布料味扑鼻而来，他在茫然中打了一个喷嚏。一群男人顺势围了上来，手忙脚乱地把他抓进了换衣间进行改造。

可怜的肖岂沅被裹挟在黑暗中，什么也看不到。等再见到光明时，他已经被一群男同胞包围，二话不说就三两下地把他的西装褪去，套上女装，还有人感慨：“向绾的未婚夫也太适合穿女装了吧！比之前老赵扮的更多了几分魅气啊！”

“可不是吗，你看看这脸蛋，我见犹怜啊……等等剧本里的男主对‘她’一见钟情，感觉更入戏了啊！”某同志说罢就要将手贴上肖岂沅的脸。

肖岂沅愠怒地一把拍掉，闯出换衣间重拾他男人的尊严：“有没有口罩？面具也行！我现在就要，立马给我拿来！”

向绾从身后默默靠近，讪笑道：“爷，一言既出驷马难追，你都答应帮我这个忙了，何必过分拘泥于这些小节呢？”

“你说什么？”肖岂沅黑着脸转了个身，看着向绾的眼神犹如冒着寒光的利剑，“这已经侮辱到我的人格了，还谈小节？向小姐，作为一个女人，你能不能别这么不拘小节？”

肖岂沅转身的一刹那，向绾竟也看呆了眼。她被穿着女装的肖岂沅震撼到了。

这个男人穿上女装真是俊美异常，简直万花丛中一点红啊！想到这里，她笑眯眯地抱拳作揖：“爷，答应你的小女子一定做到！你专心帮我忙行不？”

说完，她双手合十“啪啪”两声，团队里负责化妆的朋友提着化妆包出现在肖岂沅面前，开始了他们的创作。

等到化好妆后，肖岂沅想跑也跑不了了，顶着一张大花脸，穿着一身女儿装，到哪儿都是不要脸……

肖岂沅忍辱负重，突然觉得这个买卖自己做亏了。

亏大了！

表演结束后，他迫不及待地就把衣服换掉，扔进了向绾的怀里。向绾无奈地摊摊手，看着他气急败坏地往场外走。可刚走没几步，一群陌生人就围了上来，肖岂沅一时无处可逃。

没想到，一个无名的小角色都能如此出镜，配角光环简直盖过了主角，仅是在表演后就有不少观众到候场室外来打听他的名字，询问他的联系方式。并且，在得知演员是男的后，一群老大爷们中竟然有那么几个坚持留了下来围堵肖岂沅。

肖岂沅终于感受到这个世间比向绾还可怕的一股势力了，在被男粉丝围追堵截的危急时刻，他掉过头往回走，回到候场室后从向绾手中重新抢过服装盖在头上，这才偷偷摸摸地溜回了停车场。

他这一生何曾受过这样的屈辱，像过街老鼠般难堪？

回到停车场的肖岂沅仍心难平静，盛怒之余难得点上了一支烟放在嘴边吸了两口，随后掐灭了。

烟的确不是什么好东西。他发动车辆，重新回到去医院的路上，一边戴着墨镜和口罩，一边盘算着如何避过同事的耳目。

想他肖岂沅什么大风大浪没见过，如今竟然栽在了一个女人的手里。这是在遇到向绾前，他想都没想过的状况。

果然，歌词里说得没错啊……山下的女人是老虎，遇见了千万要躲开！

5.

“叮咚！叮咚！叮咚！”

肖岂沅刚值完夜班回家，就听到门口传来一阵极有规律的铃声。此时已是早上八点半，谁会这么一大早来登门拜访呢？

透过门孔一看，楼道上井然有序地站着一群工作人员，手里拿着的东西和此前在肖家老宅见到的那些红缎带、红气球简直如出一辙！

肖岂沅神色一僵，忽然记起肖妈妈先前在老宅说的话——

“给你预订了一拨更好的服务，过段时间上你家，记得查收哦。”

所以现在……

“肖先生您好，肖夫人此前在我们公司定制的婚庆登门服务已经准备无误，今天上门为您服务。请问您当下是否方便？”

“不方便。”肖岂沅站在门口，毫不客气地回道，“你和肖夫人说，我家不需要这样的服务，让她去退了。”

肖岂沅的态度生硬，门外的人却像早有了准备似的，耿介道：“肖先生，肖夫人已事先得知您会有所不便，并与我们商议好在门外等到您方便为止。”说罢，领头的这人双手“啪啪”两声，一行弟兄纷纷端正地坐在楼梯口，几乎要把整个通道给堵了，丝毫没给人留上下楼的余地。

肖岂沅无语地看着这群人雷打不动的样子，真不知道肖妈妈是给了他们多少好处才这么言听计从的，但他也不是无计可施。

既然一个愿打一个愿挨，那就让这群人等去吧。

想到这里，他不动声色地打了个哈欠往卧室里走。留下门外的一群人干巴巴地守望着，一直守望到了中午。

向绾醒来时，已经到了中午。

打开手机一看，今天竟是上台展示作业成果的日子！可怜她昨晚熬夜赶完报告，连试讲都还没试讲过呢……下午第一节课就轮到她上台了。

想到这里，她马不停蹄地准备好资料和U盘，换好衣服后下楼了。

她已经做好了打算，午饭就在学校食堂随便解决，重要的是她的包去哪儿了呢？

花了五分钟在家里跑上跑下，最终在客厅的桌下找到。

她拿起包，匆匆开门要下楼，忽地发现门口坐了一群奇怪的人，看起来倒也不像乞丐，个个穿着制服，只是手里抬着、拿着、握着的东西稀奇古怪的，形态各异，却不外乎都是红色的。

隔壁家的女儿这么快有喜了？

向绾本就赶着上课，眼下却没有一条可让她挪动的路，她只好站在家门口，风风火火道："你们……来送聘礼的是吧？隔壁人家应该在的，你们去按个门铃就成，主要是我现在赶着出门，各位大哥行行好，速速给我让条道吧！"

众人看着这个站在肖家门口比他们更弄不清情况的女人，先是面面相觑小声议论，随后领头的问道："您……是向小姐吗？"

"对对对！怎么了？"

"向小姐，这不是隔壁家的聘礼，这是您家的服务。"

"我家？"向绾惊愕地指了指自己，大声笑道，"我没有订这种服务啊，而且这家那位一看就不是这种品位，怎么可能嘛。你们的订单估计出错了，大家都散了吧，我急着走！"

说罢，她就一脚踩出门槛试图逃脱。

没想到楼道里的一群人还是岿然不动地挡在她面前，她只好缩回自己的一条腿。

"向小姐，其实这是肖夫人的嘱咐，是她亲自上门定制的服务，您看订单都还在这儿，现在这不是为难我们这些给人打工的吗？俗话说……”

“对啊，向小姐，我们已经在这里等候多时，就听您一声令下……”

“向小姐，我们公司的服务品质是有目共睹的，您尽管放心……”

“向小姐……”

向绾在一群人长达十分钟的狂轰滥炸下，一个头两个大，脑子里构思好的发言都被打乱了。

最后，忍无可忍的她扯下手表，一声怒吼平息了一群喋喋不休的人，干脆地做了个“请进”的手势：“停停停！你们赢了！既然是肖妈妈的吩咐你们随意吧，出了什么严重后果我可不负责，我提醒你们，屋里住着一对很凶的父子……不说了，我真来不及了！我的妈，我好不容易记在脑子里的那么一点点思路全被你们搞没了！我走了，拜拜！”

她奋力从人群里挤出一条小路，敞开大门溜之大吉，留下婚庆公司的人一脸呆滞。

真是无比佩服这个心很大的女主人，万一他们是假扮的呢？就这么走了也不通告一声，不怕引狼入室？

一行人进入肖家后便有条不紊地执行起任务，等到肖岂沅意识到房门外有异样时，一切已经弄得差不多了。

他睡眼惺忪地站在房门口，看着楼下那群熟悉的陌生人，怎么也想不起来自己什么时候放他们进来了？他应该不是在做梦。

想到这里，他匪夷所思地走下楼梯，不悦道：“谁让你们进来的？”

“肖先生好。”楼下的人不仅没有被肖岂沅的神出鬼没吓到，反而礼仪周到地纷纷向他鞠了个躬，“是您的夫人放我们进来的。”

“我没有夫人。”肖岂沅下意识地说。

“是您的未来夫人。请您转达我们对她的感激，谢谢她对我们公司十足的信任，让我们进屋完成工作。眼下您看，还满意吗？”

领头的那人大手一挥，原地自转了一圈，向肖岂沅介绍他们的劳动成果。

肖岂沅看着客厅里鲜明刺眼的大红“囍”字，电视机上摆着的婚庆娃娃，甚至是茶几上的红色茶杯，墙壁上还拉着一条非常突兀的横幅——祝肖岂沅先生和向绾小姐早生贵子。

他忽然觉得这不是自己的家，这是一片火葬场，火葬了他从没犯过丝毫差错的完美人生，火葬了他仅有的理智。

“我要是说，我不满意呢？”他先是冷笑了一声，随后扯下横幅，浑身散发着危险的气息。

旁人却没有会意，把横幅从地上捡了起来，井然有序地又重新挂了上去。

“没关系，我们将继续进行整改布置。您看？”

“我看，”肖岂沅若有所思地点了点头，指着门沉着脸，“我已经看不下去了。你们现在，立马收拾完道具走人去和你们的肖夫人领赏！”

他的语气里分明带着点讽刺的意味，工作人员却一个个喜笑颜开地收拾道具，挥手致意。

“谢谢肖先生！”

“……”

肖岂沅的脸更沉了。

等到一群人纷纷退出屋子后，他扯下家里的横幅，心里百味杂陈。

向绾啊向绾！你这是什么欲擒故纵的把戏？这个令人头痛的蠢女人！

“阿嚏！”身处远方的向绾冷不丁地打了个喷嚏，“我这是怎么了？感冒了？”

“无缘无故感什么冒，肯定是有人在想你啦！”同学 A 说道。

6.

肖昱拖着行李箱出现的时候，肖岂沅正满肚子郁闷地在家捣毁现场。

他走到门口，看着门两边极为喜庆的对联有那么一点迟疑，照着手机里的地址反复对了好几遍，才按下了门铃。

“你们还有完没完！”肖岂沅气急败坏地打开门，脸上全都是不耐烦，当看清楚眼前的人后，他的不耐烦加剧了，“怎么是你？”

肖昱很快反应过来，向前走了一步，然后大手揽住了肖岂沅的肩膀：“兄弟，好久不见啊，看来最近家有喜事啊？”

肖岂沅冷着脸，挣脱开肖昱：“怎么突然回国了？”

“这是个秘密。”

“家里人不知道？”

“当然，所以兄弟你可得帮我保守秘密啊。”

肖岂沅的脸色越发冷，伸手想把门关上，却被肖昱拦住。

“打住！”肖昱迅速出门把行李箱往屋里一拉，笑着说，“现在可以关了。”

肖岂沅无奈地叹了口气，将门一推。

“肖岂沅，三年不见，你整个人看起来欢脱了不少啊！你这家里都是些什么啊！”

肖昱一边走一边环视屋子里花里花哨的一堆东西，还有厨房玻璃门上还未来得及撕掉的大红囍字。他不禁转过身来对着主人公感慨，眉梢眼角都挂满了桃花般的笑：“说句大实话，咱们家是不是太久没热闹了？我看这满客厅的东西觉得喜庆，你觉得呢？”

肖昱的话明显带着股揶揄打趣的味道。他的嘴角笑意盎然，洁白的牙齿在日光下熠熠发亮，显得他很是无辜。

肖岂沅却对他的美貌攻势一点也不买单。他面色如铁，脑海里蓦地又晃过了那张天天在面前晃荡的脸，好不烦人。

“我对你的感受不感兴趣。”他无视肖昱，径直走到餐桌旁倒了一杯水，语气有种不紧不慢的傲慢，“回国了不回家住，跑来我这里做什么？”

“这还不明显？当然是蹭住啊，兄弟！”

“我觉得家里比我这儿更适合你。”

肖昱一听“收留”被拒，俊逸的脸上不由得闪过一丝无奈，哭笑不得：“我要是没事能跑你这儿来避难？主要是家里那位催得紧，还有你妈，除了操心你的事，她对我的事上心得不得了，三天两头想给我介绍对象，我回去不就自投罗网？”

“所以你偷溜回来不跟家里打招呼？”

肖昱站起来跑到肖岂沅身边坐下，神神秘秘地说：“毕竟我这次回来是办大事的，过阵子还得回，与其回来还得参加几个相亲会浪费时间，不如速战速决。”

肖岂沅盯了肖昱几秒：“哦。”

“就这反应？”

“嗯，还有，你离我远一点，三米。”

“何必这么讲究嘛！”肖昱拍了拍肖岂沅的背，“对了，你和向绾怎样了？”

肖岂沅的脸忽地沉了下来：“你认识她？”

“那可不，也难怪，你总是对无关紧要的事不闻不问，当然不知道我和她从小玩到大，要论了解，我对她可是远远大于你。”

“从小到大她就是个女霸王，天不怕地不怕各种挑事厉害得不行……你跟她相亲那次她还想搞出个大事来呢，疯得不得了。”肖昱站起身把行李箱抬起来，“我房间还是老地方吧，二楼我懂的。”

“所以黑社会装扮是你支的着？”

“怎么可能啊！她可是个戏精，我怎么可能有这种脑洞！”肖昱拖着行李箱径直往二楼走，打开房门就被里面琳琅满目的装饰惊到了。

一个巨大的梳妆台上摆着不胜枚举的化妆品，精致的单人床上粉色的被单和枕头洋溢着满满的少女气息，再看那床头的墙壁上，超大号的相框里出现了一张熟悉得不能再熟悉的脸庞，放大再放大——

向绾。

等等……向绾？

“嘭”一声，肖昱猛地关上房门，拉着行李重新回到楼下，脚步声响亮而有节奏。

“兄弟，你已经和向绾同居了？”他有些惊讶地来到肖岂沅面前，心里顿时对肖阿姨的办事能力佩服得五体投地。

肖岂沅则慵懒地倚在门边看着肖昱，窗外投射而来的日光将他的影子拉得颀长。

“肖家女人的办事能力还用得着质疑？”他的语气带着一种淡淡的玩味，但看在肖昱眼里那可是深深的无奈。

肖昱拖着行李沉思了三秒，朝肖岂沅投去同情的目光，随后直截了当地就往门外走去，动作之迅疾比来的时候还要飘忽。

“事已至此，鄙人就不打扰了，万一我这个电灯泡被你老婆扔出去也是有可能的事。”

肖岂沅双手交叠着倚在门边，一双眼睛像夜色一样深不见底，正色道：“你能不能别在这儿拉低我的品位。”

肖昱扬着脸对上肖岂沅的神情，脱口而出：“话别说得太早，你的品位还未可知。”

“闭嘴。”

肖岂沅冷斥了一声，然后“啪”地关上家门。

回到家中的肖岂沅反手背对着门走回房间里。经过客厅时，不经意地瞥了一眼鞋柜旁的那双女式皮鞋。

烦，是真的烦。

无家可归的肖昱出了小区就干脆利落地找了家酒店，直接开了一个月的房间。谁让他至今还是孤家寡人一个呢？肖岂沅这个万年不近女色的家伙如今身边竟也有了万里挑一的向绾。

而且这么爽快就答应同居，看来八字已经有一撇了。

唉！

肖昱一边结算一边想着，站在柜台边打开钱包，抽出身份证，却不经意地瞟见格子里那张陈旧泛黄的照片，照片里的两个孩童都仍是青涩懵懂的样子。

他若有所思地抽了出来，相片中的向绾仍是小时候土里土气的模样。肖昱忽地想起了七岁那年这个女人冲在他前头打架的场面，脊梁骨顿时一阵发凉。

是时候找她拿回车钥匙了。他想。

自从三年前他去海外留学，向绾软磨硬泡地从他这儿要走豪车起，他就抱着总有一天要为爱车收尸的打算。

车得要回来，人，也得见一见。

1.

周三是肖家最繁忙的一天，向绾一大早就去学校上课了。

值班结束后的肖岂沅回到家发现向绾还没回来，心里自在多了。他想到几天后自己的身边就没有女人这样的生物了，心情豁然开朗不少。

既是良辰就该做些有意义的事。

肖岂沅换下西装，拿出抽屉里的道具，开始沉浸在自己的游戏世界中。

他安静地跪在地上，左手拿着块多米诺骨牌，右手攥着一张扑克牌，左边正要摆放下个节点，而同时要进行的，是右边高高叠起的牌塔。

他屏息凝神地准备完成这两项巅峰之作……

这样的玩法是他前不久发明的，只是限于天时地利人和的条件，还未有成功的记录，眼下只余最后一步就要完工，多少令他有些心花怒放。

突然，家门被“嘭”地打开，一股妖风吹了进来。

肖岂沅还没来得及转头，向绾就咋咋呼呼地在客厅里乱蹦，一边蹦还一边喊：“太热了！啊！风扇在哪儿！啊！空调开起来！”

一瞬间，原本沉寂的气流顿时像炸裂了一样来了个大流转，肖岂沅脚边的多米诺骨牌飞速倒下，一块接着一块；而旁边的纸牌就像是被直升机轰炸了一样，“咻”的一声，散落一地，整座塔牌直接崩塌。

“……”

几秒后，望着地上的一片狼藉，肖岂沅的脸沉得如化不开的浓墨，表情比一地的残局还要凌乱。

“你……”他的眉宇皱成一个“川”字，扭过头看着脱下防晒衣扒下墨镜和遮阳帽，随手往沙发上甩的向绾。

“对了，你上次去学校客串表演的画面，摄影部给你拍了好几张照片，我看着不错就给你带来了。这是你人生难能可贵的舞台经验啊！好好珍藏！”向绾突然从口袋里掏出一把照片甩在肖岂沅面前。

肖岂沅看着照片上阴柔气十足的自己，更加火冒三丈。

而向绾愣是把他黑沉的脸忽略了个彻底，打开风扇将档位调到了最高，站在风扇面前欢快地唱着《小跳蛙》。

地上的纸牌顿时低空飞舞，在肖岂沅脚边打着旋儿，看起来就像是他摆的秘密阵法，正在练气功。

肖岂沅郁悒。

他先是用犀利的眼神射杀离他不足三米的名为女人的生物，然后站起身来直接关掉风扇，居高临下地发号施令。

“你，现在，立马给我把沙发收拾干净。”肖岂沅扫了眼凌乱不堪的沙发，高傲地扬起头，玉指往沙发上指了指。

向绾却很随意地瞟了眼沙发，摆手敷衍道：“哎呀，没事没事，习惯了就好。”

“……”肖岂沅无语地看着向绾继续在风扇面前手舞足蹈，直接上前提住了她的衣领。

向绾顿时双脚离地。

“你似乎对你脚下这片土地的所有权产生了一些误解啊！这里是我的家，不是你的猪圈，我作为主人，现在命令你，在三分钟内收拾好沙发，否则我单只手就能把你扔出那道门。”

向绾吞了口唾沫，双脚乱蹬，这个男人怕是工地上搬砖的，不然哪来这么大臂力啊！

“知道了，知道了！你放我下来我才能收拾啊！”

肖岂沅手一松，双脚落地的向绾讪讪地踱到沙发上收拾衣服。肖岂沅的表情这才缓和了些，站在一旁不可置信地摇了摇头。

作为女人，不完美，简直是不完美到了极点！就算只是他肖岂沅名义上的未婚妻，又怎么能拿得出手呢？

他头疼地揉了揉太阳穴，收拾起地上的卡牌。

“为了惩罚你，今晚你做饭。”肖岂沅面无表情地发言。

“什么？别逗我了，我可付不起你厨房的维修费，要我做饭，你考虑先买份保险吧。”

肖岂沅冷笑一声，不置可否：“作为我肖岂沅的未婚妻，厅堂对向小姐而言门槛太高，上不了，但别和我说你连厨房都下不了。”

“……”

向绾百口莫辩。

到了晚上，肖岂沅果然没有做饭，向绾被迫拖着饥饿的身躯飘到了厨房里。等她噼里啪啦地在里头捣鼓了一小时后，她蓬头垢面地出现在了客厅里寻求帮助。

而此时的肖岂沅，正埋头坐在某处摆弄他的高雅艺术。

向绾找了半天没找到肖岂沅的人影，将厨房里的事忘得一干二净。

锅里的煎饼已经煳得不堪入目，焦煳味渐渐飘散到房屋的各个角落，连身处三楼的肖岂沅也闻到了。他刚想打开门质问向绾发生了什么，这个女人就突然闯入。

“肖岂……阿嚏！”开门后的向绾连话都没来得及说完，就忍不住打了个喷嚏，放眼看去，肖岂沅的身后竟然是一个温室花园！用红橙黄绿青蓝紫来形容都不为过，仅是随意一瞥就有十几种说不上名的品种。

向绾吓得捂住鼻子往后猛地一跳，嘟嘟囔囔：“肖岂沅，你在干吗？养这么多花你不觉得很臭吗！”

“很臭？”肖岂沅的嘴角抽了一下，幽幽的眼神盯得向绾浑身不自在，“我说向小姐，你是我有生之年遇到的第一个说花是臭的人……动物你不爱，鲜花你欣赏不来，你还是女孩子吗？”

虽然从小到大他对女人这种生物并没有过多的了解，但常识告诉他，这样的女人不是屈指可数，而是绝无仅有啊！不，这样的人真的能称之为女人？

向绾嫌弃地盯着他手中的花瓶，反击道：“我不是女的？我还想说你是不是个男的，学人家女人玩什么插花艺术？”

“俗气。艺术不分性别。”肖岂沅颇有修养地纠正她。

“行行行！我俗气，我警告你啊，我对这玩意也过敏，你最好别一天到晚拿着花枝在家里乱逛。”

“向小姐，你似乎忘了这是我家，不是你家。”

“怎么不是我家了？狗急还跳墙呢！你要是惹恼了我，小心我就赖在这里不走了，做个名副其实的女主人！”向绾气急败坏地大声嚷嚷。

下一秒，肖岂沅站起身来，俊眉微扬着步步将她逼到了墙角，手里的香水百合散发出一阵浓郁的香气。

又是这种套路！

向绾愤愤地捂着脸撇开头：“别过来！熏死了！”

“你不是想做名副其实的女主人吗？不如现在就成全你？”肖岂沅的声音倨傲，一字一句抑扬顿挫，帅炸天的俏脸在向绾面前放大了好几倍，向绾的气势顿时被击垮。

“呵呵，你真的误会我了。我说的是‘女煮人’，煮饭的煮，不是女主人哦！”她机智地回应。

肖岂沅手里的剪刀“咔嚓”一声剪断了一根茎叶，掂在手里晃了晃。

“女煮人？你？向绾小姐，你仔细闻闻，眼下是我要熏死你，还是你要熏死我？我再不弃屋逃跑，楼下是不是要爆炸了？”

！！！

什么味道？向绾这才注意到空气中混浊的焦煳味，大叫着冲回楼下四处搜寻她遗落的锅铲。

正在熟睡的肖儿子被一股奇异的怪味惊醒，在屋子里不停地狂吠，一时间，肖家乱成了一片。

肖岂沅扶着额头，装作没有听见家里的纷纷扰扰，他人生中第一次有了些许挫败感。毕竟，他自诩是如此完美的存在，怎么就能遇上这么一个问题未婚妻呢，把家里搞得鸡飞狗跳的。

这个婚约必须赶紧解除……

“向绾小姐，你确定这是人吃的东西？”

“你不吃给你儿子吃。”

“人都吃不得的东西竟敢给我儿子吃？”

“……”

向绾在厨房里捣鼓了整整四个小时后，终于在餐桌上凑齐了四盘黑暗料理，分别是西红柿炒鸡蛋、清蒸蛋羹、豆腐鱼汤和爆炒土豆。

但在肖岂沅看来，这四盘菜分别是西红柿炒焦蛋、清蒸蛋糊、豆屑咸汤和爆炸土豆块。

他开始相信，这个世界上有一种浪费，叫“向绾下厨房”。

“这么吃会出问题的，向小姐还真是厨艺了得，制造了一锅致癌物啊！”肖岂沅噙着冷笑放下了筷子。

最终，向绾顶着巨大的压力从楼下的超市买回了一袋泡面。肖岂沅平生第一次被迫尝了一口这种不健康的东西，从此打消了让向绾再进厨房的念头。

还是医院的食堂好啊。

2.

翌日，向绾一大早就到学校练晨功去了。

作为表演系大三的系花，她倒是天资聪颖，时不时地也去小剧组兼职跑跑龙套，平日里在话剧表演中更是担当重任。只是，这天排练话剧时，她的右眼皮不住地跳动，预示着今天像是倒霉的一天。

果不其然，等到结束排练回到家时，她才发现自己忘带钥匙了。

此时已是傍晚，她估摸着肖岂沅很快就会回家，索性站在门边等，结果一等就是半个小时。在临近七点时，她终于按捺不住给肖岂沅打电话。

“喂？我忘带钥匙了，你怎么还不回来？”电话一接通，向绾就直奔主题，言下之意是要肖岂沅赶紧回家。

肖岂沅明显一点也不着急：“进不去是吧？你自己看着办吧。”

向绾跳脚：“办不了啊！踹过了，踹也踹不开！我现在急着回去用电脑！我手机快没电了！”

肖岂沅淡定：“买根新的。”

向绾郁悒：“……”

最后，肖岂沅冷静道：“挂了。”

向绾听着听筒里传来的嘟嘟嘟声，气得一口老血涌上心头。借着最后百分之五的电量给肖昱来了一串夺命连环 call，一番软磨硬泡后才从他那里获悉肖岂沅此时的位置。

十五分钟后，向绾紧赶慢赶地站在某酒店包厢门口，然后推开门往包厢里探了探头。

里面一桌人有些疑惑地看了看这个不明人士，向绾也不躲藏，从人群中搜寻到肖岂沅的身影后大大方方地直奔他去，这的确是她的行事作风。就在在场的人都还未明白过来怎么回事时，向绾已经直截了当地摊开手。

“家里钥匙。”

肖岂沅的脸色不由得沉了些，站起身来把手伸进西装口袋里，夹起钥匙放在了向绾掌心里。

“谁让你来的？”他低声道。

这个女人是傻子吗？在公众场合出现，当着这么多人的面她是巴不得向所有人宣告他和她的关系？

向绾却显然对这一点没有任何多虑。

她潇洒地合起手掌，转过身就要离去：“谢了。”

然而，正如肖岂沅所料，在场的同事并没有打算放过这个突然出现的女人。重点是，肖岂沅和她的关系看起来似乎并不陌生，像是相伴多年的情侣？只是他们并不知道，向绾行事一向风风火火。

现场开始沸腾……

“咦咦咦，别走啊！小姑娘不会就是咱们老肖背后的女人吧？”

“是啊！肖帅，你不打算对这一幕解释一下吗？”

“连家里钥匙都给了，看来是同居了！原来你就是我嫂子！嫂子，我敬你一杯酒！”

原本只有三两个人吆喝得起劲，可最后一位的发言犹如在平静的饭局上投下一颗重磅炸弹，在场的所有人纷纷炸开了锅。

“同居？没想到一向不染风月事的肖兄办起事来是名副其实的行动派啊！”

“可不是嘛，再过几个月怕是孩子都有了。”

向绾还没来得及走就被一群八卦的哥哥姐姐拦了下来，她顿时有些心虚，转过头向某人投去求救的眼神。

肖岂沅却抱着双臂好整以暇地看着她。

自己闯的祸自己收拾。

向绾急中生智，忽然“啊”的一声迅速转身面向肖岂沅。

“哥！肖阿姨都说过多少次了，别总是把家里的车钥匙弄混！明天她还要用车呢，我现在就给她送去。先不说了啊。”向绾一边说，一边掏出手机在屏幕上胡乱按了一通，几秒后放在耳边，大声说话，“大姨！我找到表哥了，我现在就给你送过去。啊，很急是吧？我妈也在你那儿？好，我马上到。”

“……”

挂了电话，现场不知为何有一刹那的宁静，气氛莫名尴尬。

而一旁的肖岂沅默不作声地看着向绾这一连串的自导自演，脸色比先前要更加难看了。

向绾接触到他沉郁的眼光后，右眼皮又开始莫名跳了起来。

随后，在座的某位仁兄突然哈哈笑了一声，一边鼓掌一边缓解气氛:“嫂子表演系的吧？我们要不是知道肖阿姨娘家就只有她一个孩子，差点都被你骗了呢！演技真好呀！”

“是啊，是啊！小姑娘真有趣，我们都知道你害羞了呢！不用费力掩饰你和老肖的关系啦！”

“……”

向绾弱弱地瞥了眼肖岂沅的表情，额间几缕碎发在空调的吹拂下开始凌乱。

等到周末，向绾陪余知羡到医院年检时，意外碰到了上次饭局的某位医生。

“嫂子，你是来找肖哥的吧！”医生 A 笑嘻嘻的，然而向绾根本不记得他到底是哪个，只能笑着打哈哈。

“不……”她怎么可能是找肖岂沅的啊！她脑子又没病！

“肖哥这会儿应该不在办公室，我刚看到他去泌尿科了，要不你去他办公室等一会儿？”

泌尿科？

向绾猛地一抬头，似乎得到了什么了不起的情报。

“同志，我陪朋友来体检的哈，先不跟你说了，有机会再聊！”说完，她拉着余知羡迅速溜了。

医生 A 有点愣，站在原地挠了挠头：“肖哥媳妇真活泼。”

“你怎么了啊，我还得排队呢。”

“你没听到啊！我未婚夫，肖岂沅，泌尿科！”

余知羡震惊地捂住嘴：“该不会……”

“八成是了！”向绾握住余知羡的手，“革命有希望了，你在这儿排你的队，我去那里探查情报！”

“行，等你好消息。”

向绾经过走廊时，听见一小撮护士聚在一起叽叽咕咕，向绾本来也未在意，只是刚刚好捕捉到“肖岂沅”三个字，便特意放慢脚步想听清楚。

“前段时间他不是去体检中心了吗？也不知道发生了啥，那之后就经常跑泌尿科去了。”

“天啊，不会吧，看起来那么男人，结果那方面不行？”

“呸呸呸！别瞎说了，反正我不信，他去泌尿科也只是和主任在办公室里聊，谁知道具体说了些什么呢？”

“你还不信？泌尿科的小护士说，肖岂沅经常去他们科找主任，找完后还要去药房取药！我问过取药处的值班同事了，取出来的就是那种药啊！都这么明显了，你说有没有问题？”

“……”

听完这番话的向绾更加兴奋了！她像是中了彩票一样，高兴得要在医院里原地爆炸。

“太好了，太好了！”向绾欣喜地在走廊里跑了一个来回，蹦跶到余知羡身边，摁住她的肩膀不停地前后晃动，兴奋道，“你知道吗！是真的！我未婚夫那方面有问题啊！天助我也！爽！”

四周投来异样的眼光，余知羡有点尴尬地笑了笑：“向绾，现在是在医院！”

“啊，对对对。”向绾强忍住心中的喜悦，脸上却笑开了花。

她已经在想回家休未婚夫的措辞了，天哪，忒激动了。

3.

向绾刚回到家，肖岂沅就明显感觉到她的不对劲。

他刚从厨房走出来，就看到她眼角眉梢都是小心思地看着他。

“你这是用的什么眼神看我？”

向绾并未说话，只是意味深长地仰天长笑，这一笑，令不明所以的肖岂沅和肖儿子毛骨悚然。

今天的向绾不对劲……肖儿子这么想着，摇着尾巴躲到肖岂沅房间去了。

向绾一看肖儿子走了，在客厅里更加肆无忌惮地活蹦乱跳，叉着腰又是一阵怪异的阴笑。最后，在肖岂沅眼神的秒杀下，她不得已停下来，开始动容地安慰起他。

“唉，金无足赤，人无完人，你已经够完美了，想开点就好。”

肖岂沅莫名其妙地瞥了她一眼，心想，这女人又开始发什么神经？

他默默走到厨房里倒了一杯水，拧眉道：“自从你住进来，医院的空气都比家里的清新不少。我等下去医院。早上家里捎来的螃蟹少了一只，不知道跑哪儿去，你等下就四处找找。”

向绾不管不顾，继续安慰他：“但是上帝也没有断了你的后路。毕竟，那句话怎么说来着？关上你家门，就给你开扇窗。咱俩的婚约很快就到头了。”

“你还记得你答应过什么就好，记住你该做的事。”

肖岂沅虽觉得面前这个女人怪异非常，却并未多想，只是瞟了一眼后就换上外套出门。

向绾一见肖岂沅走了，开始坐在沙发上非常用心地组织短信语言。

过了半个小时后，她终于成就了一封完美的休夫信，大致内容是——

同居多日一切顺遂，却意外在医院发现了未婚夫染有恶疾，具体情况她羞于启齿。为了向家的未来她实在不愿做一个不孝孙女，断了向家的香火，恳请肖家看在两家交情的分上解除婚约，各自安生。另外，事关肖家长孙的名誉，为了肖家着想，这件事还是只有她和肖家长辈知道为好，不必告诉更多人。婚约之事乃肖大状一句话的事，望肖家成全。

一番斟酌后，向绾从通讯录找出肖妈妈的手机号，点击了发送键。

接下来，就是有些漫长的等待。

在此之前，肖妈妈正漫步在商场的婴童区为她未来的孙儿们买买买。她刚挑完一套芭比娃娃结账后，就收到了向绾的短信。

打开一看，如同晴天霹雳，她顿时花容失色。

什么？她的亲生儿子竟然身患隐疾，被可爱的儿媳妇嫌弃了？

这怎么可能！

她一路抱着芭比娃娃，风风火火地赶到了儿子家。

向绾听到门铃声时，透过门孔看到了肖妈妈放大版的脸。她的心跳陡然漏了半拍，退了一步深吸一口气后，方才把门打开。

肖妈妈一进来就紧紧地抱住了向绾，向绾差点儿没窒息。

“我的宝贝儿媳妇！你相信妈妈，我生的儿子绝对没问题的！我是谁，可是半个药精啊！”

向绾虽然不知道自家婆婆在说些什么，但还是扯出一个笑，酝酿了两秒，从眼角强行挤出了两滴泪：“妈，这事我也很难过，我也不知道会这样，但是我……我不知道怎么办才好了呢！呜呜呜，作为向家的长孙，我身上也有不可推卸的责任啊，这婚我终归要退的。”

“绾绾，你别急！妈对天发誓，这其中绝对有误会，很快就会真相大白了！怎么会呢，呜呜，我的宝贝儿媳妇，妈妈是这么喜欢你，你只能是我的儿媳妇才是！”

肖妈妈急得语无伦次，一边夸张地啜泣着，一边来回抚摸向绾的手安慰她，情绪明显比向绾还要夸张，还要认真。向绾被逼得演技炸裂，直接坐在地板上捶胸顿足，肖妈妈见状，跟着一屁股坐在地上。

就在这时，肖家的门再次被人推开，肖爸爸和肖大状同时出现在门外，表情抽搐地看着两个坐在地上毫无形象的女人。

很快，向绾就被三个长辈围坐在了沙发上，气氛变得异常严肃和紧张。

“咳咳，绾绾啊，这事爷爷我知道。没想到会让你对岂沅产生了这么大的误会，让你担心了。爷爷保证，会还你一个心安。”

向绾一听，心里真是那个不安，脸上还是笑眯眯：“呵呵，爷爷这么说我就放心了。”

沉默了一会儿，肖爸爸的手机铃声率先打破宁静，他迅速接通。

“嗯，检查完了？让他们立马处理报告，尽快赶来。我和你爷爷都在。”

向绾一听，情绪更加紧张了。

不会真出什么岔子吧？难道这之中有什么隐情……

很快，肖岂沅高挑的身影出现在了家门口，刚走进客厅，他的眼睛就不偏不倚地盯着向绾看，眼里是滔天的怒火，脸色沉得如一块乌黑的煤炭。

向绾是第一次见到这个男人脸上露出如此锋利的眼色，身子忍不住哆嗦了一下。

肖岂沅这才把视线错开，“啪”的一声将一份检验报告甩在桌上，沉声说：“报告在这里，自己看。”

肖爸爸作为资深院长，率先接过检验单浏览了一番，凝重的眉眼这才渐渐舒展开来：“嗯，绾绾啊，岂沅身体好着呢！这里各项指标都显示没有问题。你自己看看，这下你可以放心啦。”

说罢，他和蔼地将检验单递给向绾，向绾弯腰小心翼翼地接了过来，对着单子上一堆乱七八糟的指数似懂非懂地进行解读。

说实话，她只看懂了最后的检验结论，她的未婚夫的确没有问题。

那么问题到底出在哪儿了呢。

她的额头上不禁冒出一层细密的汗珠，从头到脚写满了一个窘字。

“这样啊，我真的误会了……”可怜她，明明内心失落得要命，面上还要装出一副如释重负的模样，“啊！知道岂沅没问题我就放心了，真是太好了！”

说着说着，她挥洒下激动的热泪。

肖岂沅看着这个女人逢场作戏的模样，嘴角再次勾起了一抹嘲讽的弧度。

肖大状见真相大白，欣慰地拄着拐杖坐到了向绾身旁：“孩子，今天的事爷爷一家不会放在心上，你也不要放在心上。我们肖家对你这个孙媳妇是绝对的重视，以后，只要你对这孩子有什么意见或受了什么欺负，你尽管提出来，爷爷替你做主。”

向绾一听，心头一暖，不由得真情流露，有那么一瞬间，她差点真的把自己当成肖家未过门的孙媳妇了。

“爷爷对我真好。今天的事是我胡闹了。”

“其实呢……咳咳，也不是胡闹。”肖大状突然严肃地扫了一眼众人，方才略显慈祥的面容再次恢复一派正气，他先是支走了肖爸爸和肖妈妈，随后留下向绾和肖岂沅两人面对面坐着谈。

肖岂沅像是早就料到了肖大状会有此举，全程有些漫不经心。

经过一番交流后，向绾才知道身患隐疾的人根本就不是肖岂沅，而是一向风光无比的肖大状。

原来，随着年龄的增长，肖大状不幸身患前列腺增生症，但一向好胜、不服老的他又怎么能轻易把这种事公布于众呢？

于是，他特意拜托自己最信任的孙子肖岂沅为他秘密安排了体检，并在体检后以私人出诊的方式请了泌尿科的主任登门看病。久而久之，肖岂沅成了密切观察老爷子病情、老爷子与主治医生沟通的中间人，时不时亲自与主任讨论老爷子的身体状况，并秘密地以自己的名义去医院取药。

谁曾想到，这样隐秘的一件事仍旧是被医院里的一些人发现了，风言风语下方才有了肖岂沅背锅一事。

得知真相的向绾当下隐隐不安，她的直觉告诉她，能把肖家长辈留下来一时是一时，否则今夜她在劫难逃。

正当她思索着如何挽留长辈们留下吃饭时，余光瞥到了一米外某不明物体正朝自己飞速爬来。

仔细一看，竟是某人出门前叮嘱过要寻找的那只螃蟹！

螃蟹肆无忌惮地在客厅里横行霸道，眼看着就要用它的大钳子给她致命一击，向绾吓得大叫一声，本能地转过身往反方向跑。

门口原本要离去的三位长辈听到叫声，纷纷驻足，回过头想看发生了什么。只见向绾刚跑没两步就遇上了挡在身前的肖岂沅，她想也没想，“嘭”地就跳到了肖岂沅的身上，像猕猴抱树一样对着某人来了个熊抱，双腿将某人的大腿圈得紧紧的，魂飞魄散地“啊啊”大叫。

肖岂沅的耳膜顿时受到了暴击，眉毛拧成了一条线，那表情，就差没把向绾直接扔出客厅了。无奈长辈们都还在场，他耐着性子把某

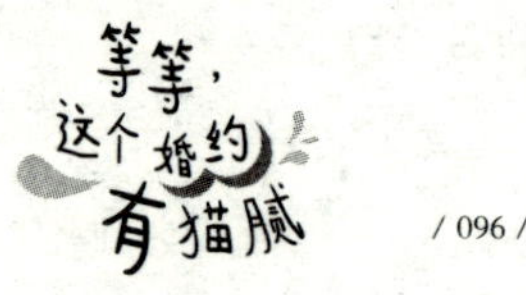

人从身上扒了下来，徒手把螃蟹抓回厨房。

长辈们见小两口如此“甜蜜”也就放心了，心领神会地笑了笑关上家门，留小两口自个儿谈情说爱去。

向绾惊魂未定地坐在沙发上抹了把汗，眼尖地发现从厨房回来的某人表情那叫一个死气沉沉，一双好看的星眸如今是腾腾杀气。

向绾干干赔笑，转过身指着窗外天空感慨：“哇，今天的天气真好，天空真蓝，不愧是周末啊！”

肖岂沅凌厉的眼神跟着往窗外看去，顷刻间，向绾发现苍穹之上暗戳戳飘过了一朵火烧云，借着日光映照在她眼眸里，顿时令人心生恐惧……

4.

向绾还没来得及溜回房间里躲起来，属于肖岂沅身上的危险气息已经迎面袭来，将她笼罩得无处可躲。

向绾感觉得到他很生气！毕竟，因为她的鲁莽，他被平白无故地抓去做了个有辱人格的体检，自尊心就这样碎了一地！

果然，还没等她酝酿出一套说辞，她就又一次被肖岂沅提了起来，纤瘦的身躯根本没有一丝反抗的余地，直接被摁在了墙角无处可逃。

“你很行吗，这就是你说的方法？让我平无故被扣上无能的帽子，搞得尽人皆知，不得不去躺着做检查？”

肖岂沅那双颀长的手紧紧地摁在她的肩上，一点儿没有怜香惜玉的意思，手臂上的青筋暴露，脸上写满了一万个“我不开心”。

向绾只好略略示弱："这事是我欠考虑，但……这也不失为一种办法吗！要是长辈们没这么较真，你再配合我演一出戏，说不定还真成了，你说是吧？"

肖岂沅一听，脸上又多添了几分愠色。

"看来，向小姐是觉得玩得不够尽兴啊，那要不要试一下玩火的滋味？"肖岂沅的手突然捏住了向绾的下巴，逼得她的脸不由自主地跟着抬了抬。他低下头来，一张俊美异常的脸一时间和向绾离得那样近，一股温热的气流缓缓落在她细腻的面颊上，痒痒的，又令人发怵。

向绾下意识地将视线拉长到半空中，担忧的眼神蓦地在四周飘来飘去。

"什么……"她的喉腔像是因一时惊吓而粘在了一起，声音显得微弱而无力。

肖岂沅冷笑了一声，佯装温柔地拨开她散在额前的一缕碎发。

"你不是说我性无能吗，那你要不要亲测一下我的能力？嗯？"

电光石火间，他反手将向绾的小手扣在墙面上，矮身凑近她的面容，来势汹汹令向绾惊得闭上了眼，下意识地抿住嘴唇偏过头，脸上挂满了慌张。

好在等了几秒，预想中的壁咚并没有发生。

只听见肖岂沅冷哼了一声，嘲笑地放开了她："怎么，你妄想我会对你做些什么？"

向绾的脖子上缓缓滑落一滴汗珠，望着肖岂沅仍旧逼近的面容，腿有些发软。

可她还是本能地反击。

“你别这么自恋行不行？”

肖岂沅又冷笑了一声，一张嘴一阵男人的气息便扑鼻而来：“不，你错了。我不是自恋，我是对自己有充分的自我定位和认知。而你？在这一点上好像是天生缺失。”

“你是说我没有自知之明？”向绾反问。

“如果有，你会用如此拙劣的办法吗？”

向绾不禁质问：“只要能达成目的，又何必非要用多么高明的办法？”

肖岂沅秒接：“那为了达成目的出卖另一方，这倒仁至义尽？很好，向小姐这一招肖某倒是受教了，改日值得一用。”

他的一席话一时令向绾无从反驳。

见她终于安静，肖岂沅这才满意地稍稍松懈了手上的力道。

向绾趁机拨开他的手臂逃了出来，拿起沙发上的抱枕护在身前。

“反正展开执行的是我，你又能拿我怎么样呢？”

“别的我倒不能拿你怎么样。”肖岂沅一边说一边理了理衣领，一双黑曜石般的眸深不见底，“但，你可别忘了我是个医生。医生可以救人，也可以……”

“也可以怎么？”向绾先是顺着他的话大声发问，随即才反应过来他话里的意思。她立马惊恐地捂住嘴，不由得头皮发麻，“你在威胁我？你想神不知鬼不觉地做掉我？那我不成了‘向大郎’？”

你好，向大郎，你的男伴潘金莲已上线。

肖岂沅轻蔑地扫了她一眼，转过身走出门：“这我可没说，要怎么理解取决于你。”

“……”

除了这么理解，还能怎么理解？

人在屋檐下，哪能不低头。

向绾思来想去，鬼知道肖岂沅这个小气鬼会怎么整她，还不如早点道个歉，毕竟伸手不打笑脸人嘛。

向绾一个人孤孤单单地坐在楼下的长椅上等肖岂沅回来，手机屏幕的光亮了又暗。

“大半夜不回家晒月亮呢。”身后忽然传来一阵熟悉的声音。

向绾一转头，一身灰色运动服的肖昱就迎面走来，面上挂着戏谑的笑容：“你这是想成为望夫石的节奏啊。”

“望你个大头鬼啊。”向绾上前朝他胸口砸了一拳，没好气地说，“你咋回来了？回国都不跟我打声招呼，也太不把我当回事了吧！”

肖昱闷哼了一声往后退了一步，转而耿介道：“你下手不能轻点？我这不是来了，你最近和我哥你侬我侬，我没好意思打扰。”

向绾没好气地白了肖昱一眼：“你瞎说什么梦话呢！”

“是不是梦话可不一定呢！”肖昱玩味地笑着，忽地压低声音凑近她比了个手势，“我现在突然挺期待看你怎么才能收服我家那位仁兄，算是替我报仇了，每次和他交战我就没赢过。”

“能和他过得了招的就只有我，至于你？”向绾上下打量了几眼肖昱，“你们看起来就不是一个级别的，哈哈哈哈哈哈！”

肖昱无奈地扫了一眼这个许久不见仍旧毫无改变的女人，忽然想起有一句话是这么说来着，江山易改，本性难移。

“看来，订婚了也不能改变你什么啊！”

话音刚落，向绾一巴掌砸在了他的背上。

“皮痒了是吗？”

肖昱疼得嘶了一声，突然明白了一个天大的事实。向绾的处事法则不就是“非暴力不合作”吗。

肖岂沅能和向绾待在一个屋檐下共处本身就是胜利了，这是他万万做不到的啊！

“行了，我是来找你拿车钥匙的。”他捂了捂后背，对着向绾伸出手来，悠然道，“自从三年前我走的时候你把车钥匙抢了去，我就日夜担心我爱车性命不保。你上次和我说完好无损，我倒是有些吃惊。”

“我的车技你竟敢不信？”向绾一边从口袋里掏出车钥匙，一边领着肖昱往停车位走去。

肖昱抱着怀旧的心情跟在她身后，心里还是做好了万全的准备。没想到，远远地看见时，他的心脏就已经停止跳动，心碎了一地。

有没有搞错？这真的是他的爱车吗？

粉红色的 hello kitty 鲜明地印在车身上，左一只，右一对，车尾还有个“女司机开车，请注意”！再看车内，前有史努比护驾，后有葫芦娃镇场，玻璃窗还贴着“新手上路，多多关照！

这就是向绾的“神级”品位？

肖昱颤抖着双手摸上他挚爱的方向盘，突然发现上面贴着“左”

和“右”，他的脑门上渗出了一滴豆大的汗珠，将身子抽回车门外，看着向绾的眼神幽不见底。

“这就是你说的完好无损？”

“对啊！哪里损伤了吗？不仅没损伤，我还给你装饰了一下，拉风得不得了。”向绾王婆卖瓜自卖自夸地叉着腰，给自己又竖了一个大拇指。

肖昱的神经“嘭”的一声断掉了，双手抱头在原地徘徊，躁郁道：“疯了疯了，我是疯了才会把车借给你这个女人。”

“你没疯，时间不是给了你最好的答案吗？”

肖昱突然放弃似的把手放下，释然地转过身摆了摆手：“罢了罢了，我这不是输了，我是认了。这车我不要行了吧，送给你了，你以后千万别和别人说这车从前是我的。”

“真的吗？”向绾兴奋地在后面挥手，感叹某人的出手大方，“多年不见，你还是对我这个发小这么关怀备至啊！你可比你哥强多了，放心吧！”

“……”肖昱双手插在口袋里，呵了口气慢跑回去。思虑再三，他还是没忍住给肖岂沅发了一条微信。

“向绾有风险，投资需谨慎。”

5.

此时此刻，原路折返来拿文件的肖岂沅正坐在车内神色不明地盯着手机微信。上一秒，他还看到向绾和肖昱两个人在十米之外的马路上打打闹闹，动作亲昵；下一秒，肖昱就行色匆匆、神神秘秘地原路往回跑，向绾那样子就像早就预料到他会原路折回一般。

所以，肖昱是背着自己和向绾暗地里交流感情吗？虽说是从小一起长大的情分，但肖昱也走了三年，不至于如此亲昵吧？

成年人的友情……

想到这里，肖岂沉莫名觉得心神不安，右眼皮突突地不住跳动，心头像被无数只蠹虫啮咬着，有种说不出的难受。他只是觉得方才的一幕幕并不是他所想见的，而他真正想要的是什么，自己似乎也未来得及想清。

他不受控制地拧开车门，然后大步朝向绾走去。

向绾正在等电梯，刚走进电梯，就感觉身后有声响，转头一看，竟是肖岂沉。

“咦？肖岂沉？你回来啦！”向绾冲着肖岂沉笑，然而下一秒，肖岂沉却捏起她的手腕，面色铁青。

向绾的第一反应是，妈耶，他不会还在生气吧！

“怎么，自己家我不能来了？还是，你怕我发现你的那点儿秘密？”他的声音清晰而明亮，却带着几许说不出的阴沉，“一家两兄弟，你未免野心太大了些。”

“你在说什么乱七八糟的。”向绾听得一头雾水，手腕上的力道令她难受，于是下意识地反抗，用力地想甩掉肖岂沉的禁锢。

这一激烈的反抗方才令肖岂沉意识到自己此时的动作不妥，手上的力道及时减弱了不少，然后也很快就松开了向绾的手腕。

他这样是在做什么？

想到这里，他心乱如麻地转过身背对着向绾，若无其事地打开家门，进屋子一声不吭地取走文件，脸上神色不明，眉头微微皱着。

向绾倚在门边，看着他行色匆匆。

在肖岂沅等电梯的空当，向绾鬼使神差地问了一句：“肖岂沅，你不会吃醋了吧？”

问完向绾才反应过来，呸呸呸，这什么鬼话啊，她这也太自恋了吧！肖岂沅肯定又要怼她了！

然而，肖岂沅只是顿了下，神色僵硬地看着向绾。

他的所作所为难道真如向绾所解读的那样是在吃醋吗？

怎么可能！

他咳了几声扭过头来看着向绾，重新找回了以往的神情和自信，她竟然说自己在吃她的醋？这是天大的诋毁与误解！

肖岂沅咳了几声，冷着一张脸：“你想多了。”

回医院的一路上，肖岂沅怀着一种心态爆炸的状态左灯右行，他也不知道自己在恼火些什么，是对向绾的自恋和对他误解的窝火，还是对自己反常表现的气急？这样的不悦已经不是头一遭了。

他忽然想起前些日子，肖昱回国闯到他家里时的那句话，说自己对向绾的了解可比他多得多。那次是，这次也是，他到底在分心、纠结些什么呢？

这么想着，他竟然已经走进了心理科办公室。一推门，同事汪主任就有些惊讶地看了他一眼，随后从办公椅上起身来迎接。

“咦？肖医生，你怎么有空来我这儿，大驾光临啊，是不是院长有什么事要你交代的？”

肖岂沅见他热情地迎了上来，说话声还一点都不含糊，连忙扬起食指要他别再虚张声势，随后一脸郑重其事地坐在了沙发上。

“来这里是我的私事，你不必声张。就是有些小问题咨询你，是我朋友的事。”

朋友的事……

汪主任一听，压制住心头的笑意，一脸肃然地倒了杯茶端给肖岂沅。

这口吻真是熟到不能再熟了，每天来他这里咨询的人十个有九个开头都是“我替我朋友咨询”。

“你不妨直说，能帮忙解惑的我一定竭尽全力。”汪主任贴心道。

“不是什么大事，只是我朋友最近有些困扰。这个朋友……简而言之，就是出类拔萃的那种优秀，最近身边出现了一个女人。什么样的女人……一言难尽，不是一般人，非常糟糕，今天和我朋友的弟弟私下碰面，被我朋友撞见了。我朋友看到后有些情绪失控，他比较好奇，为什么自己的情绪波动这么大？”

肖岂沅面色平静地叙述完这一切，又若无其事地叹了口气，似在替他的朋友惋惜。

“肖医生，你，哦不，你朋友和那个女人是什么关系呢？”汪主任掷地有声地问。

“没关系，就是邻居。”肖岂沅下意识地说。

“那么，你的朋友在见到那个女人和别的男人有过多接触的时候，或者说，只是正常的接触时，心里是否会不舒坦呢？”

“这我倒是不知道。”肖岂沅犹豫了一秒后，缓缓地说。

“要我看，为什么那个女人不能和你朋友的弟弟碰面呢？如果他们只是正常交谈，你朋友的反应会不会过大了些？”

汪主任的这一问着实令肖岂沅无语凝噎，想了想，似乎是有那么些道理不能反驳，于是，他干脆直截了当地问：“所以你觉得，这到底是什么心理问题？”

“心理问题？”汪主任笑了笑，连连摇头，“肖医生，其实这并不是什么心理问题，这是动了情的表现。你朋友可能喜欢上那个女人了。”

“怎么可能！”肖岂沅没来得及掩饰眼底的诧异，“咻”地就站起身来反问汪主任。喜欢是什么，虽说他并没有什么亲身体验，但目前看来这实在令他难以信服。

汪主任见他反应有些大，反倒像自己的权威受到了挑战，于是清了清嗓子正色道：“怎么不可能？”

“有些东西不需要道理。”汪主任纠正，像是见多识广的老前辈一般，说得头头是道，“比如喜欢，这种东西就是捉摸不透的。人心是一个很神秘复杂的领域。如果你要我列出条条框框来解释你朋友为什么喜欢上那个女人，以我目前掌握的信息来看我是做不到的，退一步讲，即使我掌握了更多的信息，我也未必能做得到。”

“……”

他喜欢向绾？

不不不，这不可能，不可信，不应该啊……

1.

“知羡啊，我已经吃了好几天的外卖和方便面了，住在肖家的日子真是太惨绝人寰了，肖岂沅这家伙天天吃的都是些什么啊！我对海鲜过敏啊！”

“向绾，我对你深表同情。但我仔细想过了，你对他太‘钢’了，不如来一出苦肉计？我今天刚从电视上学到的。”

“这个好说，这个好说，待我找到机会试试效果如何。抱一个，好姐妹。”

走在放学的路上，向绾默默捂着饥饿的肚子和余知羡发微信，心里没有一刻放弃过破坏婚约的念头。

听说肖家已经蠢蠢欲动在商量订婚的事了，她越想越头秃。

她和肖岂沅既没有情，也不相悦，还动不动就过招，这婚一结两家都得闹得鸡飞狗跳。况且，单凭肖岂沅在家的饮食这一点，他俩就没戏，还说什么同居呢？虐妻才是吧。

想到这里，向绾更觉难过，更加饿了。

一推开家门，一阵扑鼻而来的佳肴美味顿时令她垂涎欲滴。抱着万分之一的期盼和侥幸，她眉飞色舞地甩掉书包朝厨房走去，略微一探，果然是肖岂沅在做饭。

今晚会有口福吗？

仔细看了看，这做的都是些什么啊……

香浓金钩翅汤，澳洲野生东星斑，阿拉斯加帝王蟹，鲍鱼、娃娃鱼、膏蟹组成的火锅料拼盘，摆着龙虾肉、海参、象拔蚌的高级海鲜拼盘。

这一桌子怎么又是海鲜！全是海鲜！

要知道，作为易过敏体质患者，她几乎是包揽了所有易过敏的接触源，无论是动物、花粉，还是酒精、海鲜，没有一样是她能抵御得了的。

可肖岂沅动不动就像今天这样鲍鱼海参家常便饭，向绾越想越不爽。难道，她注定要在高级住宅里夜夜吃着外卖、方便面，连条狗都不如吗？

不不不……

想到这里，忍耐多日的向绾走进厨房，理直气壮地找肖岂沅谈判。

“肖岂沅，你这样天天鲍鱼海参的，不觉得有点营养过剩吗？”

肖岂沅听出了她话里有话，悠然道：“你想表达什么？”

“爽快！一句话，我对海鲜过敏，你以后别天天动不动就海鲜大餐了行不行？”向绾一只手倚在墙壁上，一手托着颗苹果啃了一口。

肖岂沅专注于调整火候，连看都不看她一眼：“你爱吃不吃。”

向绾不悦地又咬了一口苹果，愤愤地说：“暴殄天物！”

肖岂沅自动过滤掉这句话，转而托起手上装满食物的餐盘放到鼻尖优雅地嗅了嗅，完美的脸上尽是享受。他娴熟地在餐桌上摆好餐具，倒了一杯 82 年红酒独自品尝。

对他这种从小便在优渥的环境里成长的男人来说，这样的生活不是炫富而是日常。

饥肠辘辘的向绾大受刺激，趁肖岂沅去洗手时从厨房里搜出一支芥末膏，往他的鱼翅汤里挤了一条，想借机灭灭某人气焰。

肖岂沅回来后，像往常一样用汤匙先喝了一口汤。向绾万分期待地守在客厅里等待他的尖叫，却惊讶地发现某人连眉头都不皱一下地一勺接着一勺，喝得有滋有味。

“……”这人的舌头是钢铁做的吗？

向绾泄气地在客厅里咋舌，肖岂沅自知向绾用这么幼稚的伎俩捉弄他不成，眉眼不自觉扬起一丝讽刺的笑，继续有条不紊地在火锅里加料。

向绾见他若无其事，心中更是火上浇油。想了三秒，她突然“哎哟”一声倒在地上滚来滚去，一边滚一边捂着肚子嗷嗷大叫。

“啊！肚子好疼！我完了，我完了！”向绾声情并茂，面露苦色。

肖岂沅淡定得很。

他可不是第一天认识这个名叫向绾的奇葩了，以他的智商，她真的以为能骗到他吗？幼稚。

想到这里，肖岂沅干脆挪了挪椅子，背对着向绾吃饭。

向绾看见某人无动于衷，更加卖力地大吼大叫，肖岂沅却像金钟罩护体一样，纹丝不动。

等到过了十分钟，肖岂沅原本以为要更久，身后却突然没了声响。这下他反倒有些不习惯了。但是，这八成又是向绾的诡计，他肖岂沅怎么可能被这么低劣的戏码给骗了呢？

不可能！

这么想着，他继续美滋滋地独享美食，嘴里的鱼肉香嫩得很，碗里的龙虾看起来鲜甜可口。等到再过了五分钟，口中的鲍鱼嚼着嚼着却越发没了滋味。

他安慰自己，这一定是因为他已经饱了，和背后那个女人可是一点关系也没有。对谁都可以有行医者的怜悯之心，唯独对后面那个厉害角色不行啊！

于是，又过了五分钟……

肖岂沅抽过一张面巾纸优雅地抹了抹嘴，挪开椅子转过身来。

这女人不会来真的吧。

想着想着，肖岂沅佯装出了一副看戏的模样，双臂交叠着缓步朝客厅走去。

宽敞的客厅中央，一具人体正仰面躺在地上，手脚夸张地摊开，形成一个生动的“大”字。除了不忍直视的姿态外，正在抽搐的面部表情也不堪入目，脸上不时带着痛苦，歪斜的嘴角还有一堆白沫。

“呜呜呜！唉！肚……肚子饿死了，胃……好疼！胃痉挛了！”向绾龇牙咧嘴地抱着肚子，断断续续道。

肖岂沅站在她身旁，低着头冷静地扫了她一眼：“哪个部位疼？”

向绾手忙脚乱地指着肚皮，激动之余不忘挤眉弄眼：“胃胃胃！”

肖岂沅看着她手指的方向，冷冷地说：“那里是大肠。”

“对对对！就是大肠，饿得大肠疼！”向绾吃力地用手肘撑着地，支起半边身子，嗫嚅道，“呜呜呜……好疼啊！饿到口吐白沫了！可惜家里的海鲜吃不了，现在最想吃西餐，我怎么这么惨啊。”

肖岂沅吸了吸鼻子，忍不住凝视她嘴角的白沫。

“谁让你用我牙膏的？”

“我……我哪有！我都口吐白沫了，你还这么对我，你好狠的心啊，我要和肖爷爷说！”向绾转过头去捂着脸装模作样地抹泪。

肖岂沅满脸无语。

“你的鼻子难道闻不到这么重的薄荷味吗？”肖岂沅皱了皱眉头，蹲下身子嫌弃地睨了一眼向绾。

向绾的泪眼汪汪，用力吸了一下鼻子后无辜地摇着头，振振有词：“咦？哪有？我怎么没闻到？”

肖岂沅见她不喊疼了，面色也恢复如常，眼底划过一丝狡黠的笑。

“怎么？你现在肚子不疼了？好了就起来。”

说完，他站起身转过去就要走开。

向缩一看计划要完干脆破罐子破摔，爬起来抱住肖岂沅的大腿哇哇大叫：“我活这么大，第一次寄人篱下不说，现在连口好吃的饭都混不上，我要饿死在这里谁来替我收尸啊！呜呜呜，肖爷爷、肖妈妈一定会难过死的！你忍心吗？”

向缩一把鼻涕一把泪地哭天喊地，胡乱擦掉嘴边的鼻涕，随手就抹在肖岂沅的西装裤上，继而继续抱着他的裤子，用力地扯啊扯。

肖岂沅大跌眼镜地看着她，再看看自己湿漉漉的西装裤面，脸色已经变成了土灰色：“你给我放开！”

“我不放！除非你带我去西餐厅吃饭，你这样没心没肺地对我，肖爷爷和向家都不会放过你的！”

“……”肖岂沅一边努力地攥住自己缓缓下落的西装裤腰，一边使劲地扒开向缩的手。可天知道这个女人哪里来的这么大的力气，怎么甩都甩不掉，像是鼻涕虫一样黏在腿上。

“你要是不带我走，我就赖着不走了！”

“你先放手！”肖岂沅锁眉道，黑着脸把持住最后的底线——他的裤子。

向缩却越发起劲：“我不放，我就是不放！除非你答应出去吃饭，你就说你答不答应！”

“……”

肖岂沅终于明白了肖昱说的“向缩有风险”是什么意思了。他从桌上拿起车钥匙，走在了向缩前面，边走边警告向缩：“出去可以，但你只管吃东西，别给我添乱。”

向绾难得露出乖巧式的笑容：“不添乱，不添乱。”

刚走到楼下时，正好碰到邻居大妈出门倒垃圾，大妈见小两口难得同框出现，忍不住感慨了一声：“哎，小夫妻出去散步呀？”

向绾心情好，想也没想就温暖一笑：“是啊，是啊！”

肖岂沅听后，沉着脸没说话，径直走到车前，先打开车门坐了进去。结果，这一等就是十分钟。

而这一边的向绾正和大妈聊得开心。

“你老公真帅啊，你真有福气。”

“嘿嘿，福祸相依嘛……”

“你老公对你好吗？”

“那啥，一言难尽啦……”

“咱小区什么都好，就是太安静。新搬来过得还适应吧？”

“还是蛮好的……”

“有空多来家里坐坐，我女儿和你一般年纪，最近交了个男朋友呢！”

“嗯嗯，好啊！”

……

轿车驾驶座上的窗缓缓下落，肖岂沅的头从里探了出来。如果他不阻止向绾，这个女人大概会忘记自己努力了这么久才出来的目的。

“你还去西餐厅吗？”

月色微醺，树影斑驳，肖岂沅的声音在这个城市缄默的夜里有种说不出的性感，连同那轻拂的晚风绵延四处。

向绾愣了一下，这种印象很快在她的脑海里被打破。

“去去去。”

“行，那你自己走过去，我回去了。”

“别啊，我没带钱。”

这个男人还真是一开口就帅不过三分钟。

向绾不好意思地和大妈道别，大妈临走时不忘安慰她一番：“你老公挺严肃啊！但事实证明，这种男人都老实可靠！”

“阿姨英明！”

向绾迅速地爬上了车，扣上安全带出发了。

2.

车内的温度明显比室外高。向绾坐在车里，只觉得体温噌噌噌地往上升，于是不管不顾地扯开了衬衫的第一颗纽扣，又主动把窗户降了下来，一只手拄在窗边，托着下巴，哼起了小调。

肖岂沅一路上只是安静地开车，等到十字路口等红灯时才侧着头瞟了向绾一眼。

此时的向绾正漫不经心地看着窗外，有一阵没一阵的晚风微微拱起她的刘海，向绾本能地把发丝撩拨到耳后，挠了挠细腻的脖子。

肖岂沅突然觉得这样的向绾令他很不适应。不知是因为太过安静，还是什么别的，他下意识地想破坏这份静谧和隐隐的不安。

“你挡到我看后视镜了，把手放下来。”他忽地淡淡道。

向绾疑惑地撇过头看了他一眼，又往窗外比了下，不解地说：“我怎么觉得没有，我平时也开车的啊……”

“坐好。现在是你开车，还是我开车？”

“好好好。你开车你最大。”向绾说完就靠在椅背上眯上了眼睛。

兴许是肆虐已久的饥饿令向绾有了疲倦之感，一向话痨的她今夜莫名的温顺，像是卸下了背上厚重的刺，突然没了时刻准备战斗的锋芒。

肖岂沅见她不语，猛地踩下油门加快了速度，很快到达了西餐厅。

餐厅里的人稀稀落落，毕竟已经过了饭点。

向绾闻到牛排的香味终于提起了精神，迅速找到座位后摊开菜单点了起来。

肖岂沅从容地走了进来，轻扫一眼很快注意到墙角穿着白衬衫的向绾。向绾抬头看见他，欢悦地招了招手，迫不及待地要交代自己的点餐成果。

肖岂沅淡然地坐下，并未在意向绾在滔滔不绝什么。等到一桌子菜上齐了后，他终于知道了为什么方才眼前的女人可以说个不停了。

两份牛排，三份小食，一份甜点，附加赠送的两份海鲜汤。

肖岂沅愣了愣，眼睁睁地看着对面的向绾泰然自若地招呼服务员把盘子整齐地摆在桌上，不放过任何一个空隙。

他分明看到了服务员脸上的诧异。

“点这么多做什么，我吃过了。”他挺直的背影在微暖的黄色灯光下晃了晃。

向绾连头也不抬，疯狂地切割盘子里的牛排，油腻的嘴咕哝道："我没给你点，都是我要吃的。"

肖岂沅缄默了三秒，随后微微摇了摇头："你一个人吃得完？"

他敲了敲桌上立着的牌子，上面写着"光盘行动，从我做起"。

向绾把一块牛排塞进嘴里，口齿不清地说："不够吃再点啊……"

向小姐，我们真的在一个频率吗？

肖岂沅无奈地往窗外看去，随后靠在沙发椅上闭目养神。本想清静一会儿，却总觉得耳边传来一阵刺耳的噪音，仔细一听，是向绾的刀叉不停碰撞的声响。

肖岂沅皱起眉头，睁开眼。

"你不懂得餐桌礼仪吗，西餐具使用得很不得体。"

"就我和你还要什么餐桌礼仪啊，你难道不觉得比起平时吃饭的时候，我现在已经很安静了吗？"

肖岂沅一时竟想不出话来反驳，遂拿起杯子喝了口水："牛排也没有七分熟的，下次按着双数点。"

"你这人是有强迫症吧？"向绾拿起纸巾抹掉嘴边的油渍，突然问道。

肖岂沅"嗯哼"了一声抱着手臂看她："这是规矩，没常识就要虚心学习。"

"我……等等！"向绾嚼着嚼着突然觉得口渴，抓起桌上的水灌了一口后，才明明白白地说，"我这人最讨厌吃饭的时候不好好吃饭，说这些文绉绉的话了。你别和我来这套，我听着耳朵疼，影响我食欲。"

她是在说他倒胃口吗？

肖岂沅心情不悦地看向了别处，突然没来由地打了个喷嚏。桌面的手机屏幕也跟着亮了，他滑开一看是肖妈妈发来的慰问短信。

其实，这样的短信他每天都会收到不下三条，还时不时以肖大状的名头为由探听他和向绾的日常进展。平时他都是只言片语便打发了，今天和向绾独自出门，反倒觉得有种被逮到的不悦，索性就不回了。

向绾见肖岂沅什么也没吃，就这样看着自己吃完整桌的东西似乎不太稳妥，遂有些良心发现地提醒他："你要是觉得饿，你也可以吃。"

肖岂沅看着桌面上除了海鲜汤外的所有东西都已经被向绾动过，嘴角抽了抽，再次无语。今晚付款的人是他，她倒是很会喧宾夺主，招呼自己吃饭嘛。

向绾的确是"不负期望"地把这个主人的位置坐稳了。

"你不想吃这些就再点，没关系的。"

"……"有没有关系是我说了算。

"这家的牛排还是不够劲道，下次带你去吃一家更好的。"

"……"我的眼光不需要你质疑，好吗？

"还是这份牛排好吃，另一份肉太老。"

"闭嘴。"肖岂沅掐灭向绾又要开始长篇大论的苗头，突然，对面的椅子上出现了一个女人，不是走过来也不是爬过来，而是凭空出现。在他的面前，也就是向绾的身边。

这下向绾蒙了。

上一秒，她还好好地一口牛排一口甜点，下一秒手肘撞到了一个人，倏地反应过来身边多了什么。

肖……肖妈妈？

“肖妈妈！你你你……”向绾惊愕得咬到了舌头，一口食物还没下咽直接噎到咳个不停，“咳咳咳！”

相比起向绾的大惊失色，肖岂沅显然淡定得很。他的眼里虽有对肖妈妈不请自来的不满，面上却是沉着冷静。

“孩子，慢点说话！”肖妈妈见向绾咳得红了脸，也跟着慌了手脚，猛地端起桌上的汤就给她灌了下去，就像求医无数的母亲终于寻到一方良药送到病儿身边，“来！喝点汤，顺顺气，很快就好了！”

“别！”肖岂沅眼疾手快地站起身来阻止，却被在场的两个人完全忽略了。他第一次发现自己在这两个女人面前的存在感如此之低，几乎为零。

而当事人向绾皱着眉眼什么也没来得及看，只听一声“别”后，就一口气把那碗汤喝掉了一大半。等到静下心缓过气来，她才发现嘴里的味道不太对啊……

捧起碗一看……

怎么是海鲜汤？整整半碗的海鲜汤？

向绾抬起眼看着肖岂沅的面色有些凝重，却想不明白这个男人为何如此紧张，莫非他良心发现突然对自己关怀起来了？

而真相总是来得如此猝不及防。

“孩子，你怎么了？脸色不太好啊！”肖妈妈抬起手覆上向绾有些泛红的脸，还以为是情侣约会被抓包害羞之余引起的潮红呢，“哎呀，你们要是不自在，妈现在就走哈，妈就是觉着见不到你们怪想你们的，这臭小子又不回信息，我这心里啊不安。”

向绾笑了笑，大方地摆手道：“哪里不自在了！就是……就是……”

她无意间看到肖岂沅给自己使了个眼色，却毫无默契可言地忽视掉。

“就是我对海鲜过敏，然后我刚喝了半碗海鲜汤，现在小命不保了。”

向绾说得小心翼翼，肖妈妈听得笑容满溢。

“你说什么？”她握住向绾肩膀，欣喜若狂地晃了晃，“你是说你对海鲜过敏？”

“是啊，我从小就是易过敏体质……太容易过敏了。”

肖妈妈开心得抱起向绾在原地转了一圈，好在向绾本身就纤瘦，并不笨重：“哈哈哈！我就知道，你们俩是天生一对啊！”

向绾茫然地看着来自四面八方的注视，还有沙发上肖岂沅低头扶着额头的画面，第一次有种丢脸的感觉，一句“放我下来”卡在喉咙里没忍心说出来。

转了五圈后，肖妈妈才有些吃力地把向绾放回地上。向绾眼冒金星，对面肖岂沅的脸也一并变得影影绰绰，她一头栽倒在沙发上。肖妈妈乐呵呵地拍了拍肖岂沅的肩：“哎呀，不枉我今天来一趟啊，你们俩既然这么般配，妈也没啥好担心的了。你等下要好好照顾我的绾绾，听到了没？我这就走哈。”

一句话刚说完，肖妈妈就走出店门直接消失在了路灯下。向绾刚坐起身来，看到这一幕吓得再次靠在沙发上，颤抖着手指指着门外，断断续续："妈这是在变魔术吗？"

想起初次与肖岂沅见面时的一幕幕，她越发觉得这一家子神秘莫测，似乎藏着什么不为人知的秘密。还有，肖妈妈为何要一再强调他们如此般配呢？

难道是因为她是病人，而他是医生？

向绾不解地望着门外。

就当是一时兴起吧，肖妈妈也不是第一次那么令人始料未及了。

"吃完了就走。"肖岂沅蓦然站起身来，居高临下地对着向绾说，"一口一声'妈'你倒是叫得挺殷勤。"

"表演是我的本行好吧。"向绾趁机又塞了一块红萝卜在嘴里，开始不自觉地挠着脖子。温暖的灯光下，她的面颊晕染上点点红痕，肖岂沅的职业本能告诉他，这个女人已经开始产生过敏症状了。

他径直到前台结了账回到车上，向绾磨蹭了好一会儿才跟上。一打开车门，一股油烟味跟着飘进车内，肖岂沅皱了皱眉，降下车窗。

回家的一路上，向绾明显比来的时候躁动了不少。大概是过敏引起由内而外的不适，她又开始在车里嘀嘀咕咕，一会儿说这里痒一会儿那里痒，俨然又成了以往的那个话痨。

"我记得家里应该还有药，你快带我回家。"

向绾一边抓痒，一边催促肖岂沅。在她的再三催促下，两个人迅速回了家。

3.

向绾跌跌撞撞地回到家，一头栽进房间里，翻箱倒柜地找药。她找了半天，发现自己记错了，过敏药已经用完了。这下，她只能坐以待毙了。

肖岂沅路过向绾房间时听见动静，看在她是病人的份上难得驻足，问了句：“怎么，药没了？”

只见向绾抱头坐在地上，清秀的脸蛋现在颇有些不堪入目：“原来我吃完了，我还以为有剩呢！天啊！天要亡我啊！”

其实，她已经习惯了大多数时候病急不投医，生病多了吃的药多了，自己反而琢磨出了一套用药规律，于是平时过敏了就自己吃药，只要不是什么一些严重的症状就省下去医院的时间。

肖岂沅倚在门边，看着某人自暴自弃的样子，说道：“乱吃药容易出问题。病人就是病人，还想自己拉门匾当医生？”

向绾听到“医生”二字忽然冷静。

她怎么这么傻，眼前就有一个医生啊。

于是，她屁颠屁颠地跑到肖医生面前求助：“那么依肖医生看我该怎么办？你是医生家里肯定有一堆药吧，人命关天，展现你医德的时候到了啊！”

“……”肖岂沅低头看着向绾凑近的大脸，肿得和一只猪一样，莫名有些喜感，“我从不生病，所以家里没药。”

“你胡说！你骗人！”精神恍惚的向绾忽然生气地推了肖岂沅一

下，难以置信，“这个世上还有从来不生病的人？难道你不是人？”

可别说，他还真不是人。

肖岂沅没忍住笑了一声，随后什么也没说地离开了。

向绾看着他倨傲的背影，忽然心酸异常。我去，寄人篱下不说，生了病还只有等死的命？

她慨然地躺回床上，拿起手机要打给余知羡求助，打了两遍仍旧没人接。她扔掉手机，精神恍然地躺在床上，迷迷糊糊间竟不知不觉就睡了过去。

正睡到一半时，忽地感觉到有人叫自己起床。

向绾也不知自己是睁眼了还是没睁眼，一个放大版的肖岂沅就站在自己的床头，神情不明。

恍然间，她只知道自己被一双强有力的手揪了起来，然后很快被灌下一杯没有味道的液体，看起来像是白开水。

等到喝完后，脑海里一个念头令她忽然清醒了不少。

这莫非是迷药？

“肖岂沅，你给老娘喝的是什么啊？”向绾一个激灵坐直了身子，用一种“黄鼠狼给鸡拜年不安好心”的眼神打量着肖岂沅。

肖岂沅却只淡淡吐出两个字：“毒药。”

向绾本能地觉得事有蹊跷。但身体原因却阻止了她的行动……她骂骂咧咧了好半天，越发觉得自己四肢发软无力，头昏脑涨，一阵困意涌上心头，她疲倦到无力战斗，睡意缱绻，最后瘫在床上闭上了眼睛。

这之后的事她记不太清了，再醒来时窗外的天也已经亮了。

没想到，那杯水竟让她产生了嗜睡的症状！那到底是什么玩意儿？

客厅里，肖岂沅正在给肖儿子穿衣服。向绾下楼的声音嗒嗒响。

她靠在楼梯的扶手上，怒道:“肖岂沅！你昨晚给我灌了什么迷药！害我睡了一早上，连早课都错过了！呜呜呜，我的晨功又泡汤了。”

肖岂沅瞟了她一眼，抱起肖儿子坐到餐桌上。

“我给你灌迷药，你还能穿着衣服站在这里？”

肖岂沅的声音穿过客厅传入向绾的耳朵里，向绾怔了一下，迟疑间觉得也有些道理。

“那你昨晚给我喝的到底是什么？”

“洗脚水。”

“什么？”向绾气鼓鼓地下楼站在肖岂沅面前大声质问，精气神看起来一点儿没有受到昨夜的病情影响，“你再说一遍？”

“洗脚水。”肖岂沅说得明明白白，“有什么问题吗？”

“Excuse me？什么叫有什么问题吗？真的假的，你别和我说，你就是一时兴起想试试人喝了洗脚水会有什么反应。”

“你还真猜对了。”肖岂沅笑着睨了她一眼，走回厨房拿出一瓶果汁，耿介道，“昨晚停水了，家里没多的水。肖儿子正好洗完脚，不信你去厕所看看。”

……

向绾将信将疑地冲到厕所拧开水龙头，发现真的连一滴水都没有。看来，肖岂沅说的是真的了，那么洗脚水的事！

“啊啊啊！你个疯子！”向绾撸起袖子，冲到肖岂沅面前挥弄她的花拳绣腿，却被肖岂沅一手稳稳挡住，反手来了个锁颈。

“别动手动脚。”

此时，向绾的头正抵在他的下巴下，散发出一股清幽的发香。肖岂沅愣了下，随即又一个绕手放开了她，皱着眉头退了一步，拿起包往外走。

向绾的声音瞬间追了上来。

“别走啊！你告诉我这事到底真的假的啊，我越想越觉得昨晚那杯水味道不对劲！水不像水，药不像药的！”

所以，那到底是什么呢？

“你猜。”门外的肖岂沅回道。

4.

向绾虽对肖岂沅的答案半信半疑，但不可否认的是，睡一觉醒来后她的脸明显也不肿，皮也不痒了，神清气爽，眉清目秀。

理智地打了个电话回学校，好在早上的课老师并未点名，神不知鬼不觉的她就旷了一次课。

闲下来的她坐在家里看剧本，肖儿子正懒洋洋地趴在阳台上晒太阳，房间里模模糊糊地传来一阵铃响。向绾读得入迷，在肖儿子好几声提醒下才意识到有人给她打电话。

回到房间一接通，原来是余知羡打来借车的。她的车前几天被剐花送去保养了，下午有个重要的出差洽谈，急需用车。

向绾爽快地答应了，换好衣服带上钥匙，就开着从某人那里“借”来的车往余知羡家疾驰而去。

余家门前，余知羡穿着一件卡其色风衣，背着一个小猪佩奇挎包站在街道上看着向绾的车猛地停在面前。

“嗨，朋友，我的车拉风不？”

余知羡面前的车窗缓缓降下，向绾的头探了出来，一手拄在车窗上，嬉皮笑脸地看着她。

余知羡从头到尾浏览了一遍车身，疑惑道：“咦？向绾，你之前的樱桃小丸子怎么换成了 hello kitty？”

“你再看！蜡笔小新也换了呢！”

向绾把余知羡推到了另一边，一排史努比瞬间映入眼帘。余知羡的嘴角抽搐了一下，扯出一个笑：“向绾，你这车倒是很安全啊，开到 C 市我倒是很放心。”

“我前两天又在车尾贴了小猪佩奇，社会人开的车有人敢偷吗？”

余知羡实在忍不住了，握拳在嘴边笑了笑：“的确没人想偷。”

“想偷也偷不起啊！你就说实话吧，我这车是不是忒给你长脸？今天去签合同，我保证合作方对你另眼相看。”

向绾语重心长地拍了拍余知羡的肩，你看，我对你可比亲姐妹都亲啊！

余知羡被这么一提醒，打开包从里面默默拿出墨镜戴在脸上，一张鹅蛋脸瞬间被遮掉大半。

“嘿嘿，太——长脸了，所以这车主得保持点神秘感才是啊……”

“也对，墨镜戴着更拉风。”向绾后知后觉地把余知羡送进驾驶座，随后在马路边目送她驱车离去。

这车忒酷，站在路边的向绾在内心给自己点了无数个赞。

余知羡开着“社会人牌”汽车很快地上了高速，余知羡握着方向盘的手微微颤抖，眼睛紧紧地盯着前方，不敢松懈。

这是她第一次独自上高速，上一次还是向绾坐在副驾驶座上陪着她上路的。可惜，向绾下午有课没法跟来，她只能打起十万分精神面对这令人恐惧的路况。

就这么开着开着，余知羡忽然觉得室内温度骤升，开着空调烧油，想脱风衣又不能停车，最后，只好把窗户降了下来。

然而，恐慌增加了她的不安，也增加了她的不适。又过了一会儿，她觉得戴墨镜开车太不舒服，后视镜里那辆尾号为“88”的保时捷又跟只跟屁虫一样跟着她。她快它就快，她慢它也慢，既不选择超车，又不打算保持车距。

这车主是想跟着她一路下高速，吐槽她的车技吗？

想到这里，余知羡紧张得额头上冒出了一滴冷汗，但很快被疾风吹干了。

她一手捏紧方向盘，一手缓缓取下墨镜，框脚却卡在脖子上的丝巾里拿不下来。余知羡惊慌地一扯，丝巾倏地散开了，绕着框脚滑过后，猛地向窗外飘去。

“啊！”余知羡心惊肉跳地微踩了刹车，不自觉地侧目瞟了眼，丝巾早就不见了。再看后视镜，丝巾似乎以光速飘在空中直直朝后面那辆车去了。

“嗞——”的一声，行走在高速路上的肖昱忍不住爆了一句粗口，微踩了刹车，迷茫地看着车前玻璃上覆盖着的那条蓝丝巾。

就在几秒前，他还不死心地跟着自己的爱车一路向西，没想到几秒后，驾驶座的窗口突然飘出一条不明物体，以迅雷不及掩耳之速猛地朝他而来，迅速贴在车玻璃上遮挡住他的行车视线！

向绾到底在搞什么名堂啊！

他透过丝巾隐隐看见前面的路况，不悦地加快了车速，丝巾方才随着大风飘走，前挡风玻璃终于恢复清晰如常。

前面那辆车的车速却开始飞飙，一会儿往左，一会儿往右，像是要故意不给他超车似的，又像是车主心虚地在逃跑。

肖昱看着不禁觉得好气又好笑。

难道向绾认出了他？不对啊，依照向绾的性格早就一个电话来和他打招呼了。况且，这车技这么差，明显不是向绾这个老司机啊。

肖昱越想越觉得满腹疑惑，于是一路跟着这位车技拙劣的车主为她来了个保驾护航，最后没想到两个人去的是同一个地方。

于是，刚下高速，他就截下了这辆车，诚意十足地走到驾驶窗边敲了敲玻璃。结果好一会儿，车主都没有反应。等到肖昱再敲了几回不耐烦地把眼睛凑近了看时，余知羡方才把窗户降了下来。

出现在肖昱眼前的，是一个戴着墨镜的女孩，眉眼全被遮了去，只余下高挺的鼻梁和一张樱桃小嘴。此时，她正攥着安全带朝他这个方向看着，脖子缩了一下。

还和他玩无面人模式？

肖昱二话不说，直接伸手拿掉她的墨镜，对上余知羡那双炯炯有神的靓眼：“这车是你的？”

“呃……嗯。”余知羡犹豫了一下后，缓缓点了下头。

“撒谎。”肖昱毫不留情面地撕掉她伪装的面具，直截了当地声明立场，“我才是这辆车原本的主人。”

“什么？”余知羡小声问了句，本想往后退，却发现身后就是椅背无处可退。她偷偷调了座椅边的控制按钮，座椅缓缓向后移去，自以为能逃得过肖昱的法眼。

这个男人一上来就说自己是车主，怕不是来劫豪车的？

肖昱看着这个举止可疑的女人因为害怕在自己的眼皮底下做出如此搞笑的举动，没忍住哼笑了一声，把手搭在车窗上。

“那我再给你一次机会，你老实说，这车的主人到底是谁？”

余知羡缩在座位上，想了好半天，才扯动嘴角轻声道：“你。”

“撒谎。”肖昱又一次不给面子地驳了她的答案，一双亮堂堂的眼睛直接将余知羡的心戳了个穿。

余知羡茫然无措地看着这个陌生的男人，心里百味杂陈。不是他说自己是车主的吗？怎么又答错了？嗯？

只见，窗外的肖昱蓦地掏出手机，一边解锁一边警告：“不老实说就让警察来解决。国内的报警电话是多少？110是吧。”

“别！”余知羡一听说要报警，吓得魂儿都要没了，脑子都还没反应过来，嘴上已经脱口而出，“向绾的！”

肖昱这才缓缓放下手机，一双眼睛盯着余知羡看了好半天，直看得余知羡心脏骤停，满面绯红，俨然就像个做错事的小学生。

“你是她朋友？”

余知羡点了点头。

“她把车借给你的？”

余知羡又点了点头。

肖昱见她紧张兮兮地搓着手，突然忍不住“扑哧”一声笑了出来。

“我知道了。别紧张，只是，你哪来的自信借这车上高速的？”

他忽然有些玩味地看着余知羡，余知羡的一张小脸涨得通红，耷拉在腿上的小手又开始不住地绞衣角。

“我，小猪佩奇给的自信。”

“？”肖昱扫了眼车后窗，瞬间恍然大悟。向绾真是魔鬼啊，连身边的朋友都没能逃得过她乌烟瘴气的熏陶。

但是，小猪佩奇的护驾并不能阻止他的一番说教。

不知为何，面对这个长相温柔文弱的女孩，他莫名忍不住想做一回训话的兄长。她肯定又要被他吓得花容失色了。

“你知道你在高速上那样开车是很危险的吗？”他一本正经地数落。

余知羡一本正经地回答：“我知道。”

“下次注意点，不是你个人的事，事关无数条人命。知道没？”

“知道了。”

“下次还开着我的车到处败坏名声吗？”

“不了，不了。”余知羡老老实实地回答，坐姿温顺极了。

肖昱对她的回答甚是满意，过了把当大哥哥的瘾后，方才打算放她一马。

“认错态度良好。你可以上路了。”说罢，他摊开墨镜，把手伸进车窗内，试图替余知羡把它戴上，然而——

余知羡对这始料未及的第二次触碰措手不及，惶恐之余猛地按下车边的按钮，车窗迅速往上升，肖昱的手就这样猝不及防地差点被卡在玻璃上血流成河。他本能地松了手，墨镜掉在了余知羡腿上。

而余知羡根本就没心思顾得上墨镜，调了座位后一踩油门，直接把肖昱甩在大老远后仓皇逃离现场，留肖昱黑着脸怔在原地，吃痛地捂着手指原地徘徊。

这个女人是疯了吗？

看来，刚才的思想工作做得很不到位啊！难道她不知道过失伤害也是一种罪吗？

肖昱啼笑皆非地摇了摇头。

说到胆小，他的人生中还真有那么一个人出现过，蓦然回首，他的脑海里不由得浮现了一张久远而模糊的笑脸。

1.

两三缕碎发散落在额间，点染上红樱的嘴唇那样迷人，一头秀发飘逸地搭在肩上，在阳光的映衬下，镜子里的人更显肤白貌美。

向绾站在镜子前，满意地看着自己的淑女装扮，突然觉得自己就是那个传说中的夜色女郎。再戴上一顶白色的帽子，一对闪闪发亮的银色耳坠。

大功告成。

她第一次慢条斯理地走出房间，步伐之优雅、姿态之从容连一向离她远远的肖儿子都感受到了，继而站在远处不停地摇摆着尾巴。

正在客厅里组装汽车模型的肖岂沅感觉到有人走来，不自觉地抬头扫了一眼，意外地发现一个有模有样的向绾向自己款款走来。

虽说，他已经习惯了向绾每天折腾出与前一天风格迥异的样子，但对于她深夜走这种优雅的淑女路线还是有些意外的。

毕竟，她一般喜欢在白天装天使，晚上扮魔鬼，一半甜美一半妩媚。

难道这个女人是要出去泡男人？虽说谅她也不敢，但假若能提早解除婚约，他又何不顺水推舟做个人情？只是，这怎么听都像给他戴绿帽子，而且还是在他的眼皮底下明目张胆地来？

她还真是胆大包天啊……

肖岂沅一边想着一边换了个坐姿，背对着向绾的身影异常雄崛，明显一副将她置之不理的状态。向绾却在他面前来回晃荡，整理下手提包又理了理裙摆，径直走向了鞋柜边换皮鞋。

“我今晚有事出去吃了，晚点回。”她低着头道，要不是家里只有肖岂沅一个人，他大概要以为这是在和他“儿子”说话了。

“你去哪儿不必和我汇报。我们的关系还没到要交流行程的那种程度吧？”肖岂沅云淡风轻地瞥了她一眼，下意识地嘴硬后，小心翼翼地把一个零件安装在车身上。

“我和你交流行程了？”向绾无语地觑了他一眼，本想脱口而出的一连串说辞忽地又被她咽下肚子，要知道，她现在的人设可是知性、温柔的淑女，人设不能崩塌，“我钥匙丢了，你要是不出去就算了，如果出去的话我就晚点回来。”

“我约了人。”肖岂沅若有所思道，“你哪天晚上出去不是晚点回来？”说罢，他的嘴角不禁奚落地一笑，向绾尽收眼底。

这男人还真是越来越龟毛了，虽说是有强迫症的完美主义人士，但也不用这么明目张胆地管着她这个无关紧要的人吧？

想到这里，她赶紧穿好鞋溜了出去，把话还未说完的肖岂沅丢在了家里面。

楼下，余知羡正呆呆地等着向绾，她盘算着要和向绾一五一十地交代高速公路上遇到的那个头脑似乎有问题的男人。

“嘿！姐妹你在想什么！”向绾绕到余知羡后面吓了一下她，然而余知羡没有任何的反应。

“向绾，前几天你借我的车子在路上遇到了点问题……”余知羡抿了抿嘴唇，率先打开副驾驶座的车门坐了进去。

向绾接过她抛来的钥匙，麻溜地钻进驾驶座，疑惑道：“怎么？出了事故？你没事吧？”

余知羡系上安全带的同时，脑海里恍然浮现了那个长相清俊的男人，眉宇间有几分逼人的英气，教育她时色厉内荏的样子，现在想来还是令她忍不住哆嗦了一下。

“那倒不是。我遇到了一个奇怪的男人，一路跟着我最后还把我拦了下来，非逼问我这辆车是谁的。”

向绾“扑哧”一笑，刚要踩油门，猛地原地停了下来。

“你是说一个长得高挑又有那么几分小帅的男人？还有点洋气？是不是笑起来的时候，和他那清冷逼人的气质非常违和！”

“对对对！”余知羡激动得转过头附和，随即觉得事情似乎另有隐情，“不对啊？你怎么知道？车上不会还有监控器吧？”

向绾内心一边感慨 Z 城太小，缘分太真，一边道：“你老实说，是不是车技被吐槽啦？”

这你都知道？

余知羡不好意思地点了点头，样子腼腆极了。

向绾忍不住抿着嘴偷笑，又调侃道：“是不是供出了我的名字？”

余知羡巴巴地点了点头，眼神看向远方不敢直视向绾的眼睛。

向绾佯装严肃了三秒，车内的空气瞬间有些凝滞，随即，她忽地哈哈大笑，推了余知羡的肩膀一下。

“笑死我了，行啦，那不是什么奇怪的男人。这辆车原本也不是我的，只不过车主说自从它跟了我整辆车的品位都不一样了，他驾驭不了这样的级别，就直接送给我了。”向绾一边开动车子一边解释，眼里是满满的得意，“不过不得不说，肖家的人还真个个奇葩啊，那小子不会看上你了吧？这什么搭讪方式啊？”

余知羡听得云里雾里的，一双眼睛里全是迷蒙的神色。

“你是说那个莫名其妙的男人看上了我？怎么可能！”她难以置信地摇了摇头，手指下意识地绞到一起。

向绾见她并不了然，神秘地扫了她一眼，耿介道：“也对，以他的性格估计是好奇，那小子爱车和爱命似的，对女人倒是天生绝缘体。”

余知羡不明就里地“嗯”了一声，再无后话。

她只是忽然想起自己仓皇逃离时的那一幕，那个男人的手是否真

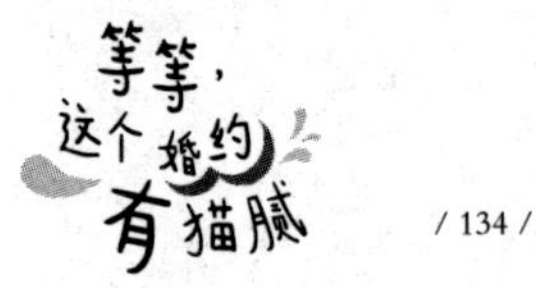

的受伤了呢？假如日后再遇到他岂不是在劫难逃？

这么想着，余知羡把安全带拽得更紧了。

车子绝尘而去，阁楼边，肖岂沅站在窗台上俯瞰离去的车辆，似是朝东边驶去的。

呵，他才不是关心这个女人的去向呢，而是担心……呸，担心什么呢？

“星光天地”是 Z 城最为繁华的商业区。这里有不夜的娱乐城，高档的购物区，以及华丽的各式餐厅。

向绾和余知羡到达时，正是这一带最为热闹的时候。华灯初上，灯红酒绿，行走在喧嚣的闹市里，向绾的神经也不自觉地跟着兴奋起来，说话声一下子提高了几个分贝。

“知羡啊，你说那个导演和你很熟吗？人凶不凶啊？”

余知羡贴着向绾的耳朵道：“他是我发小！以前一个地方的，人不凶，就是认真起来很较真，要求严格！”

“那你看我这样子打扮，他能不能满意啊！”向绾扯住余知羡的手臂停了下来，不顾旁人的眼光原地转了一圈，双手放在腰下，略略矮身揖了揖，“小女子这厢有礼了。”

周围经过的人有一两个驻足停了下来，狐疑地瞟了向绾和余知羡两眼，余知羡顿时觉得如芒在背。

“向……向绾……不用那么夸张啦，不过是一个女六的角色，我相信他的要求不会那么高的。”余知羡讪笑道。

“余妹妹，这你就不懂了！妹妹有所不知，做我们这行的呀，哪里存在什么一大二小的？同样是演戏，演得好了是实力，演得不好连本宫都要瞧不起自己了。”

余知羡赶紧把半蹲着的向绾扶了起来：“姐姐说的是，快快走吧。”

说完，她率先走在前头推开一家西餐厅的门。

向绾在后面步步生莲地款款走来，路边发传单的服务员见到了都不禁退后一步装没看见。

等到面试完后，向绾终于不必再胆战心惊地装模作样了，要不是碍于她想扮演的角色是个温柔有礼的官家小姐，她也不必一路这么压抑着自己的天性啊！

于是她放飞自我地拉着余知羡在小吃街上四处乱窜，敞开了肚皮大吃大喝，最后捧着一碗臭豆腐晃荡在街口。却在此时，余知羡面色受惊地扯住了她，眼睛一动不动地盯着右手边的咖啡厅玻璃。

透过玻璃橱窗，门口坐着一对男女。男的相貌一派出众，女子相当妩媚妖娆，坐在一起简直就是金童玉女，天生一对。

向绾顺着余知羡指的方向，很快看清了里面坐着的那个男人——肖岂沅，的确也吃惊了一下。没想到肖岂沅所说的出来有约就是私底下会见情人？还是这么有特点的一款？

前凸后翘，要容颜有容颜，要身材有身材，时不时还撩头发，拨发丝，秋波暗送，全身上下散发着满满的女人味。

看来，他也不是传说中的那么清心寡欲嘛，金屋藏娇这一招他倒是用得很顺手。有句话是这么说的，每一个成功男人的背后都站着一个伟大的女人。

异常吃惊的向绾越想越觉得这之中大大的有戏可做！

上天把这么绝佳的机会端到她面前不就是在暗示着她快刀斩乱麻，速速抽身这纸婚约吗？

“这个好啊，我未婚夫终于出轨了！”她拍手叫绝，在来自闺密和一行人惊疑的眼光中迅速捞起手机连拍了好几张出轨照，拽着余知羡的手直截了当地就往咖啡厅里冲，一边冲还一边不忘把嘴里的最后一口臭豆腐咽了下去。

“向绾，你这是要做什么！我……我还没准备好啊。”余知羡脚步错乱地跟在向绾身后，脸上的神情惊慌得不行，一口食物含在嘴里都忘了下咽。

“你不用准备，把你肩膀借我靠就行。”

雷厉风行地说完这句话，向绾就拉着满脸蒙的余知羡来到了肖岂沅的桌边，双目幽幽地盯着这对“狗男女”，随即泪眼汪汪，我见犹怜。

原本在谈话的肖岂沅也被这突如其来的阵势吓到了，这个女人怎么出现在了这里……

总之，他的直觉告诉他，她的出现绝不会是什么好的开端。

意识到这个苗头，肖岂沅刚想出手制止向绾的下一步行动，向绾忽地上前一步摁住对桌女子的肩膀，来回摇晃，生猛极了，同时她还忍不住地捂住了胸口，神情异常难堪。

“你还我男人！呜呜呜！你们竟敢背着我做这种偷鸡摸狗的事！

你们对得起自己的良心吗？你们对得起肖家列祖列宗吗？”

余知羡茫然地站在一旁，由衷地佩服起向绾的演技，说开始就开始，还真是让人猝不及防啊。

而在场的宾客纷纷转过头，把焦点聚集在这一桌人身上。

英俊帅气的年轻男子，性感诱惑的蕾丝小姐，知性温柔的淑女妹妹和弱不禁风的软萌学生，这四人构成了一幅异常抢眼的戏剧性画面，令人移不开眼……

2.

“你……你是哪位？肖哥哥，你认识她吗？”

餐桌上的女人花容失色地看着一会儿哭晕在余知羡肩上，一会儿又趴在自己腿上号啕不已的向绾，一副不知所措的模样。

不认识……

肖岂沅很想这么说出口，但眼看着场面一发不可收拾，他不动声色地给向绾使了个眼色，要她别再胡闹。

可向绾瞥见肖岂沅的脸色难堪，还给自己来了个眼神暗示，以为他心虚理亏，于是更加理直气壮地“大闹天宫”。

“你叫他什么？”向绾梨花带雨地突然止住了哭声，不可置信地用一双泪眼呆呆地瞪着女人看，女人一时间屏住呼吸，生怕刺激到她，“你竟然叫他肖哥哥？哈，这不是天大的笑话嘛！”

向绾脸色尽失，踉跄着后退了几步，脸色苍白得像是被抽离了灵魂一般，演技一点也不比电视剧里被抛弃的女主来得差。

她不住地摇着头，指着肖岂沅说："我不相信，我不相信！你竟然会做出这样对不起我的事。啊！我的心好痛，好痛！"说罢，她拿起餐桌上用来切三明治的刀叉，象征性地插向自己的胸口，瘫软在地，随即把求爱的眼神转向肖岂沅身上，轻哼起歌词，"你怎么舍得让我的泪流向海，心碎的眼泪像潮水流不回来……"

"……"

肖岂沅感觉自己仿佛置身在大型话剧现场，莫名被扣上了主角光环，只是，这个光环似乎是来自周围数不清的围观群众的眼光汇聚的。

"适可而止就好。"他俯下身挨着向绾沉声道，脸色已经如铁色般凝重，"别总是把事情弄巧成拙，收起你的小聪明。"

小聪明？

难道他不知道这是一劳永逸、两全其美的戏码？

向绾猛地推开肖岂沅，支撑着余知羡站了起来，环视众人后更是吼得撕心裂肺，指着肖岂沅就是一番痛彻心扉的指责："你竟然要我息事宁人？枉费我平日里对你是巴心巴肝地照顾，为了你，我一个还未毕业的女大学生傻傻地走出校园和你同居，顶着被众人冷眼相看的压力，而你呢！大家评评理，这个男人当真还是个人吗？他莫不是禽兽？不！连禽兽都不如！"

"是啊，小伙子，你还是个男人吗？简直是渣男中的战斗机啊。"

"没想到长得一副好皮囊，却是金玉其外，败絮其中。"

"小姑娘啊，看开点吧，谁的人生不会遇到这么几个渣男呢？今天认清了也好，快离开他，回到你父母的怀抱中吧。"

在场的人纷纷对向绾施以同情的眼光，一边抢着扶她起来，一边骂骂咧咧地冷眼指责肖岂沅不是人，更有甚者，已经不忍直视到把一杯温咖啡泼到了肖岂沅的身上。一套高级的定制西装就这样沾上了一片难看的污渍，肖岂沅的脾性终于被磨光，他猛地站起身来，居高临下地瞪着向绾。

一旁的女人已经完全处于呆滞状态，面对一些人对她的莫名指责，她先是缩在座位的角落瑟瑟发抖，最后只好拎起皮包，匆匆和肖岂沅道："肖哥哥，哦不，肖大哥，今天的事还是改天再说吧，我就先回去了，你保重哈！"

"你别走！欺负了人家小姑娘，抢了人家男人，你还敢跑！"在场的一名中年妇女忍不住追了几步试图拦住她的去路，好在女人的腿长跑起来也格外迅速，三两下就消失在门口不见踪影了。

向绾目送着女主人公离去，心里暗自庆幸方才已经拍了照作为证据，但眼下肖岂沅被泼咖啡这一幕却是她没料到的，事态似乎失控了啊。

没想到，社会大众这么容易被煽情，看来舆论的力量真是不容小觑！

她眨巴眨巴眼睛，忽然意识到自己面颊上的泪珠已经被风干了，本想尽快再挤出几滴眼泪，却发现心境已不在，眼下要再哭得那么逼真已经不容易了。

"她已经走了，你打算怎么办？要怪我气跑了她吗？你别忘了，在场的大伙儿都是见证者，我今天就要和你当场把婚约解了！"憋不出泪的向绾话锋一转，开始理直气壮地维护自己的权益，眼看着肖岂沅一副越来越怒不可遏的样子，她的心里早就已经打起了退堂鼓了。

演完戏当然要跑啊，三十六计走为上计，不然，还要留在现场等着被肖岂沅剁成肉末吗？

想到这里，她在众人的拥护下猛地把包狠狠地摔在肖岂沅的胸膛上，然后牵起余知羡的手一路哭着跑开了。肖岂沅站在玻璃窗口看着门外那个姿态潇洒的女人，一点都不像刚失恋的模样，心里的阴郁更加浓郁了。

很好……要是没猜错的话，过不了多久，他就要接到妈妈的电话了。

他用凌厉的眼神扫了眼众人，随后在嘀嘀咕咕的谩骂声中走出了咖啡厅。他掀起衬衫闻了闻，一股扑鼻而来的咖啡味夹杂着不知名的臭味令他产生了扒下衣服的冲动。

车是不能坐了，他还不想在车厢里制造臭气熏天的景象，给自己添麻烦。只是，一个女人到底怎么办到的能让自己这么臭呢？

难道这是她想让他记住自己的方式吗……这莫非就是传说中的——

臭名昭著？

拉着余知羡的向绾一口气跑了整整三个路口才停下来，跑着跑着她忍不住开始破涕为笑，紧接着是哈哈大笑，最后停下时，连脸上的一点泪痕都已经干了。

她随意地拨了拨头发，擦掉脖子上的一层汗珠。

“我这演技简直炸裂了，为了这婚约我还真是拼了这条老命啊。”

她一边气喘吁吁地说，一边站在某豪车的车窗边打开手机的手电筒努力照着自己的模样，理着秀发，一会儿努努嘴，一会儿摸摸脸。

过了有一会儿，她忽而发现自己的眼下有一块不明污渍，乍一看，她完好的妆容都已经被泪水给冲刷得差不多了，下眼线汇成一股黑色的暗流顺着面颊缓缓落下，那样子看起来和女鬼并无两样。

“知羡啊！我现在这样子也太惊天地泣鬼神了吧！带纸了吗？”

向绾赶紧找余知羡借来餐巾纸，迫不及待地要“毁尸灭迹”。没想到刚转头，余知羡就尴尬地对她指了指身后，随即把视线转向背包里佯装费力地寻找纸巾。

向绾被她这么一提醒，狐疑地转回头朝车窗看去，没想到，先前紧闭的车窗已经缓缓下落，里面一个蓬头垢面的大叔探出头来，错愕又无可奈何地看着她，眼神里还带了那么点儿关爱、怜悯。

“不是你想的那样啊。”向绾胡乱抹掉脸上的污渍，刚要开口解释，大叔油门一踩，猛地消失得无影无踪，一点儿让她接近的机会都不给了。

向绾啼笑皆非地站在原地，不知说什么好。好在，她所牺牲的这一切都将得到回报。

思及此，她赶紧掏出手机给肖妈妈发了一连串消息和照片，并详详细细地解释了事情的来龙去脉，还附上一张自拍哭照，幻想着下一秒联络搬家公司，明天就能回学校了。

但事情的发展往往出乎她的意料。

当她告别余知羡，回到肖岂沅家时，肖妈妈和一众长辈已经坐在客厅里了。一推开家门，所有人就都把目光聚集在她的身上，包括已经到场的肖岂沅。

甚至……是那个和肖岂沅暗通款曲的女人？

这大晚上的，本该在家安享晚宴的一群人怎么这么快地聚到了一起？大事不妙啊……

向绾还没来得及换下鞋子坐下，那个女人就率先朝她迎了过来，非常自来熟地挽起了她的手："嫂子，刚才真的多有抱歉，我本来想着单独约肖哥哥出来谈事情会比较有效率，没有顾虑到你的感受，真是对不起。"

向绾一头雾水地任凭她挽着自己的手，连鞋子都没来得及脱就被簇拥着坐到了沙发上，期间还不忘抛给在座的向妈妈一个疑惑的眼光，她到底是谁呀？

向妈妈看向她的神情里明显带了些责怪和不满。

向绾这孩子把事情闹大的本事还真是只增不减。本指望着将她送到肖家也好灭灭她的威风，熏陶一下儒雅的气质，没想到是越发地不让人省心了。大半夜的，亲家母一通电话就把自己叫来女婿家，说是女婿做了对不起女儿的事，可是认真一听，还不是这孩子三天两头地瞎闹吗？

这样下去可不行，万一肖家哪天忍无可忍不要这个儿媳妇了咋办？倒不如提前履行婚约，尽早把喜事办了好。

一旁的肖妈妈见向妈妈若有所思，噤若寒蝉，便率先起身解释道："绾绾啊！都怪妈不好，甜甜是肖岂沅爸爸远方亲戚的女儿，一家人刚搬到Z城来。甜甜今年大学刚毕业，又是读的护理专业，想向岂沅取取经咨询一些医院的事，他爸爸太热心了就想着尽早安排见个面。岂沅也真是的，陪着他爸爸一起胡闹，两个榆木脑袋凑一起有时候做出的事啊，还真是不讨女人欢心！”

说罢，她嗔怪地扫了肖爸爸一眼。

肖爸爸满脸宠溺地笑了笑，脸上挂着显而易见的愧疚神情。

“甜甜是吗？”眼看着局势已经两头倒，向绾将原本为了圆这出戏而酝酿在眼眶里打转的珍珠泪赶紧憋了回去，抬起头四十五度角仰望吊灯，堆出一个很是尴尬的笑容，“一切都是误会，作为嫂子的哪有怪罪你的道理呢？岂沅的妹妹就是我的妹妹啊！”

向绾说着说着目光就流转到肖岂沅那儿，意图进行一次互动，岂料后者很不给情面地驳了，面无表情地看着她的即兴表演。

方才哭得那叫一个昏天暗地，现在倒是贤淑有礼装大度？

肖岂沅不想直视向绾虚伪地坐在沙发上装模作样、和蔼可亲的样子。肖妈妈却愣是发现了向绾微微红肿的眼睛，还有眼眶里没来得及收回的涟漪。

“唉，你瞧瞧，这孩子脸色多难看啊，一定是伤透了心。”肖妈妈自责地说道，牵起向绾的手来回摩挲个不停，“可见你有多爱我家这臭小子，绾绾你放心，以后他要是敢欺负你让你流泪，我们肖家的长辈们一定让他吃不了兜着走。”

“身为一个男人，连自己的女人都照顾不好，成天让人家女孩子担惊受怕，没有安全感，你说还能成什么大事？一个让女人流泪的男人多半不称职。”

坐在主位上一直没有发话的肖大状终于插嘴了，他的眼神有意无意地看向肖岂沉的方向。

肖岂沉的脸色越发难看。

自从遇见了这个女人，每次被摆一道的是他，最后替她背锅挨骂的也是他……难道就没有风水轮流转的那天吗？

他抬眼微不可察地扫了向绾一眼，向绾冷不丁哆嗦了一下。

“大状啊，这事不值得动怒，要怪还是怪我家向绾不懂事。要说我们年轻那会儿都单纯得很，爱情嘛就是那么回事，淳朴又相互信任，哪像现在的孩子，动不动就吃醋、耍性子，一哭二闹三上吊啊？要我说，向绾这孩子真是被我们宠坏了，还没嫁过去就净给你们肖家添麻烦，你们不嫌弃就不错了。”

自始至终沉着脸没说话的向大山终于开口了。他说话的时候目光毫不避讳地停留在向绾的身上，犀利而严肃，惹得向绾都不敢朝他的方向看，只是装作不知道似的低着头瞎玩手指，一会儿说要去洗手间，一会儿又说要去厨房切水果。

“站住！”向大山的声音冷不防地追了上来，向绾的脚步跟着顿了一下，随后乖乖回到沙发上坐着。

向大山难道还看不出孙女那点儿心思吗？

只是当着多年世交的面，这个脸他是再丢不起了。想他肖大状把自己的孙子培养得如此出色，只等着择一个好女孩配作金玉良缘，向家却丢给他们一个如此顽劣的毛孩，说来还真是惭愧啊。

“哪里的话。我看向绾这孩子天性率真，毫不做作，我就喜欢。大山啊，这婚事我岂有退的道理，我提早还来不及呢。”肖大状抿了口清茶，不失威严地和蔼道。

原本就萌生同等心思的向妈妈不禁连声附和：“是啊！我也正想着提前婚期呢。你说这两个孩子也同居了有一段时日了，这样拖下去把肚子搞大了似乎也不太好哈，还是尽早结了婚，名正言顺地给肖家添个小娃娃才是。”

此话一出，立马赢得了在场所有长辈的全票支持。

“亲家母这话说得真是太好了！我这几天日思夜想着家里的婴儿床什么时候能派得上用场呢！平日里我闲得慌，要是筹备起婚礼的事就有得忙了，倒不至于天天闷着没事干。前几日我才在商场里看上一张顶好的床垫！我看啊，就适合新婚夫妇用。”肖妈妈恳切道。

肖大状跟着接了话茬：“说到孩子的事，岂沅，你哪天也应该带向绾去做个检查了。万一中了也说不准。”

“有道理。你们小两口自己商量一下，都是成人了这种事还要我们这些长辈来操心？”向大山跟风道。

就这样，借着向绾的这件事，一家人顺水推舟地来了个提前婚期，并且还打算立即庆祝，聚在一起吃个火锅夜宵，气氛渐渐不亦乐乎。

在场的只有三个人一点都高兴不起来。

一个是甜甜，她的处境太过尴尬，离开也不是不离开又似乎瞎凑热闹，最后只好在肖母的提议下留了下来。

一个是向绾，她的神情已经迷茫……千算万算结果把自己给算计进去了，这是她哭闹时没有想到的后果。

还有一个，自然是肖岂沅了。这件事从头到尾都像是一个以他为牺牲品的阴谋，被算计的是他，被唾骂的是他，回来担责任的还是他。现在还要为了这个女人好不容易换来的“胜利果实”而举杯同庆？

呸！

你们想到哪儿了！他和她有孩子？

这辈子都子虚乌有的事。

3.

“嫂子来一口饺子吧，这饺子包得可好吃了。楼下超市的速冻水饺没想到也这么劲道呀。”

“嗯……”

趁着第一锅水饺煮熟了，心里仍有愧的甜甜趁机殷勤地给向绾夹菜，试图弥补自己的过失。当着长辈的面，向绾当然没有拒绝的理由。毕竟，要给彼此一个台阶下，若是婉拒岂不显得她小家子气。况且，这饺子的确看起来鲜美多汁，她早就想吃了。

想到这里，她笑容可掬地接过甜甜勺子里的水饺，刺溜一口含了进去，却被滚烫的汤汁热得够呛，“咻”地一口咽了下去，连它是韭菜味或是肉馅味还是海鲜味都来不及分辨，只是吐着舌头嘶嘶不停。

一旁刚入座的肖妈妈见状，立即给肖岂沅使了个眼色。

“看这孩子急的，肯定是饿了，刚刚那口没尝着味儿吧，岂沅，你还不快给你老婆夹一个？”

像肖妈妈这么明目张胆地鼓动儿子儿媳妇秀恩爱的也是没谁了……

肖岂沅眼看着老妈把筷子递到自己面前，也不好当着肖大状的面无情拒绝，只好接过筷子从锅里随意捞了三只饺子放到向绾的碗里。

向绾并未拒绝，相比起肖妈妈关心的秀恩爱，她更在乎的是吃东西。这次她倒是学乖了，吹了好几口气才小心翼翼地把饺子吃了个干净。

“味道如何呀！”肖妈妈问。

“妙啊！”向绾心满意足地吃下了第三只饺子，“就是不知道什么馅儿的，一种说不出的味道。”

“海鲜的！”甜甜看了眼垃圾桶里的包装，随口答道。向绾顿时手指一顿，把筷子原封不动地放回了桌上。等到掌厨的向妈妈取下围巾入座，正色地盯着她看，向绾更觉不妙。

“绾绾，这水饺里的墨鱼、黄花鱼、鲅鱼、蛎虾，你不会吃了吧？”向妈妈担忧地扫了向绾一眼，轻声地说，向绾的脸上只余散不去的惊疑。

她可以姑且将这一连串事称为“自作孽不可活”吗？

“吃了，不仅吃了，还吃了不少。”向绾凛然道，“唉，既然事情已经发生了也没有挽回的余地了，先把这顿饭吃完再说。”

就这样，她抱着无谓的心态愉快地吃完了这顿丰盛的夜宵。直到送走一行人后，她才发现自己的脸红扑扑的，脖子上也痒得很。

怪不得向妈妈离开时千叮咛万嘱咐她记得吃药，只是她自己吃得太过投入忘情，一点儿没感觉到不适。她忽然又记起，自从上次过敏后，

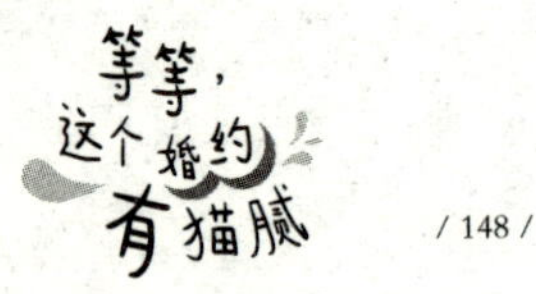

她的药就用完了。上一次还是肖岂沅用不知名的方法把她治好了……

那这次又怎么办呢？

“肖岂沅，肖大医生，我又过敏了，还是托你的福，你看咋办？”向绾关上门后，走到客厅里猛地灌了一口水，打了个饱嗝，沙发上的肖岂沅无可奈何地摇了摇头。

“向小姐，我今天先是被泼了咖啡，回来后又莫名其妙替你背锅，全是托你的福，现在你还要我医者仁心既往不咎地替你治病？”

肖岂沅扭头走进厨房刷碗，一点儿都不想搭理这个得寸进尺的女人。

今天的事他还没消火呢，这可不是一顿饭就能忘的事。

向绾见肖岂沅摆臭架子对她这个病人置若罔闻，不由得一阵烦躁，直接杀进厨房噼里啪啦就是一顿怼：“肖岂沅，你还真是小肚鸡肠！西装脏了可以再买，我要是过敏出了事难不成还能再生？你要是能生你生啊，饺子的事我还没和你算账呢！你明知那是海鲜味的，你凭什么还给我舀了这么一大勺？你你你……你这是居心叵测！”

向绾夸张地用双手在空中画了一个圆以此形容那一勺的分量，肖岂沅冷眼扫了她一下，不禁嗤笑道。

“你哪只眼睛看见我在你动筷子前吃了那水饺？向小姐，你整了我一天似乎还不得劲，想继续给我扣一盆污水？”

“行啊！你要证明不是扣污水你就快点把我治好，来力证你的清白啊！”向绾一把揪住肖岂沅的衣袖，用力要把他拖走，肖岂沅却岿然不动，怡然自得地刷着碗筷。

“我的清白，从来不需要向任何人证明。”

“那你就是医术不精，找借口推脱！”向绾顶着那张肿胀的脸不停地在肖岂沅身边晃来晃去，惹得肖岂沅一个挥手，洗洁精的泡沫溅了一地。

“你闹够了没？”肖岂沅看着一地的泡沫，怒问。

“不够，而且我还想活久一点！”向绾一边大声回答，一边还奋力扯着肖岂沅的手，推搡了一下。

肖岂沅被她这么一推，本能地往后退了一步，向绾没有料到他会后退，随即扑了个空，一脚踩到地板上的洗洁精泡沫，猛地就朝肖岂沅的胸膛扑了过去。

“啊——唔唔唔！”一个尾音还没来得及拉长，向绾就毫厘不差地陷进了某人的怀抱里，一张樱桃小嘴不偏不倚地对准肖岂沅的两瓣薄唇覆了上去，两条纤细的手臂不由自主地紧紧环住肖岂沅的脖子，生怕跌倒。

肖岂沅被这突如其来的重量推得也往后一倒，好在家里的灶台足够高，在惊惶之余他的手下意识地抱住了面前的庞然大物。

于是，两个人就这样出人意料地来了个亲密接触，唇对唇地贴在了一起。肖岂沅清晰地感觉得到，自己的胸膛上紧紧地贴着一片柔软，恍惚间，大脑竟跟着空白了几秒，心跳无意间漏了一拍。

过了好半天，他终于反应过来……

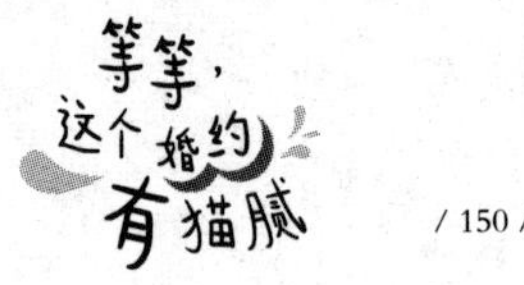

大蒜味？

肖岂沅的鼻腔里突然弥漫了一股浓烈的蒜味，不禁从喉咙里发出一阵控诉的声音，岂料向绾在这方面的领悟力极高，随即给了他模糊不清的回应。

“什么嘛，哪里有蒜味？”

从喉咙里呜咽出这段话后，她下意识地就伸出舌头舔了下嘴唇，分明不是大蒜的味道，而是一股甜而不腻的果香，这味道还真是不错啊。

而肖岂沅只觉得自己的唇被一个湿润的柔软物体舔了一下，两下，等到再要舔第三下的时候，他惊醒过来，猛地拽住向绾往外扯，试图等她抽离自己的怀抱。

“你疯了！”他胡乱抹了下嘴角，一颗心晃荡了一下，不知是怒火还是什么别的，他自觉胸腔里一团热焰灼得他很是不爽，“你知不知道自己在做些什么啊！”

向绾被肖岂沅愠怒的吼声吓得打了个激灵。可是，影影绰绰间还是没忍住伸出舌头舔了舔嘴角，像是在回味着什么。

“肖岂沅，你偷吃了什么，这么甜？”向绾脱口而出地问道。

肖岂沅的心忍不住一股躁动，不悦地皱了皱眉头。

“向绾，不要对着我做那样的动作！”他旋即把向绾的身子转了过去，让她赶紧滚。

有谁能告诉他，这个女人的意识还是清醒的吗？

大概吧。

向绾只迟疑了一秒，随后转过身一个巴掌结结实实地落在了肖岂沅脸上，清醒的意识悉数被找回。

“你这个大灰狼，你真是太坏了！竟然敢吃老娘的豆腐？还是趁我过敏的时候？乘人之危啊你！”

肖岂沅满脸黑线地看着此情此景，顿觉胸口一股郁积已久的血痰正要喷涌而出：“是谁把我推倒的？”

“是谁没有站稳导致我扑倒的？”

“你不走进来我会站不稳？”

“你早点答应治疗我，我会走进来？”

“所以，我这不是治疗了吗！”肖岂沅突然暴怒地吼了一声，四周瞬间寂静了下来，静到连彼此的呼吸声都能听得清。

向绾被这突如其来的吼声惊得怔了一下，随即不可置信地缓缓道：“你说什么？”

肖岂沅突然闷声不说话了，麻利地脱下手套甩在桌边，径直朝二楼走去。

神奇的是，自从肖岂沅走后，向绾渐渐觉得脸上的红团消退了不少，脸也不红，脖子也不痒了，只是，一阵没来由的睡意一拨又一拨地袭击着她。还未来得及理清这一切来龙去脉，她就闷头倒在了床上呼呼大睡。

她只记得，合上眼睛的那一刻，脑海里闪过一个念头：肖岂沅一定是个怪物！

4.

“肖岂沅，你昨晚到底对我做了什么，你老实说，是不是给我施咒了？”

向绾一大早醒来，就对着餐桌上吃早饭的肖岂沅追问个不停。肖岂沅被向绾嗡嗡吵个不停，最后忍无可忍地制止了她。

“有些事还是不要知道太多的好，你只要记住，做好你该做的事。”

“我该做的事？”向绾扬起声音笑了笑，心里暗想，现在我该做的事除了解除和你的婚约，同时还有一件事也提起了我的兴趣，那就是揭开你隐藏着的秘密。

这么想着，向绾更加肯定肖岂沅是一个有秘密的人了。

吃完早饭，肖岂沅拿起皮包就往楼下走，刚坐进驾驶座发动车辆，向绾忽然冲过来将他生生拦住了。

“等等！你要去医院吗？载我一程啊！”她的声音穿透力极强，即便是车窗紧闭着，肖岂沅都能听得一清二楚。

他被迫降下车窗，探出头来：“你去医院做什么？”

“知羡上次去医院做了体检，今天拿体检报告，我和她约了见面一起去学校参加活动。”肖岂沅还没来得及锁门，向绾就一边说一边径自打开车门坐了进去，“走吧！”

“……”他什么时候答应她了？

就这样，肖岂沅一路在嘈杂的聒噪声中到达了医院。

医院的走廊上，余知羡拿着体检报告等在原地，肖岂沅和向绾一前一后地朝她走来。恍惚间，余知羡忽然意识到一个惊人的事实——

其实这两个人看起来还挺登对，很有夫妻相嘛。

想到这个，余知羡不由得呆愣了一下，仅是几秒的时间，向绾已经走到了她身旁。

“走吧？”向绾拉着余知羡的手就要走。

余知羡象征性地和肖岂沅点了个头，随即跟着离开了。走了没两步，她自觉藏不住心中的话，附在向绾的耳边道：“向绾，说句大实话，我觉得你和他看起来，还挺养眼。”

“啥意思？”

“就是你们很配，俊男靓女！”

“你说什么？”向绾猛地停下脚步转过身来，正色地弹了一下余知羡的脑瓜崩，“凡事不能看表面懂吗？我现在严重怀疑，他和我不是一类生物，而是……”

“而是什么？”

向绾压低了声音，确定四周没有人经过后才缓缓回道：“怪物。”

余知羡权当这一切又是向绾开的玩笑，把包放在了向绾肩上，岔开话题：“你等等，我去上个厕所。”

“去吧。”向绾接过她的书包直接坐在了走廊里的凳子上，一个人对着空气发愣，看着来往的行人或脚步仓促，或神色凝重。

忽然，远处的大厅里一个穿着黑色大衣的男子疾步走来，脸上的口罩将他的脸捂得严严实实只露出一双眼睛和一对眉毛，看他的样子，像是朝皮肤科室去的。

向绾又朝另一头扫了一眼，没想到方才还穿着西装的肖岂沅此时已经换上一身清新的白大褂，只是与他那一身英气不同的是他脸上挂着的凝重的表情。

他快步朝那个黑衣男子走去，招了个手，没想到，男子刚和他击了个掌打招呼，就忽然晕倒在肖岂沅的怀里，一动不动了。向绾被这突如其来的一幕吓到了，迅速站起身来想上前帮忙，一群护士的动作明显比她还快。

“老三，老三！”肖岂沅扶着男子叫了几声，无奈患者瘫软在他怀里一点动静也没有。他的脸上明显闪过了一丝忧虑，大厅里的护士看到了纷纷围过来想帮忙，却出乎意料地都被他拒绝了。

“休克了。”他简短有力地说道，随后把男子横抱起来迅速地冲回科室里，“嘭”地关上了门，只留下一群护士在原地面面相觑。

病人已经休克，肖医生这样擅作主张地带走是不是太不合规矩了？毕竟，出了事谁来担待啊？

“肖医生这是什么情况？看样子是他认识的人，但也不能这么操作的吧。”

“我刚刚观察了一下，十有八九是严重的荨麻疹休克。”

“天啊！那不是很严重吗？他一个人处理得来？”

“嗯，其实我还是很信任肖医生的技术的，你们不知道，自从他来了医院，皮肤科来求诊的人越来越多了，而且据说是医术高明，有一套自己的疗法，但具体是什么就不得而知了，知道的人没几个还都说是秘密。”

“不是据说从小医术天赋异秉吗，可能还真有什么独门秘术。”

在场的一群同事忍不住开始议论纷纷。

向绾听着他们天马行空的猜测，更加坐不住了。难道肖岂沅真的有什么不可告人的独门绝活？如果不是话，他又为什么不顾病人安危地把病人带进了自己办公室私了呢？

想到这里，向绾直接拎起包径直朝皮肤科室走去，蹑手蹑脚地扒在门边聆听里面的动静。无奈医院的门隔音效果太好，过了一会儿，她作出了一个胆大的决定——

偷窥。

反正，这个点的医院里并没有太多的过往行人，向绾小心翼翼地拧开门留出一条缝，眯着眼睛往里头探去。不看不知道，一看吓一跳。

只见，休克的男子一动不动地躺在办公桌后面的病床上，肖岂沅背对着她靠近了男子，令人看不清他在做些什么。然后不出一分钟，男子忽地睁开眼睛醒了过来，像是无事人一般坐直身子，笑了笑。

虽然脸上的风团仍未散去，意识却清醒了许多。向绾惊了一跳。

“老肖，你可别告诉我你又是用的老办法救我？”

肖岂沅转过身来，脸上僵硬的神情方才有了一丝松懈，他并未正面回答男子的问题：“这次很严重了，怎么到了这个地步才找我？”

“我这不是忙着实验室的事嘛。”黑衣男讪讪地笑道。

“实验室比你命都重要？”肖岂沅嘲讽地笑了一声，没好气地瞟了他一眼，随后优雅地坐回办公桌前，抽出一张处方单开药，“特殊服务不可能长期为你提供，你还是老实吃药去，平时记得和你说的那些东西别多吃。”

肖岂沅的声音里分明带了点儿训诫，但又不失恳切，这个男人怎么连关心人都这么别扭啊……

但是，特殊服务，怎么听着有点奇怪的感觉？肖岂沅口中的特殊服务究竟是什么？

向绾疑虑着，不由自主地把靠在门板上的身子又往前探了探。

“药我会吃，但是，哥们儿，我真想知道你刚刚不会是把我给亲了吧？不是说好了不用这种方式的吗？”黑衣男突然走到肖岂沅身后，意味深长道。

此言一出，门边的向绾又一次震惊了。

“你想多了。我从未给人这么治疗过，不对，算了，那个人不在讨论范围内。”

“哟哟哟！行了，那你告诉我，我刚刚喝下去的到底是什么，你可别说是你的口水！”黑衣男说着说着突然惊鸿一瞥，脸上的表情顿时极其复杂。

肖岂沅忍不住嗤笑了一声，转过椅背双手交叠。

门外的向绾没抑制住惊疑的心情，忽然背后被人拍了一下，吓得一个用力推门而入，摔在了地上。

一瞬间，所有的目光都聚焦到了她的脸上。

“你怎么在这儿？”

“她是谁？”

肖岂沅和黑衣男子异口同声道。

门外的余知羡茫然无措地看着屋内的三人，弱弱地解释：“发生了什么，我只不过上了个厕所。”

“你该问她。”肖岂沅知情知趣地扫了向绾一下。

向绾只是迅速爬了起来，佯装漫不经心地理了理衣服，大大咧咧地走到肖岂沅面前。

“我是有事和你说才来的，嗯，什么事呢？你猜？算了，你猜不到，那就是！我晚上要早点回去。”

“……”

气氛瞬间尴尬到极点，一股冷飕飕的风忽地从窗口溜了进来，卷起众人的发梢，一阵凌乱。

肖岂沅淡淡地看着向绾，歪着头扭了扭脖子，给了她一个台阶下：“所以？”

“所以！早点做完饭等我回去吃啊！拜拜！”向绾迅速地留下这一串话，便拉着余知羡跑了。

余知羡就这样被她拉着跑了好一段路，才找到机会停下来歇口气。

“向绾，到底什么情况啊……我才上了个厕所，你怎么就趴到里面去了？”

“我趴到里面去还不是因为你！呜呜呜！”向绾拍了拍余知羡的脑袋，无奈道，“你要是不这么神出鬼没地拍我，我能这么华丽登场吗？”

余知羡愣了一下，这才反应过来："华丽登场？向绾，你不用谢我的，我也是无心插柳柳成荫。"

"谢你？我卸你八块！你知道你破坏了我的大计吗？"

"什么？"

"我就快要听到最关键的部分，然后你一个拍手把我送进了虎口！"

"什么关键部分呀？"

"我也不知道！总之，我的第六感告诉我是关键部分，事关肖岂沅的秘密。我很想知道，他到底是用了什么法子让一个休克病人醒过来，他真就那么妙手回春？还有前几次我的过敏……"

"向绾，你别总胡思乱想好吗？要相信科学。"

"我就是相信科学才会去探究这个不科学的男人啊！"

余知羡有点无语，忽然说出一番很有哲理的话："你要记住，你的主线任务是解除婚约，其余的，不去拈花惹草为好啊。"

"你说的是没错，但是，好奇害死猫害不死我，"向绾重树立了一个目标，"肖岂沅的秘密，我一定要解开。"

1.

“紫薇，看到你这个样子我好难过。”

“尔康，不要难过，看到你这样难过，我的心里就会更加难过。”

“我知道我不该让你更难过，可是我实在没有办法让自己不难过。”

“……”

已是深夜，肖君沉家的电视屏幕上正播放着经典连续剧《还珠格格》，向绾坐在沙发上津津有味地嚼着薯片配剧，看到这一桥段时忍不住笑喷，一块还没咀嚼完的薯片就这样掉在了地上。

向绾刚想捡起来放进垃圾桶，一直躲在阳台上乘凉的肖儿子突然扭着高贵的身子凑了过来。向绾吓了一跳缩回沙发一角，看着肖儿子好奇地伸出舌头来回舔舐地上的碎屑。

“你想吃啊？”向绾又掏了一块薯片扔进嘴里，吧唧吧唧地问肖儿子。

“……”

“我就知道你想吃。”向绾一副了然于心的样子觑了觑无辜的肖儿子。

“……”

“可是我和你天生不合，你要是真想吃我得想想办法。”向绾说罢放下薯片，站起身来环顾四周，最后将视线定格在客厅的橱窗里。

橱窗里，一副高级羽毛球拍正安静地躺着。

有了！

向绾忽然想到了妙招，开心地蹦跶到橱窗前取下球拍包，扒掉外套抽出一副球拍，左手一个右手一个，迅速挪到了沙发前。

她小心翼翼地尝试着用球拍夹起盒子里的薯片往肖儿子嘴里递过去，一片不行就两片，两片夹不起来就三片，三片不行就半盒。肖儿子满脸蒙地看着向绾的一举一动，忽然失去了食欲，最后扭着屁股走开了。

向绾费了这么大劲却被嫌弃了，心有不甘地开始与肖儿子周旋，拿着球拍又进又退，像是在斗狗似的。

所以，刚下班回家的肖岂沅一打开门，就看见眼前是这样一番场景:

向绾用他高价买来的珍藏版球拍夹薯片，夹碎了一地不说，还一前一后地左右摆招式，活像《拳皇》里原地不动的格斗角色，而肖儿子茫然地盯着她的所作所为，地板上则是零散不堪的薯片碎屑……

“你手上拿的是什么？”肖岂沅没来得及换鞋就颇为震惊地朝向绾走去。

“球拍啊。”

“我是说，你从哪里拿的？”肖岂沅咬着牙难以置信地问。

向绾态度轻巧地回答：“就那个橱窗啊。”

肖岂沅的身影明显顿了一下，随后从向绾手中拿过球拍，凑到鼻子边闻了一下，一股番茄味扑鼻而来。

“你知道这副球拍价值多少吗？你用它来夹薯片？还有，谁允许你给我儿子吃薯片的？”

“是肖儿子自己想吃的，不信你问它。你问啊。”

肖岂沅盯着向绾看了半天，向绾却对着他无辜地咧嘴一笑。

这个女人竟然还笑得出来？

可那笑容虽如昙花一现，来得突然亦消逝得无影无踪，却令一时没有防备的肖岂沅恍神了一秒，猝不及防。

灯光微微亮，向绾的脸颊也微微暖，像是调色盘上所有暖色调的融合体，温和却又明媚得令人移不开眼。

肖岂沅因为这种不可名状的感觉而心烦意乱，不可思议。

“向绾，你别那样看着我笑。”在沉默了几秒后，他忽然说道，脸上是不可捉摸的神情，语气是深不见底的醇厚。随后，他径自拿着球拍走到了洗手间里。

“为什么啊？”向绾看着休战而走的肖岂沅忽然有些摸不着头脑，是工作疲倦的一天抹平了他的戾气与棱角？连走进厕所的背影线条都不由自主地变得柔和了不少哎。

为什么？

打开水龙头的肖岂沅任由哗啦啦的水声覆盖门外来自向绾的疑惑，他忽然也在心里问起了自己同样的问题，只是，这个问题的答案似乎很复杂又很简单，是他肖岂沅一时找不到的。

算了，不把脑力浪费在没必要的事情上，这才是他的风格啊。

带着这样的心情，肖岂沅安静地把羽毛球拍收拾好，拿起换洗的衣服重新回到二楼的卫生间。进门前，他似乎突然想到了什么，走出房门垂眼看了楼下的向绾一下。

“明天早晨和我回趟肖家。”

“为什么？”向绾听到声音后，抬起头下意识地问。

难道，他俩的婚期这么快就提上议程了？

肖岂沅见她一脸吃瘪的样子，似乎猜到了向绾心中所想。

“就是家庭聚餐，你不必多想。”说罢，他淡然地走进了二楼的房间，没有讨伐，没有难堪。大概是习惯了吵吵闹闹的模式，现在的向绾莫名有点堵得慌。

如果这是一场游戏，对手突然的懈怠将致使它变得索然无味。比起放过自己一马的肖岂沅，她似乎更加适应那个每天和自己唱反调的未婚夫，至少在她彻底离开这里之前，他们之间不应该是和平相处的友爱模式，那样很危险。

会很危险……

想到这里，向绾重新恢复了斗志。

向绾猛然间心生一计。

她蹑手蹑脚地爬上楼溜进肖岂沅房间。

果不其然，肖岂沅正在卫生间里洗澡，里头传来哗哗的流水声，向绾很快在衣架上找到了他刚换下的白衬衫。

据她观察，肖岂沅同一套衣服一般会穿两天，并且只有两天，两天一到即刻送洗，这个规律就好像是他强迫症的集中表现似的，连她这样粗枝大叶的人都注意到了。眼下，他将换下的衬衫挂在衣架上，这说明第二天他的装束将与前一日无二。

而明天不是要回肖家应酬吗，还是一大早。

向绾窃喜地抿着嘴偷笑，随后火速回到自己房间里摸了一支口红，三两下在自己的嘴唇上涂好，再以风一般的速度赤脚溜回肖岂沅房间。

她在衬衫上找了好半天，才根据日常经验找出一处最不容易发现的隐蔽处，把嘴凑上去印了一下，肖岂沅衬衫的领口处就出现了一抹红色的淡痕，一看就是女人的杰作。

是谁大半夜的对这个应酬回家的“半婚男”下手？

当然不是她了。

向绾阴笑了两声，然后拿着肖岂沅的衬衫原封不动地挂回了衣架上。

就在这时，卫生间里的水声戛然而止，向绾心头一惊，踮起脚飞快地要溜出门去，走到半途才发现自己的头发松散着，发圈不见了。她转头一看，发圈掉落在衣架下的木地板上，虽然挨着床头柜的柜脚，但仔细一看还是会发现的……

向绾做贼心虚地惊出了一身冷汗，三两步飞到了衣架下捡起发圈，正当她冲到门边快要碰到把手时，卫生间的灯光忽然熄灭了！

显然，肖岂沅立马要打开门出来了。

向绾的大脑下意识地发出了“躲”的命令，她还没来得及计算逃跑和躲藏的时间哪个更短时，她的脚已经不由自主地往卧室里移动，最后藏在了衣柜边的窗帘下。

她刚藏好，肖岂沅就出来了。

向绾连忙捂住口鼻屏住呼吸，不敢动弹地缩在角落里。等到过了好一会儿，她感觉到肖岂沅走到了床的另一头，才偷偷地透过帘缝往外探去。

这一探她的魂儿惊得差点出窍，一颗心“嘭”地快要炸裂开来。

为什么他洗完澡不穿衣服！

那湿漉漉的发梢上缀着几颗晶莹剔透的水珠，精壮的体格在明亮的灯光下一览无遗，暖黄色的微光打在他的身上，似又给他轮廓分明的躯线增添了几许朦胧的暧昧，他来回地走动在另一侧，房间的空气里就斟满沐浴乳的香，四周寂静得都能听见他发尖掉落的一滴水珠砸向地面的声音。

完了完了！

无心审美的向绾趴在角落里看着这一切，断定自己明天一觉醒来就要长针眼了，但眼下最重要的是，她该怎么出去啊！

向绾替自己的退路担心得不得了，肖岂沅却像是察觉了什么，突然毫无预兆地往这一侧的床边走来了。

近了近了。

别过来，别过来，别过来……

别别别！

向绾在心里嘶力竭地怒吼，而肖岂沅有条不紊地靠近。然后，他稳稳当当地在距离向绾近两米的地方停下来了。他缓缓地蹲下身来凑近，又迅速地伸出手来，眼看着就要发现她了……向绾的心已经蹿到嗓子眼，很快就要砸在地上了！

忽然，肖岂沅的手落在了柜子前，拉开了柜子，从里头取出了一条……

内裤。

什么鬼啊！深蓝色的内裤，还是带条纹的那种，有点骚气啊，不，有点性感啊，呸！有点棘手啊。向绾忽而在心里鬼哭狼嚎，他莫不是要当着她的面扯下浴巾？

向绾本能地闭紧双眼，杵在原地不敢动弹，只听见耳边窸窸窣窣的穿戴声，再睁开眼时，肖岂沅俨然已经是穿好了睡裤的样子。

就这样，向绾缩在昏暗的角落里待了一个小时，幸好肖岂沅房间够大，窗帘也是两层的，她才没被发现。

等到肖岂沅终于熄灯上床了，向绾的逃跑计划才开始实施。

说实话，她已经困到不行了，但还是不得不打起精神逃离案发现场。

在确认肖岂沅的呼吸声平稳后，她像毛毛虫一样开始默默地伸展柔软的腰肢，匍匐在地，随后一步一个脚印地爬到了门口，过程之艰辛和狼狈就不必赘述了。总之，她很努力地摸着门板正要起身，房间里的灯光突然“啪”地亮了。

向绾惊恐地呆在原地一动不动，一双匀称修长的手突然落到了她的肩上。

“看完该看的，这就要走了？”肖岂沅傲然的声音从向绾头顶落下。

“没没没，我什么都看到了！”说完，向绾觉得有哪里不太对，然后她的脸唰地红了，“呸呸呸，我什么都没看到！”

“如果不是有偷窥的癖好，我倒是想知道你大半夜不睡觉，出现在我房间做什么？”肖岂沅倏地蹲下身来，一双深邃的眼睛里泛着黑色的流影。

“我就是想问你明天几点起床，协商一下时间好吗？我这个人有很重很重很重的起床气，所以，不方便让你叫我！”向绾现场胡诌了一套理由，描绘得有声有色。

“那你知不知道，我这个人也有严重的起床气，比如现在。”肖岂沅的手在一瞬间捏住了向绾的下巴，双目对视，向绾一不小心就跌进了他的眼影中，心跳陡然漏了好几拍，脑门上都渗出了汗。

“既然你主动送上门来，是不是意味着我该礼尚往来地赠你一份回礼？嗯？”肖岂沅的声音幽然，莫名为他的话语染上了一层蛊惑的色彩。

向绾听完打了个激灵，虎躯一震，站起身来。

“你想干吗？”她飞快地拍掉他的手，打开门义正词严，“光天化日之下敢调戏我？肖岂沅！我看起来是这么好欺负的角色吗？你现在就给我出去！离我远远的！”

说罢，向绾狠狠地踹了肖岂沅一脚，把肖岂沅踹出房间，然后“嘭”地关好门上锁，气呼呼地叉着腰坐回床上。

“让你欺负我！一脚把你踹出地球去！”

叽里呱啦地说完一番话，很快，睡意再次袭来，她打了个哈欠平复心情，最后直接关上了灯倒头大睡。

门外的肖岂沅抱着疼痛的脚踝龇牙咧嘴了好一会儿，恢复如常后才穿着睡衣站起身来打了个喷嚏。

是谁该离谁远点啊！这种反客为主的招式也只有这个女人做得出来了！

肖岂沅对着门内的人怒道：“向绾，这是我的房间。”

过了好半晌，他才听到一个有气无力的声音回道：“谁睡了就是谁的，这是我的床。”

行啊，这女人如今连他的床都敢霸占了，还有什么是她不敢做的？

2.

向绾睁开眼时，发现自己裹得像一个人肉寿司，严严实实地躺在地上。

她是如何办到摔下床还能呼呼大睡的呢？

这个问题除了她自己，肖岂沅本人也想知道……

总之，他一大早在沙发上睡醒后打开房门，就看到了空荡荡的床和躺在地上滚来滚去的向绾。

“昨晚的事，我可以暂且不和你算账，今天回家当着老头的面，你最好打起精神。”折腾了一夜，眼看着离约定的时间越发逼近，肖岂沅无奈地对着地上的向绾说道，随后走进卫生间洗漱。

向绾磨蹭了好半天终于上路了。

莫名地，今天的右眼皮总不住地跳着，对比副驾驶座上安静打着瞌睡的向绾，肖岂沅预感到这是暴风雨来临前的平静。

车子缓缓驶入肖家大宅，肖妈妈穿着素雅的旗袍迎了过来。

“宝贝们回来了！今天难得聚餐，昱儿也回来了，你们是时候好好谈一下了。”

向绾刚打开车门，就被肖妈妈搂在怀里推进了家。

“绾绾啊，听说你和肖昱从小在一个院子里长大，那个时候昱儿他们一家子住得可远，一年也回不了几次家，要是和岂沅也一块儿长大就好了。你和他就能早点认识。不过啊，缘分真是件奇妙的事，你们不还是走到一块？”

肖妈妈兀自说得心花怒放，向绾听得很不真切，直到进门后看见沙发上的肖昱，她很自然地就走过去拍了他的头。

“嘿，你小子要来也不提前说一声，我好把车开来给你一解相思情啊。回国这段时间你总说你在忙忙忙，推了那么多聚会，到底还是家里人的真情呼唤来得有用。”

“这你应该比我清楚，真正有用的人就是你身边这位。”肖昱压低声音，暗暗地朝肖妈妈努了努嘴。

向绾一秒会意，哈哈大笑。

肖妈妈见他们相谈甚欢，招呼着保姆去厨房里切水果了。

向绾遂一屁股坐在沙发上，神秘兮兮道：“我就说你这个段位显然不是家里人的对手。今天你就看我拿手好戏吧。”

肖昱听她这么一说，一种陈年的熟悉感扑面而来，像是听了什么骇人听闻的事一般，愣了愣：“你不会是又要弄些乱七八糟的把戏吧，你确定我伯母一家经得起你折腾？”

看着肖昱担忧的眼神，向绾更加胸有成竹了。兴致涌上心头，她又一次把手搭上了肖昱的肩用力地拍了两下，沉着嗓子道：“你放心吧，我可不想做你嫂子。”

“你们在做什么？”一道浑厚的嗓音忽地从两人背后传来。

肖昱捂着内伤的肩膀转过头一看，肖岂沅正拎着车钥匙正气凛然地看着他和向绾。也不知何时起，他悄无声息地走到了两人身后。

“老朋友叙旧，你说是吧。”向绾有些心虚地干笑了两声，然后防不胜防地又把手搭上肖昱的肩狠命拍了一下，要他及时闭嘴。

她的计划可不能还未实施就乱了方寸。

肖昱被她这么一拍脸色陡然一变，猛地弯下腰，直接往沙发另一侧挪了好几下。向绾转过头神色不明地看着他，还没来得及反应过来发生了什么，肖岂沅突然一屁股坐在了他们的中间。

……

肖家的沙发虽豪华却算不得十分宽敞，坐了三个人实在也有些挤，向绾愣了愣，几秒后下意识地站起身来坐到了身畔的单人沙发上，友好地看着另一侧分享沙发的兄弟俩。

你们秀你们秀……

她真诚地勾起嘴角笑了笑，一旁的肖昱却"扑哧"一声开始握着拳掩嘴偷笑，这一笑就笑个不停，足足过了半分钟，笑声比她还要夸张，还要绵长，其余的两人则满脸黑线地看着他，不明所以。

肖昱却只是盯着肖岂沅英俊的侧颜，满脸姨母笑地慨然道："天有不测风云啊，妙哉妙哉。"

肖岂沅和向绾同时看着他一秒后，第一次非常有默契地异口同声道："神经病！"随后又一齐站起身来，响应肖妈妈的招呼声纷纷入座。

寡不敌双的肖昱突然感觉自己被喂了一大口"狗粮"，你们之间的默契到底怎么培养的啊！真是好奇啊！

"绾绾啊，今天的饭菜还可口吗？我特地去找你妈妈打听了你爱吃的东西，让王妈学着做了，你看还满意吗？"饭桌上，肖妈妈招呼着向绾吃肉，向绾碗里的饭菜堆得都快有一支冰激凌那么高了。向绾心想，她可以申请用两只碗吗，一只用来装菜，一只用来扒饭。

"好吃，好吃。"向绾默默往嘴里送了一块肥肉，今天的饭局上她无疑是最亮的那个"仔"。

而相比起向绾饭碗里的丰盛，身边坐着的肖岂沅碗里简直有够冷清。

自从向绾来到肖家，他在家里的地位已经大不如前，一顿聚餐就可见一斑，他每夹一盘菜，都会在无形中收到来自肖妈妈的眼神暗示——

吃什么吃？你吃之前赶紧给你老婆夹一筷啊！

在他无数次无视肖妈妈的唆使信号后，肖妈妈决定亲自上阵。不一会儿，向绾的碗就找不到一个可以扒饭的空隙了，除非她先把菜吃干净。

“绾绾啊，问问他还想吃啥？”肖妈妈夹了一块鱼肉，突然问道。

正在吃饭的向绾一头雾水，转过脸看了肖岂沅一眼，后者表情淡然。

“‘他’是谁啊？”

“你肚子里的孩子啊。”

“噗！”向绾赶紧用手捂住嘴巴，强行装成从嘴里捏出一根鱼骨头，放在了桌上，“妈，我肚子里什么时候有的孩子，我怎么不知道？”

“你当然不知道，你妈去问了，今年你们就会有的。”

“什么？”向绾一口羊肉直接呛了一下，囫囵吞枣地咽了下去，“今年？等等，我和他，这孩子怎么有？”

一家人忽然全部抬头看着向绾，十几只眼睛不约而同地盯得她头皮发麻。肖大状筷子上的菠菜“啪嗒”一声掉进了饭碗里，随后严肃地咳了两声。

“还能怎么有。”肖昱最先恢复神情，打趣地插了一句嘴。

肖岂沅有点哭笑不得：“别说了。”

向绾尴尬地把头埋进饭碗里扒饭，好在这一档子事提醒了她实行计划的刻不容缓。再不动动手脚，这连孩子都要从石头里蹦出来了。

于是，她假意上厕所离开，几分钟后回到座位时，忽然装腔作势地定住不动了，呆呆地看着肖岂沅的后背，一手揪住了他的衣领，眼泪哗地就上来。

这拨气氛扭转得过分突然，在座的一家人都还没反应过来发生了什么，向绾就已经梨花带雨地开始控诉。

"岂沅，这……这是什么？你的衣领上怎么会有女人的口红印，原来昨晚你应酬得那么晚回家，竟然是去……是去……"

"是去什么？"坐在一旁的肖大状面目肃然地起身，拄着拐杖踱到了肖岂沅身边，顺着向绾手指的方向一眼就看见了肖岂沅衣领后那道浅浅的口红印，一阵怒火攻心。他可不相信自己孙子竟会做如此大逆不道的事，"岂沅，你来解释一下。"

"呜呜呜，事到如今证据确凿，我该怎么相信你！"向绾伤心欲绝地放下衣领，拉起袖子抹了把辛酸泪。

桌上的人皆被惊到，纷纷起身围了上来，看着肖岂沅的神情免不了带了些质疑。

"儿子，你快跟绾绾解释这到底是怎么一回事啊。"

"岂沅，你一向行事谨慎，爸也从小教育你为人君子，做事须得光明磊落，今天这件事爸希望你当着肖家人的面说清楚！"

"我向绾为人最忍受不了的就是背叛，倘若真是如此，我有何颜面在肖家立足？还望肖家的长辈们体谅我的心情，放我回去了吧！"向绾泪目地掩面凝噎，那张漂亮的脸蛋上缓缓滑落的泪珠真是我见犹怜，肖家的长辈们看了个个心疼得不得了，肖妈妈更是抱住向绾拍着后背哄了起来。

只有肖昱，从头到尾跟个没事人似的，坐在餐桌上彬彬有礼地吃着饭菜，喝着汤，时不时地抬眼看一下向绾的即兴表演到了什么地步，然后低下头忍住了心头的笑意。

他就知道，向绾一出手肖家的这顿午饭怕是没指望……

“昱儿！你哥都这样了，你还像个局外人似的坐在那儿吃饭？”肖妈妈眼尖地发现了对桌那位与大家格格不入的人，急声催促道。

肖昱不得不在大家的注视下放下碗筷，抱起胳膊一脸认真地看这出好戏。

左有向绾和肖妈妈的喋喋不休，右有肖大状和肖爸爸的疾言厉色，对面还有来自肖昱戏谑如常的眼神，肖岂沅被来自四面八方的目光包围，自然有种无所适从的感觉。

只是，他一直以一种淡定从容的姿态面对这从天而降的黑锅，波澜不惊地端着碗筷，任凭脖子上勒得紧紧的衣领被来回揪扯。

“向绾，你真想我当着所有人的面说出昨晚发生了什么吗？”肖岂沅突然放下碗筷，凛不可犯地扫了所有人一眼。

事情闹到这个地步向绾自是没有息事宁人的理由，于是像被赶鸭子上架似的回道：“大伙都等着你解释呢，我比起任何人都想知道真相，你就实话实说吧。”

她不相信，她都这么努力地要卷铺盖走人了，这位老兄还不帮衬着点？

然而，比起成全她，肖岂沅似乎有自己的打算。

“这种事我本也不想公布于众，但既然你这么迫不及待地想告诉爸妈，我就实话说了。”肖岂沅不疾不徐地说，脸上是从一而终的认真，“向绾，你是忘了昨晚的事吗？”

“什么？”肖岂沅的一句话让众人把眼光全部转向向绾，向绾莫名其妙地脱口而出，此时此刻，她觉得自己仿佛是失忆症患者，“昨晚的事？”

难不成他发现了她的所作所为？

“昨晚你不是心情不佳，一口气喝了我珍藏多年的一整瓶红酒吗？然后揪着我的衣领越发地……热情。”肖岂沅若有所思。

向绾惊恐万分，摇着头难以置信：“我什么时候喝了你那瓶红酒？等等！老哥，咱们是不是该理一下这个思路！”

“思路？你喝了酒自然没有思路，记不清许多事。你爬上我的床时可不那么清醒，我从浴室出来后你就已经在我房里等我了。”

“等你？”Excuse me？

向绾对着一群人转而姨母般的笑容不知所措，拼命摆手却还是无济于事。

“难道不是吗？我出来时，你不是正在我的床边？那时我已躺上床打算入睡，你却不依不饶，最后我只得顺从你，满足你。”肖岂沅话里有话地悠悠道，众人却急不可耐地挤眉弄眼。

“然后呢，然后呢！”肖妈妈狂喜地摇晃着向绾的肩膀。

向绾只觉得头顶那盏日光灯分外刺眼，一张脸不由得开始烧了起来，眼眶里蓄积的盈盈湿润倏地也蒸发了。不等她想好一番措辞反驳，肖岂沅忽然又别有用心道："有些事只可意会不可言传。向绾喝了酒今早起来仍有些神志不清，弄不清昨夜做了什么，现在当着大家的面误会我，我自然不会责备她，毕竟她是我未过门的妻子。只是希望你们不要怪她胡闹，我肖岂沅一人做事一人当，昨晚的事我会负责。"

肖岂沅一席话说得有理有据，连脸上的神情都是那么的真挚感人，向绾差点儿跪在地上膜拜他为"戏魔"，脸上只能是哭笑不得的表情。

大伙松了一口气后，开始乐得笑开了花。

"不是你们想的那样！"向绾原地涨红了脸要解释，却越抹越黑。

"我们知道啊！不是那样而是那样！懂了懂了！你们年轻人啊就是会玩，不过绾绾，你真是太可爱了，喝了酒就忘事，这和妈妈年轻时一模一样！"

"岂沅，你说得有理，这件事就这么过去了。既然是自己人做的，沾上点口红倒也无伤大雅。"肖大状总结性发言，事情没有扭转的余地了。

"饭桌上都不忘撒狗粮，nice！"肖昱看着急转而下的剧情发展，一只手撑着下巴笑得清浅又神秘，眸中是满满的玩味。他趁着大伙不注意，偷偷给向绾竖了个拇指。

你也有今天啊。

他相信，这场势均力敌的拉锯战，他们之间不是同生，便是共死，不是相得益彰，便是两败俱伤……

3.

“向绾，宿醉了一晚，多喝些汤。”

“肖岂沅，你怎么了？”

“我在关心你。”

这一顿饭下来，向绾手里的筷子就没有拿稳过，拿着筷子的手不停地微微颤抖，面对肖岂沅全程的演技在线，她忍得好辛苦！她真想站起身来摔破碗，叉着腰对他发怒：“兄弟，停止你的表演！这局算我输好吧！”

可是，肖岂沅对她的不安全程选择无视，非常用心地卖着温情未婚夫的人设。

在座的长辈看了，倍感欣慰，肖昱看了则是一脸的喜庆与意料之中。只有向绾，整顿饭吃得心不在焉，手不得劲儿，一直到要回家前，她都处于被支配的恐慌中。

“向绾，上车。”准备打道回府的肖岂沅坐在驾驶座上，云淡风轻地降下车窗对着门口的向绾喊道。

向绾被肖妈妈缠着嘘寒问暖了半天，终于可以解脱了，便风一般往车那头跑。结果刚打开车门准备坐到后面，另一边的车门被肖昱飞快地拉开，然后钻了进去。

“你要跟我们一起回去？”向绾吃惊地站在门外问他。

车内的肖昱面不改色：“怎么，不行？自家人捎一程都不行，还是说，小两口想享受自己的二人时光？你们还真是争分夺秒啊。”

向绾缩进车里关上车门，满脸无语：“那你还是跟我们走吧。”

肖昱嘴角的弧度似月牙弯，得意地笑了笑。向绾伸出手推了他一把，好在有车门挡着，肖昱只是晃动了一下，继而无奈地摇摇头。两人的举手投足间有一种岁月沉淀后的默契与亲切。

肖岂沅被无视了好一会儿，后面的人才意识到车纹丝未动，发动机已经停了。于是肖昱伸出手拍驾驶座上的肖岂沅，随意道：“司机，可以走了。”

肖岂沅一声不响，直接把手从方向盘上移开，双手交叠着盯着后视镜。镜子里嬉皮笑脸的两人看着真是与他的气场格格不入。他索性开了广播，把音乐声调大，湮没正在和肖昱滔滔不绝的向绾的声音。

“肖岂沅，你疯了？”向绾吓了一跳，下意识地捂住耳朵，凑向肖昱的身子冷不防往后挪了一截。

肖岂沅却无视她的不满，突兀地盯着后视镜里肖昱的脸，冷道：“肖昱，你坐前面来。”

“为什么？”

“只有未成年才坐后面。”肖岂沅一席话说得云淡风轻，又似乎挺有道理，后车座的两个人忍不住汗颜。

谁是未成年啊！向绾都想拿身份证甩在他的脸上了。

而肖昱在短暂的疑惑后对上肖岂沅的眼，看了好半天，忽然想明白了些什么，打开车门快速地坐到了副驾驶座上。

兄弟的心，兄弟自己看不清，他比兄弟还要懂。

于是返程路上，后座只剩向绾一个人孤独寂寞地玩手机，最后干脆躺在了车上闭目养神。

等到送走了肖昱后，憋了一肚子委屈的向绾终于忍不住开骂了。

“肖岂沅，你不打算和我解释一下今天的事吗？我什么时候喝了你的红酒了？”

“那你不打算和我解释一下口红印的事？我什么时候背着你找女人了？”

向绾被他的一番话堵得不知说什么好，做贼心虚地低下了头：“行吧，但你也知道我是为了婚约的事才出此下策，大哥，你就不能别这么不解风情？”

“我不解风情？向绾，你就这么想走吗？”

肖岂沅猛地在红绿灯处停下车，偏过头来目不斜视地盯着向绾，侧面而来的斜阳将他身上魅惑终生的男人味烘托得刚刚好。

“不是你要我搞破坏的吗？你是在耍我吗？”

“对。”肖岂沅一只手轻轻扣着方向盘，一只手拄在窗沿上托着下巴，微微偏头目视前方，“无论什么方式，走与不走，都是我说了算。”

向绾愣了下，脑子快速地转动着，忽然想通了一切，从后座上猛地坐起身来，大声质问：“肖岂沅算你狠，合着所有的一切你事先都知道了，然后关键时候把我玩弄于股掌之间！我去，你才是最阴险的仔！”

肖岂沅不说话了。

他看着后视镜里气鼓鼓的向绾，放任她在车后气急败坏地画圈圈诅咒自己。他扭过头看向窗外不可觉察地勾起了嘴角，无声地笑了一下。

向绾一路上都在和余知羡发短信控诉某人的恶行，最后在一番激烈的讨论后得出的结论是——

想要收获就要有所牺牲。

于是，她决定成全某人口中所谓的人品，从自己身上下手。

这一次，她要扮演那个最令人痛恨的仔，只要问题出现在自己身上，肖岂沅总没话说了吧。虽然，到头来还是得淹死在长辈的唾沫中，但这是她的孤注一掷了。

向绾找来了她在话剧社里某位关系极好的男性朋友，一番天花乱坠的劝说，外加糖衣炮弹的猛烈攻击，方才说服对方陪她演一出戏，假扮她的地下情人去与肖岂沅正面交锋。

“向绾，咱把话说前头了。我今天是看在和你的交情上答应帮你，但万一你家那位全城通缉我怎么办，你确定我人身安全？”被向绾请求帮忙的林同学走在路上，不安地问道。

“全城通缉？小林你未免太夸张了，你就放心吧，他这么要面子的人肯定得休了我，不过也只是针对我来。”向绾胸有成竹地拍拍林同学的肩，两人一前一后地朝医院走去。

“可是，我听说了他叔公曾经是混道上的，万一惹怒了肖家人，我可吃不了兜着走。”

“你放心吧，肖家现在已经洗白了，是济世悬壶的医生世家，打残了也能把你救回来。”

向绾信心十足地给朋友吃了一颗定心丸，但朋友听了似乎更加慌张了：“救回来？你等等……”

话还未说完，他就被向绾直接拖进了医院，不容拒绝地把手挽在她的手臂上，直截了当地跑到妇产科挂号去了。

“表情放轻松！放轻松！要微笑！要有一种即将为人父的喜悦，你要记住，你现在是被喜悦冲昏头脑的准爸爸！”妇产科走廊上，向绾低下头不停地提醒林同学要注意自己的角色定位，两人身上般配的卡通情侣装分外耀眼，在一群等候产检的准妈妈准爸爸中可谓是一枝独秀，洋溢着独有的年轻与活力。

向绾很满意过往的孕妇们投来的关注眼神，她随手拿过宣传栏上的一本孕妇知识手册，津津有味地读了起来，事实上，脑海里只有一行字：

这是什么天书啊……

她一边浏览着知识手册，一边忍不住打了个哈欠，睡意缱绻，等到快轮到他们的号码时，林同学不免有些急了。

“向绾，你这玩的到底是什么把戏，你又不是孕妇，这一进去检查不就露馅了吗？”林同学附在向绾耳边小声说道，额头上因为紧张不由得流出一层汗。

比起他的不冷静，向绾则淡定得多:“你懂什么。有没有听过一句话，流言才是最无情的杀手。所谓人言可畏，我来妇产科溜一趟，这儿的主任护士知道了，也就相当于医院的大部分人知道了。肖岂沅可是院长的儿子，你说他们能不八卦？肖家人最后碍于面子肯定不能要我，只得和我摊牌了。”

“哇！这招妙啊！”林同学刚要感慨向绾的英明，向绾忽然不给他反应的机会，站起身来惊呼道：“完了！我这记性，忘了带病历本了，亲爱的，我腿酸了，你快背着我走吧。”

林同学坐在凳子上还没明白过来怎么回事，向绾就把他从椅子上揪了起来，一把跳上他的后背，赶鸭子似的让他走人。在场的孕妇们都以为这是全新口味的一把狗粮，瞄了眼后全部低下头去不忍直视。

于是向绾趴在林同学的背上，在医院里无数来往护士的注视下离开了。向绾藏有地下情人的消息就这样传入了一两个知道肖岂沅家事的同事耳中，仅仅过了半天，肖岂沅就被两三位关系交好的同事告知了这件事。

向绾又在搞什么鬼？

肖岂沅的人生中第一次有了坐不住的时候。他可不是为了向绾，而是为了他的权威！

“小吴，今天的班我和你换，你替我顶着，我还有事处理。”他在早班过后迅速和同事换了班，提前往家里赶去。如果他没有记错的话，今天的向绾是没有晚课的，下课后她很快就会回家。等到那时候，他要好好找她问清楚事情原委。

但是，计划往往赶不上变化。

他刚把车开出车库时，就接到了向绾的电话。

“喂？肖岂沅，你在医院吗？”

“嗯。”肖岂沅下意识地嘴硬道，虽然离他下班还有很长一段时间，但一定不能让这个女人察觉到他的不耐烦。

“那就好。我现在在你们医院的食堂里，你过来，我和你谈谈。”

肖岂沅很冷静地挂了电话，心里隐隐觉得这事和那个不知名姓的男人脱不了干系。于是，他重新把车开回了车库，往医院的食堂走去。

远远地，他就看见了向绾坐在某张靠窗的餐桌上，桌子的对面坐着一个有些面熟的男人。走近了看，他很快就认出了那个男人是曾经在话剧社里见过的，长相并不出众，但才思倒是敏捷。那次怂恿向绾找自己帮忙，他估计没少出力。

“有事？”肖岂沅放慢了步伐缓缓靠近，站在向绾的旁边。他似乎对林同学视而不见，语气里是一向的傲然与冷淡。

“我看起来像没事的？”向绾跷着二郎腿反问肖岂沅，眼神转而看了眼对面的林同学，暗示他配合一点。

林同学眼看着肖岂沅的目光在自己身上扫了几眼，气势莫名就矮了半截，站起身来握手的姿势都有些胆怯。

“你好，肖先生。”

肖岂沅并没有回握，只是云淡风轻地瞟了他们一眼，随后不动声色地走到点菜窗口，取回来一盘饭菜自然而然地坐到了向绾身旁。

这不像他平日里的作风啊。

向绾忽然有些乱了阵脚，看着某人慢条斯理地吃饭，有种被喧宾夺主的恐慌。林同学给她使了个眼色，向绾只得硬着头皮示意他冷静。

这时，一个与肖岂沅共事的同学路过桌旁，看到肖岂沅身边坐着的向绾，真是郎才女貌，于是非常自然地打了个招呼。

“嘿！老肖，带着未婚妻来吃饭啊，行啊你，秀恩爱都秀到医院来了。”

肖岂沅抬头看到老同学，一改平日里的傲然，一派谦和地略略起身点了点头，随后英气盎然地坐回原位。一旁的林同学莫名有种当“小三”的感觉，对面那两人一坐在那儿，他俨然就是个配角啊。

“老肖，这是你哥们儿？”老同学端着饭菜，非常礼貌地和林同学点头示意了一下。林同学不由自主地起身和他握了个手，刚要自我介绍，就被肖岂沅抢先了。

“是我司机。”

林同学和向绾的脸色顿时大变，一种哭笑不得的气氛笼罩着这个片区。肖岂沅却沉着冷静地继续解释：“平时连班倒，找个司机省事。”

“是啊是啊，还真是羡慕你。”老同学打完招呼后就走了，只留下现场忽然分不清自己定位的林同学和不知从何说起的向绾。

这是什么和什么啊……怎么感觉局势完全走样了？

“你姓什么？”向绾忍不住要开始和盘托出，肖岂沅却又一次先声夺人，“算了，我不管你姓什么，向绾肚子里的孩子只能姓肖。”

“什么？”林同学匪夷所思地看着向绾，脸上是吃惊的表情。

等等，原来向绾早就已经怀孕了？这什么鬼？难道他是半途被拉来做爸的人？

“肖岂沅，你胡说八道些什么啊？”向绾一拍桌子，中气十足。

肖岂沅却面不改色，语气冷静：“孕妇不宜动怒。同学，你要是认清了局势就赶紧离她远点，除非你想无条件地承担一个与你毫无血缘关系的孩子，你会吗？你敢吗？”

“我……”林同学忽然认㞞地站起身来，眼神飘忽不定地看着远处的某个方向，深吸了一口气开始赔笑，“向绾，我们的关系还是到此为止吧，我先走一步了哈。”

“你等等啊！”向绾眼睁睁地看着自己的帮手临阵脱逃，看着大门的眼神越渐迷离。

肖岂沅忽然低笑了一声，惹得向绾脊背上一阵发凉。可是，这可是她最后的救命稻草！

她绝不放弃！

“肖岂沅，我和你老实说了吧，小林和我在一起很多年了。之前碍于家里的原因我不能明说，现在我和他都无法忍受这种局面了。我今天要把话和你说清楚，你和我的婚约势必要解除。”

“所以，你不惜扮演脚踏两只船的角色？”肖岂沅竟然好整以暇地环着手臂看着她。

向绾忽然觉得这个男人有种不可言说的危险和深不可测的心思。

“对。只要解除婚约。”向绾想也没想就脱口而出。

肖岂沅盯着她身上的那件情侣装看了半晌，转而移开视线，语气里尽是嘲讽。

“你就这么想走？行啊！但你的名声我不关心，我关心的是，我不能忍受任何人给我肖岂沅戴绿帽子。”

“大哥！你行行好，现在扮坏女人的是我，你是好好先生！这样的分手方式只对我有害好吗？你清醒点啊！”向绾无语又激动地摇着肖岂沅的肩膀，难以接受这个完美主义人士提出的烂理由。

“这种分手方式？”肖岂沅若有所思地咀嚼了这句话几秒，随后冷笑了一声，怒道，“我不接受任何的不完美。”

他忽然飞快地拽起向绾的手微微愠怒，使得向绾不得动弹，他的眼里有种难以被读懂的深沉：“今天的事我给压下去了，可是向绾你给我记住，你有一百种解除婚约的方式，但只要是我不满意的，你就别想轻易地草草了事。”

说罢，他放开了向绾的手，站起身来拿着餐盘走开了。

“你神经病吧！”向绾看着他离去的背影，忍无可忍地骂了一句。

向绾一个人孤零零地站在食堂里，忽然被四周席卷而来的沉寂给淹没了。憋屈、失落、压抑一并笼罩着她，她当即产生了破罐子破摔的念头。

既然都走到了这一步，老娘何必再配合着演下去呢？

她做什么都是错，为了破坏婚约她什么都干了，可是他呢！各种挑刺各种不高兴。

这婚约又不是她一个人的！凭什么她一个人受委屈！

说演就演，说不演就不演，这才是她向绾的风格嘛！至于肖岂沅？呵，她再也不要理他了！

4.

向绾满肚子郁闷地回到了家，刚停好车，心不在焉地上楼，就看到站在她家门口的肖昱。这小子不是天天忙吗？怎么今天亲自上门来拜访了？

还真是什么事都有的一天啊……

“你没事跑我家来干吗？”

“行啊，才住了多久就自称是主人了，你俩感情还真是不错。”肖昱一转头看见是向绾，终于像解脱了似的赶紧招呼她开门，“你行啊，表面感情不和，背地里倒是进展挺快……”

向绾一面插钥匙，一面满脸问号：“你在说什么啊？我怎么听不懂？你可别和我说，你就是上门来给我送饭的啊。”

“废话！”肖昱率先拿着饭菜走进屋子，背过身看向绾，语气轻佻地说，“你这都已经光速进展了，肖妈妈能不激动吗？一大早就把我 call 回家煲汤做饭，带着一堆补品来给你养身子。”

“我为什么要养身子？”向绾蒙蒙地歪着头问。

肖昱忍无可忍地把话说白：“你这不是已经在备孕了吗？”

“谁跟你说我在备孕了？”

“医院上上下下都知道了，你今天不是去了妇产科准备检查身体吗？肖岂沅这小子不是还让司机送你去了？为了保护你还让你俩伪装成情侣了？”

这是什么奇葩逻辑啊！这都能信？

向绾在心里用十万分贝的音量惊呼肖岂沅的洗脑威力。他就是这样把事情压下去的吗？

“行了行了，你赶紧把这些东西带回去，实在不行你就替我吃了。

我可没在备孕，我在想办法解除婚约！”

“都这个地步了还解除什么婚约？你看不出我哥现在对你可是非比寻常？”

“就是因为有你这种煽风点火的小人，我才会被误解，被囚禁在这个鬼地方出不去！我和你说啊，我现在和他闹掰了，你别在我面前提起这个男人！”

“囚禁？在爱的小巢里都算囚禁？”

“狗嘴里吐不出象牙！滚滚滚！现在立马给我出去。”

向绾一边扔下背包，一边赶肖昱出去。

肖昱哭笑不得地被她推搡着，最后眼疾手快地把饭盒放在了餐桌上，往门外溜。

“我这是摊上了什么事，本来就忙……”

谁知还没闪身成功，身后就飞过来一本书，砸在了他背上，最后落在地上和他一起被关在门外。门内的向绾意识到自己随手抓起桌上余知羡的新书扔掉了，额头莫名渗出一层虚汗。

对不起了，我的知羡啊。

门外的肖昱无奈地看着脚边的书，摇了摇头，本想就这么下楼，结果没走几步，忽然有些于心不忍，好歹是一本全新的书。

于是，他转过身捡了起来往楼下走去。

一路上，他被红灯拦个不停，无聊之余，便随手拿起那本书翻了几下。可不翻不知道，一翻吓一跳，这本书的作者到底是谁啊？

男三的名字是他的，连前半部分童年的故事情节都有点像他小时候的经历。这不是名副其实的侵权吗？

再合上书看了下作者——

余知羡。

等等，余知羡？这天下同名同姓的人可不少，这个余知羡难道是他认识的那个余知羡？

“嘀嘀嘀！”

身后嘈杂的鸣笛声将肖昱的思绪悉数拉回，他这才缓过神来看到了绿灯，踩下油门一路向西。这一路开了十分钟，他的脑海里那些儿时画面就出现了长达十分钟。

在搬家遇到向绾前，他曾在另一个城市居住过一段时间，就在那时他遇到了一个十分胆小又笨拙的女孩。女孩的名字就叫余知羡。那时候的他以逗她为乐趣，可惜好景不长，因母亲的离世搬家的事决定得太突然，还没来得及有个正式的道别，她就搬走了，一晃眼就是二十年后了。

想到这里，肖昱对这本书的作者更加好奇了。

将车泊在路边，他再一次翻开了书的扉页，作者的亲笔签名映入眼帘，字迹清秀好看，笔画简洁而流畅。

鬼使神差，他打开手机搜索“余知羡”三个字。

在她的百度百科底下一条恰好就是她新书签售会的最新信息。

时间恰好是——

今天。

肖昱若有所思地盯着屏幕看了半晌，随后，重新发动车子掉头往星光商城驶去。

星光商城A座一楼，距离新书发布会开始还有半个小时。余知羡坐在发布会场后台的座位上打了个哈欠。

关于这本新书，是她历时两年完成的首部都市小说，还未上市时就备受关注，如今即将上市，签约公司立马就给她安排了发布会，想必今天会有许多她的粉丝赶来现场。

余知羡单手撑着下巴，神色不明地盯着新书封面发呆。她看着看着莫名觉得有些紧张，便拿起喝到一半的矿泉水一饮而尽。这直接导致了她在开场前十分钟忍不住上厕所的结果。

路过厕所时，她好像瞥到了一个有些眼熟的身影，但转念一想，怎么可能会是他？

她回到会场座位上，发布会如约开始了。

现场的气氛很是浓烈，余知羡的面前是一排又一排座位，上面坐着扛着相机的摄影师、举着话筒的记者、工作人员，还有举着名牌的粉丝。

“知羡小姐，本人作为你的读者对这部作品已经关注很久，一直很想知道这部作品的灵感来源和你的人生经历是不是有关联呢，尤其是备受关注的男三。”一位与余知羡年龄相仿的记者站起身来问道。

“人生经历？”余知羡不好意思地挠了挠脸颊，事先准备好的台词早已忘得一干二净，“其实这个和我小时候的经历有关。”

“是怎么样一段经历呢？”

余知羡低头淡笑了笑："既有趣又温暖的一段经历。那个时候班里有个女孩性格胆怯懦弱又爱哭，还有点儿自闭，不爱说话。按理说，这样的女孩应该是很不起眼的，总是安安静静的一个人，但是她的身边却出现了一个八竿子打不着的人，也就是班里最调皮捣蛋的男孩子。奇怪的是，这个男孩喜欢开所有人的玩笑，除了这个女孩子，每次出现在她的身边，他都像是一个成熟的大哥哥……"

"你的意思是，现实生活中的确存在那样一个男人，那么方便透露你们后来的故事吗？"

"其实，后来发生了一些变故，我和他失去了联系，甚至我连他的名字都没有记住，只记得他那时的绰号——小霸王。"

小霸王？

肖昱刚刚推门走进会场，选了一个靠后的座位坐下，就听见坐在最前面的余作家分享了小时候的事，惊愕之余，他没忍住抬起头仔细打量了那个女人一眼。

是她！那天那个女孩，但……是她吗？

仔细一看，是一样的眉眼，一样的气质，一样的感觉。一瞬间，脑海里浮现出一张熟悉的面孔，与余知羡的面庞渐渐重叠。

直觉告诉他，余知羡就是那个女孩。阅人无数，唯独在他心中被久久铭记的女孩。她的离开太过仓促，但她的出现，并无潦草。

他开始相信天意了。

Z 城还真是小啊。一个向缩，连着他和她？

嘴角勾起一抹明显的弧度，他的心房突然胀胀的，像找到了丢失了许久的东西一样。等到新书发布会结束了，现场的人零零散散地离去，一直坐在原地不动的肖昱突然站起身来，朝前台走去。

“余知羡，我们又见面了。”一缕带有磁性的声音淡淡响起，正在和助理交谈的余知羡面前突然出现一双骨节分明的手，搭在她的名牌上。

一句话说到一半突然顿了一下，她的表情变得有些僵硬。

这抹声音她认得……这不就是……

浓密的睫毛微颤，抬起头来，脸上是僵硬和错愕的神情，一瞬间，她的面颊涨得通红，不知如何是好。

“怎么是你？”

余知羡本能地指着对方，难以置信道。

那个下了高速非把她拦下来进行一番深度教育的男人？

余知羡愣了一下，紧张兮兮地在心里拉起警报。Z 城还能再大一点吗？第一次在高速上，第二次竟然在众目睽睽下被抓住了？

他是特地来找自己算账的吗？

余知羡被自己的想法吓得缩了缩脖子。在距她不足半米的地方，肖昱正居高临下地往下看。他修长的身材在灯光暗淡下来的前台并不显得突兀，反而更为耀眼。

从前，向绾曾说，肖昱的帅气有着肖家祖传的美，却也有自己独特的味道。他除了那抹高挺的鼻梁勾勒出世间绝美的弧度，眉眼间说不出的距离感总让人忍不住想给他温暖。但从没有人能真正给他温暖，或者说，是肖昱没有给过任何人这样的机会。

“怎么，见到我太紧张了？最近还上高速祸害人吗？”

“我……”面对肖昱的揶揄，余知羡怯怯地收回视线，心里像熬了一锅滚烫的汤，一不小心溢了出来，烧得一颗肉心扑扑直窜，小脸炸成了一朵红花。

“没有。”余知羡纠结了好半天，才小心翼翼地决定撒个谎。

“没有？我昨天才在那个 ×× 高速路段又看到你了，撒谎不打草稿？”肖昱像没看见她的难堪似的，若有所思地戏谑道，看着余知羡越发涨红的脸蛋，他越是觉得不想罢手。

过了二十年，她还是那个一被欺负就缩到壳里的乌龟啊，那个时候有他，而这时，只能被他欺负。

“我昨天上高速了？”余知羡想了半天该怎么解释，最终后知后觉地记起来，自己昨天明明没有上高速啊！

“这你都要想那么久呀，还是那么笨。”说罢，肖昱没忍住习惯性地举起手敲了敲余知羡的脑袋，就像记忆中那样，弯下腰靠近余知羡低垂的脸，哭笑不得地盯着她看。

余知羡却被这突如其来的亲昵吓了一大跳。

一股淡淡的男人味一瞬间刺激着她的神经，眼看着肖昱的脸就要贴上自己的面颊，余知羡惊得猛地一个后仰，“啪嗒”一声摔了个底朝天，动作之迅猛，连余知羡自己都吓蒙了。现场的工作人员乱成一团，纷纷上前去扶她。

余知羡却一边解释，一边撑着地板爬了起来：“我我我……别过来！”

她手臂上微红的瘀痕若隐若现。肖昱捕捉到了，眉头有一抹难堪稍纵即逝。

肖昱伸出手去扶她，没想到余知羡很快在一堆书中站了起来，随后连滚带爬地逃跑了，一边跑还一边回头看肖昱有没有追过来。

逃跑？她有没有搞错……

他就这么可怕吗？

肖昱一边无奈地笑，一边捡起地上的签名图书重新摆回桌上。

打开扉页，余知羡的字迹工整地印在纸面上，她的字小小的，瘦瘦的，一如她的人，她的胆量，她的弱不禁风……

想到这里，肖昱突然笑了。

一种莫名的喜悦在他的心房弥漫，也溢于言表，最后，他买下那本书离开了。

他不知道余知羡为了躲他逃到了哪里，但他知道，这不会是他们最后一次见面。

如果说，从前的他对待一切都是那样点到为止，得过且过，那么从现在开始，他将用万分的热忱拥抱他所想要的，认真以待。

1.

逃离发布会场的余知羡在几番辗转后回到了家中，终于听到不停响铃的手机。她刚接起电话，向绾爆炸式的质问就从听筒传来。

“余知羡，你有没有搞错？你编辑都打到我这里来了。发布会后还有个聚餐，你玩什么落跑新娘？”

“我和你说！我遇到了！我又遇到他了！”余知羡情绪激动地解释，掐头去尾得语无伦次。

向绾当然没有听懂她在讲什么，两个人在各自不同的频率上越走越远。

“什么？说到新书，你前几天送我的那本我还没来得及看就被用来防身了！”

“是他就是他，是他就是他……太尴尬了！他还试图对我用美男计来着。”

“你在胡说八道些什么？你赶紧先给主办方回电话！有什么事我们见了面说清楚好吧？我现在在去学校的路上，路上探头多不打电话了。晚上的十佳歌手赛你一定要来给我捧场，我很多姐妹也去的！”

“向绾，你认识他，你要替我解释啊！”

“你晚上一定要来啊！”嘟嘟嘟……

“呜呜呜……”

被挂了电话，余知羡弱小又无助地跌坐在了沙发上，还没来得及缓口气，编辑的夺命连环call就来了。不出所料，她被整整训了十分钟，并被严厉提醒下不为例。

而这一切都是拜肖昱所赐。

他一定是精心策划了这场再遇，这个人铁定是社会上游手好闲的混混，吃饱了撑着没事干才会三番五次地找她麻烦！

深度思考后的余知羡忽然觉得“老大哥在看着她”，现在自己正处于十分危险的被监视状态。今晚的歌手赛如果独自前往，她会不会遭遇不测？

越想越不安，于是她立马给向绾发了一条求助短信，请求与她的姐妹一起集合后再出发，反正她有车可以载她们一同前去。

向绾爽快地答应了，并安慰她不必担心安危，姐妹们会保护她。

傍晚六时许，月光微曳，树影斑驳。

余知羡站在停车场入口的一棵古树下翻找包里的车钥匙，找了半天，结果钥匙倒是没找到，手机短信提示响了两下。

她只好先打开手机信箱，首先看到的是一条来自向绾的信息。

“知羡，我正在化妆，朋友说去接你，十分钟后到，你不用开车了。让你站在小区门口等，自己人信得过。”

余知羡一边按下返回键，一边掉头往小区门口走。信箱里的另一条未知号码发来的信息很快引起了她的注意。

“你好，我是向绾的朋友。十分钟后到小区门口。”

这样也好……反正她正好翻不到车钥匙在哪儿。

想到很快就要和向绾的姐妹见面了，余知羡莫名有些紧张。她收好手机，迅速走到了小区门口。此时离约定时间正好还剩五分钟。

就在她以为还要等待更久时，一辆银色的保时捷突然停在了她的面前，驾驶座边的窗户缓缓下降，里面的人探出头来和她打招呼。

“余知羡。”

“肖昱？”

同一天，不同地点，两次见面。这是偶然还是精心策划？

余知羡愣了一下，双手紧紧地拽着挎包带子惊讶得说不出话来！难道这就是向绾所谓的“姐妹”？向绾所说的让人“保护”她？

她确定不是把豺狼送到自己的身边吗？

这一定是搞错了！有没有这么卖队友的“送货上门”操作啊……

余知羡不敢相信地拿起手机开始在对话框里输字，把车里的肖昱晾在了一旁。

肖昱却好像早就猜到了她的下一步动作，知根知底地说：“不用问了。向绾让我来的，你的电话号码还是她给的。”

“你骗人！”余知羡停止了手里的动作，下意识地说。

“骗人也要找一个有挑战性一点的人啊……”肖昱无奈地笑了，左手搭在窗台上不停地敲击车窗沿，每一下都令余知羡的思绪更为凌乱。

“再不去就要迟了。向绾是第三个登台，她没嘱咐你给她拍照？”

“嘱咐了……”余知羡也不知道为什么，她明明是要认真地和他理论一番的，话匣子却完全被他掌控了势头。

“带相机了吗？”

“只有手机……”

“我带了。拍照技术好吗？”

“不怎么样。”

“我拿手。入场券带了吗？”

“带了。”

“我看看……”

余知羡从口袋里抽出一张票递给了肖昱，肖昱借着月光随意瞟了一眼，忽地转过身在副驾驶座里的储物柜里找了一番，却一无所获。

“我也有票，但我记得随手放在这里面，现在却找不到了。要不你去帮我看看有没有掉在储物柜下面？”

肖昱的剑眉深锁，一番话说得缓慢而无辜，嗓音里有种说不出的迷人味道。余知羡见他找了一分钟，心跟着不自主地烦躁起来。她踌躇了一下还是走到了副驾驶座边打开了门，弯下腰在车里找了一遍。

“没有啊。”她说。

“不可能，你再找找，会不会是掉在了座位的缝隙里。

“可是太暗了，我看不到。”

“那我开个灯，等等，我好像看到了在那个缝隙里，你的手细，能帮我拿一下吗？”

“好吧。”说完，余知羡不自知地就迈步缩进了车里，一屁股坐在座位上认真地把手探到座位底部捣鼓了半天。可是，她怎么也看不到那张所谓的入场券呀！

她再次把头往前凑了一些，肖昱也一并跟着低头，顺着她的视线往下寻。遍寻无果的余知羡刚想抬头问是怎么回事，一瞬间，肖昱的唇竟轻飘飘地划过了她的额头！

虽然仅是一秒，两个人却都能清晰地感受到那一刻的柔软触感。

明明是开着车门的，车内的温度却急剧上升，一种异样的感觉在余知羡的心底荡漾开来，像是划过心尖上的羽毛，蜻蜓点水般，痒痒的……是她从未有过的感觉。

她眼神里闪过的错愕和不安似乎都被肖昱幽深眼眸中的浩瀚星海给包裹住了。

“对……对不起！”她慌张地撇开脸，不由自主地抹了把额头。不仅脸在烧，全身上下的汗毛好像都在烧。

“没关系。”肖昱愣了一下，很快恢复了原来的姿势，重新发动了车辆。“那我们走吧？”他问道。

突如其来的氛围令余知羡的神志开始迷离，她鬼使神差地关上了车门，又不由自主地系上了安全带。

“嗯。走吧……”

朦胧的夜色中，肖昱的嘴角蓦地勾起了一丝温暖的笑意。

“不对啊！”一直到快抵达目的地时，余知羡忽然反应过来，这一切似乎不太对劲。

她为什么要和他说对不起呢？明明占了便宜的是他好吧？还有，她为什么会上了这辆贼车呢？为了捡票？那那那……那票在哪儿？

余知羡侧过头瞥了眼左手边的中控台上，忽然发现，一张崭新的入场券正乖乖地躺在那上面，座位号不是别的，正是和她连着的那一个！

这……坑爹啊！

她被身旁的这个大猪蹄子骗了！呜呜呜……

向绾，他哪里可靠了！你快过来解释一下！

2.

会场里五彩缤纷的灯光特效令人眼花缭乱，激情澎湃的欢呼雀跃令人热血沸腾。

舞台上，一号选手正穿着超短裙活力四射地边唱边跳；舞台下，肖昱领着余知羡，越过一个又一个座位往前排的观众席走去。

“小心。”

暗处，余知羡不慎绊到了某位同学的鞋子，一个前扑差点把肖昱给撞倒，好在肖昱及时抓紧了椅背，转过身扶住了余知羡的手。余知羡愣住了，随后不动声色地挣开。

等到两人找到座位时，已经轮到二号选手上台。肖昱右手边坐着余知羡，而左手边的座位仍旧是空着的状态。

“肖昱。”二号选手正在台上做自我介绍，余知羡忽然想到了什么似的，偏过头看着肖昱的侧脸。

“怎么？”肖昱转过头来看她。

余知羡忙低下头盯着黑暗处模糊不清的脚尖，手指绞了绞衣角。

“其实，书里的情节有一些是我小时候的回忆。你说我写到你，那么，你就是小时候的那个男生，喜欢捉弄我的那个？”

肖昱神色不明地看着余知羡“嗯哼”一声。

余知羡遂小声嘀咕：“原来他就叫肖昱啊……”

话音刚落，两人忽地被一束刺眼的光亮笼罩，肖昱忍不住伸出手挡了挡眼睛。余知羡也跟着转过身往另一侧看去，在白色的灯光后是一个熟悉的人影，正朝他们缓缓走来。

“肖岂沅？我哥怎么在这儿？”肖昱小声问了句，目光随着狼狈而来的肖岂沅收了回来。只见肖岂沅一手握着一支手电筒，一手不停地和座位上的观众挥手致歉，途中还踩到不少人的脚，惹得一些人纷纷骂出声来。

可以说，这是肖岂沅人生中最为狼狈的时候了。他实在想不明白这个偌大的会场怎么会这么暗，好歹给点儿微光照明吧。

他弯着腰往前走，终于看到了肖昱那张熟悉的帅脸，这才松了口气。肖岂沅刚要迈步坐到他旁边，黑暗处却又不慎踩到了一个易拉罐，一个趔趄就往余知羡的身上倒去。

说时迟，那时快，肖昱倏地起身用手护在了余知羡面前，余知羡吓得头一偏身子猛地倾斜一下，肖岂沅却由于肖昱那双神速出现的护花手，头不偏不倚地撞在了椅背上，发出一记闷响……

“你……”肖岂沅一边捂着头，一边神色不明地看了肖昱一眼，手里的手电筒却依然抓得紧紧的。

看比赛还带着手电筒来？这明显是严重损伤了他的王者气场啊，非常格格不入！

“大哥，你拿着手电筒都能摔成这样？”肖昱不满地把他扶了起来，指挥他在身边坐好。

肖岂沅的眉头早已皱成一团，嘴抿得厉害。

“你这护花使者真是当得好啊！”

“手电筒可以关掉了。被你晃得眼睛都要花了！”见肖岂沅坐稳后，肖昱好心提醒道。

肖岂沅这才关了手电筒，黑着脸，不悦地要他“闭嘴”。

此时，三号选手向绾已经出现在舞台上了。受到惊吓的余知羡方才稳住心神拿起手机要拍照。

“你怎么也来了？”肖昱一边把包里的相机自然而然地递给余知

羡，一边转过头问肖岂沅。

肖岂沅对他这样的问题似乎很不屑回答，用一种“你无知”的眼神回应他。

“你都来了，我怎么不能来？”

“你怎么有票？”

“肖夫人给的。”

“所以你就来了？”

“学校离医院近，下班后随便就逛到这儿了。”肖岂沅说得有理有据，一本正经，想了想后又补充道，“今天正好没开车，搭你的车回去。”

“这么随心所欲？你不是高度自律吗？这不像你的风格啊。”肖昱正打算继续往下说，忽然感觉到自己的脚踝湿漉漉的，袜子也黏糊了不少，低头一看才发现右手边，余知羡的柠檬汁打翻在他的裤裆上了，估计是肖岂沅的那一摔造成的。

肖昱皱着眉头开始找纸巾。安静下来的他显然被余知羡察觉到了，她一个转头才发现了这一幕，顿时心生一股浓烈的愧疚感和自责情绪，嘴里不停地念着“对不起”。

于是，她想也没想地就伸出手来，开始疯狂地在肖昱的大腿上抹来抹去，一摊又一摊的水流“哗”地泼向了地面。

肖家二兄弟瞬间沉默了，齐刷刷地偏过头看着余知羡此时的所作所为。

她在干吗？

尤其是肖昱，他的心情已经不能用言语来形容了，即便是平日里喜欢戏谑余知羡的他，当下也不由得红了脸。虽说隔了一块上等的布料，但来自大腿的体感和小腹的燥热已经让他的心神飘忽不定，血管里的热血开始横冲直撞地翻滚着。

“你在做什么？”他终于忍不住，摁住了余知羡的小手。

肖岂沅这才装作没看到似的收回了视线，不愧是向绾的朋友，近朱者赤，近墨者黑啊。

他忍不住笑了一下，肖昱只好尴尬地咳了几声要他别说话。

“我在……我没带纸巾……我我我……啊！”余知羡忽然意识到自己的手好像放在了不该放的位置，连忙从肖昱的指缝间抽了回来，立马压在屁股下面，一颗心似在蹦极，一上一下的。

那一刻，她不知道哪儿来的勇气，一向耳濡目染的熏陶使她打开了久未激活的技能。她竟抽出屁股下的手放到半空中左右摇晃着，然后上下弯曲着手指，活像一只招财猫，做出与方才擦裤子时一模一样的动作。

“呵呵呵！向绾出来了，我在给她打招呼，你们也一起来啊。”

肖岂沅隔着肖昱无语地看着余知羡，头皮一阵发麻。而肖昱也呆住了，好在他很快就想明白了拯救余知羡的方案。

他应该把她从向绾的身边带走，并且离得远远的。

想到这里，他“扑哧”一声笑了出来，与此同时，向绾的表演结束了，一个鞠躬后她迅速下了台。台下的余知羡这才意识到大事不妙……

什么？这么快？她还没开始拍呢！

3.

“我太伤心了！我在台上待了没有十分钟也有五分钟吧，亏我给你们的还是贵宾席的票，你们竟然一张照片都没给我拍？你们是黑粉吗？”

表演结束后的向绾在停车场找到了这三人，得知他们听了几乎所有选手的演唱，唯独错过了她的，一口老血差点堵在喉咙窒息而死。

肖岂沅和肖昱直接像没听见似的走在了前头，窸窸窣窣在交谈着什么，余知羡首当其冲成了这场“风暴”的受害者。

“知羡啊知羡，你这样是见色忘友啊！虽说肖昱这小子的确有几分姿色，也不至于把你迷得神魂颠倒，连我都抛之脑后了吧？”

“向绾，不是你想的那样。”

“那是哪样？”比赛后的向绾还没来得及卸妆，浓艳的眼影在她靓丽的脸蛋上格外迷人，有种逼人的魅惑美。

余知羡都不敢抬眼看她，只是低着头把这一天发生的事详细地说了一遍，一并解释了肖昱和自己的关系。

十分钟后，肖岂沅和肖昱的身后穿来一阵清脆又响亮的笑声，划破天际的那种。

“你是说，你因为肖昱而摔了个底朝天？哈哈哈，我真的要笑出眼泪了。但我和你说实话，自我和他认识起，他就没对哪个女生上心过，更别说特地去你的新书发布会，还去调戏你来着，我看不对劲。”

“其实，我根本就不知道那个男生就叫肖昱，我对小时候的记忆很模糊，只记得有个男生喜欢捉弄我，我连他长什么样都忘了，谁知道……”

“行啊！你俩的缘分从遇到我之前就开始了？”向绾心情大好之余，开始口不择言地“胡说八道”。

余知羡慌忙一本正经地捂住她的嘴，给了她一个眼神。

四人很快走到了学校的停车场，肖昱把车开了过来。

眼看着全部人都要坐进车里，向绾却突然把肖岂沅拽了出来，做出了一个惊人的决定。

“我和他散步回去，肖昱，你送知羡回去吧，我和肖岂沅要过两人世界了。”“冠冕堂皇”地说完，她替已经坐在后座上的余知羡带上车门，留她在车里可怜兮兮地看着窗外的他们。然后，再使出吃奶的劲拽着肖岂沅往后拖，拼命给肖昱使眼色。

就这样，余知羡走了，肖岂沅和向绾尬了。

要知道，自从那次争吵过后，向绾就开始了和肖岂沅之间的冷战。她开始放弃了破坏婚约的行动，说实话，这令肖岂沅松了一口气，不得不承认，这似乎是他内心愿意看到的局面。但面对平日里对自己喋喋不休的向绾忽然像个木头人一样，他的内心也不由自主地乱了阵脚。

难道她真的生气了？

但是，哄她？可，这种事该怎么下手？

他能那么上心地特地找肖妈妈要来十佳歌手的票，来看她演出，已经足够显示出他和好的态度了，她难道就没点眼力见吗？不会这么不解风情吧……

“咳咳！”肖岂沅率先打破沉默，面对着向绾使了个眼色。谁知向绾像没看见一样，把他当成了空气，直接扭头走人了。

这下，肖岂沅沉不住气了。

“向绾，你怕是疯了。你知道这里离家有多远吗？”他上前一把摁住了向绾的肩膀，眯眼盯着转过头来的她，无视她眼里的倔强，“还有，你说什么？我和你过两人世界？”他突然回味起了方才的那句话，意味深长地反问道。

向绾并不作答，挣脱开他的手继续走。

肖岂沅只好默不作声地跟在她身后。向绾小跑了起来，他也跟着小跑了起来；向绾停下，他也停下……到头来，被过路人一头雾水地看着，惹得向绾自己都要哭笑不得了。

这人是神经病吗？

于是，她忍不住没好气地发话了。

“我知道有多远，我又不是路痴，我现在要去借车！你别误会，我是为了成全他们。咱俩吹了，他们成了，这不是一举两得？”

肖岂沅蓦地觉得心头萦绕着一种不悦的滋味，拉下脸盯着向绾。

什么叫他俩吹了？

吹个屁！

向绾却满不在乎地就往学校周边的小餐馆里走，肖岂沅只得跟了上去。虽说，一路上向绾叽里呱啦地说了一堆话，可他的眼神却总不由自主地盯着她的手看。

月光洒落，路灯明亮，肖岂沅沉默地看着向绾的影子在马路上被拉得老长老长，一如那一天她站在家门口和邻居大妈聊天时的场景。

好不容易晃到了快餐店，向绾扔下肖岂沅进到店里快速地进行了一番交涉，然后给肖岂沅带来了一个“绝妙”的消息。

“走吧。”向绾拿着头盔，瞄准店门口的那辆装有外卖箱的电动车，一下子跨了上去，一点都不感到别扭。肖岂沅顿时吃惊不小，等等，她不会是要用这辆破车载着他回家吧？

“你猜得没错。我和店家是好朋友，所以，你快点上车行不行。老实说，我一点都不想带你，半路要是没电，你负责扛着车回去。”向绾插好钥匙开始发动车辆，远远地驶出了一段后，转过头对着大老远处呆愣的肖岂沅喊道，“再不上车你真的走回去了！”

于是，肖岂沅在做了一番激烈的思想斗争后，小跑了过来。就着迷人的夜色，他优雅地掏出了口袋里的那块方格手帕，慢条斯理地在座位上擦来擦去。

我的天啊！

向绾无可奈何地用一种幽怨的眼神看着他，随后“啧啧”两声，坦率地批评他：“做作！”

但转念一想，在她的印象里，肖岂沅似乎真是一个随身要带手帕的人。大部分时间，他的手帕都是用来擦手，也不知道他的手和普通人的手是有什么不同，难道是因为比别人的矜贵，所以要经常擦一擦？

这个理由连她自己都说服不了。

“肖岂沅，你这条手帕平时不都用来擦手的吗？”

“擦汗。”肖岂沅纠正道。

“那你现在用来擦座椅？”这不该是他的作风啊。

“所以？”肖岂沅哼笑了一声，把擦完的手帕“咻”地投进了路边的垃圾桶里，动作之利索连向绾都赞叹不已。

一番磨蹭后，向绾终于不耐烦地把肖岂沅揪上了车。重新戴上头盔，她开始发动车辆。

“我的头盔呢？”肖岂沅的声音忽然从向绾的身后传来。

向绾终于不耐烦了：“你一个大男人戴什么头盔？你是觉得被我载很丢脸，还是胆小怕死？我和你说啊，我现在还在生你的气，你少在那儿给我磨磨叽叽的。”

肖岂沅沉默了一下，幽怨的声音缓缓响起：“只是不想死在你的车技下。”

“你竟敢质疑我的车技？”老司机向绾似乎被激发了体内的胜负欲，猛地一转油门，车子“咻”地飞出老远，毫无准备的肖岂沅因惯性使然，身子急速地往后栽去，慌乱中，只好本能地抓住了前面的老司机。

向绾的腰上忽然多了一双“猪蹄”，肉身被勒得喘不过气来。

“肖岂沅！你疯了！你终于在这个无人的夜揭露你的真面目了！你个兽性大发的大猪蹄子！竟敢吃我豆腐！”向绾自感受到腰间传来的温热，一颗心忽地颤了一下，惊吓之余手跟着不由自主地把油门拧紧了，于是车子“飞”得更快了。

肖岂沅的手倒是放开了。只是，他感受到呼呼的风不停地刺弄着面颊，脑海里只剩影影绰绰的夜色，和右手边那片泛着暗光的湖泊。向绾的车技真是不敢恭维，为什么越开离岸边越近了呢？

“快点离开这里！别把车开在湖边！”

“为什么？我爱怎么开怎么开，你先给我放手！”向绾一边挣扎一边加速，剧烈的动作幅度不由得让车辆开始了 S 形的行进线路，歪歪扭扭地晃来晃去。

肖岂沅看着湖水，更加不适了，平生他难得露出几次不安。

据说，这片湖里有不少观赏鱼类，要是他掉进去了，那明天这些鱼……

想到这里，他立马指使向绾停车。

向绾拗不过这一路的纷扰，眼看着真的要往湖泊里开去，只好急速刹车——

这一次，肖岂沅可没有那么幸运了。

他蓦地感受到唇齿间的剧烈碰撞，口腔里一股血腥的味道迅疾传来。他抹了把嘴角，从车上跳了下来，还没来得及声讨这一切的罪魁祸首，前面那位的反应已经完全盖过了他的气场。

“谁！是谁撞了我的脖子！”向绾捂着脖子转头看去，激动之余竟然瞥见了肖岂沅嘴唇上的血，一瞬间想明白了不少，脸崩成了血色。

“好啊你，摸完我还不够，危在旦夕了还亲我脖子？”

肖岂沅满眼幽深地望着她，一时不知说什么好。

“你不刹车我会撞到你？况且，事发突然，我无法控制我的哪个部位触碰到你。”

“我刹车还不是因为你。”

“我让你刹车是因为你离水太近了！”

“什么……你恐水？”向绾难以置信地盯着他。要知道，肖岂沅号称是肖家的全能运动员，平日里出门运动不是打高尔夫球，就是斯诺克台球，除了游泳。

对哦，她好像从来没听过他去过游泳馆，就是在家里，他洗菜和做饭从来也是戴着胶手套进行的，从不用手直接触碰水源。

这么看来，他似乎真的是一个有恐水症的人，这之后必然隐藏着巨大的秘密。

向绾站在原地理清了思路，忽然产生了满满的好奇心。等她回过神来打算问肖岂沅时，肖岂沅竟已坐在了车前，发动车辆等着她了。

“拿好上车，我载你。”他坐在车上，颀长的手上握着那顶头盔，递给了身畔的向绾。随后他捋了捋被风吹乱的发丝，一瞬间，竟然有种凌乱而张狂的帅气。向绾突然意识到，她的这个未婚夫的确生得器宇不凡。

接过肖岂沅手中的头盔，她利索地坐到车上，戴好头盔。

“好了没？”肖岂沅盯着后视镜看了下，确认她坐好了后，开始了他穿着西装开外卖电动车的奇妙之旅。一路上，自然是收获了不少惊异的眼光，他开始有点后悔把那顶头盔让给向绾……

罢了。

从学校回到肖岂沅家的途中不可避免地要经过一个闹市，那条街上即便是在深夜，都是灯火通明的景象。肖岂沅载着向绾穿梭于来往的人群中，不免要走走停停，光是刹车就不下五次。

因此，当店铺里的那个小孩冲到面前时，肖岂沅即便早有了心理准备，却还是受到了惊吓，犯了和向绾一样的错误，猛地刹车。

不出所料，向绾的身子跟着往前倾斜，冷不防地撞在了肖岂沅的背上。肖岂沅立马察觉到了后背上那团带有温度的起伏，身形跟着僵了僵，手心里渗出一层汗。

他一动不敢动地停在原地，大脑里竟有一刹那的空白。

“你……”他微微翕动着嘴唇，最后把滚到嗓子眼的话吞了下去，一股尴尬的气息再次朝这对夜色男女袭来。

好在向绾很快反应过来，借着头盔掩饰了她的赧然，跳下车来一本正经地道。

“天知地知你知我知，色即是空，色即是空。”

说完，她掉了个头背对着肖岂沅重新坐上车，抱住车后的外卖箱保持平衡。

“走吧，走吧。”她催道。

“嗯。”肖岂沅转过头觑了眼向绾此时的坐姿，再扭回头发动车辆，眼角不禁溢出了一点笑意。

两人一前一后，背对着背走。

如果说，他对这个姿势有什么不满的话，那就是，这天夜晚一路上被风撩动的向绾的头发时不时扫过他的脖颈，这令他非常不自在，非常……心不在焉。

4.

一觉醒来，向绾已经差不多要忘记昨晚发生的事了。只是下楼时看见昨天借的那辆电动车，她才猛然间想起夜里发生的点滴细节，尤其是肖岂沅递给她头盔的那一幕。

可怕的是，这些本该是她回忆里细枝末节的事竟然伴随着她一路开往学校，在她的心头挥之不去。这究竟是怎么一回事？

“向绾，我可被你害惨了！昨晚肖昱送我回家，一路上的气氛要多尴尬就有多尴尬。”

上课上到一半，向绾突然收到了来自余知羡的“控诉”短信。

“你不紧张怎么会尴尬？再说了，我看肖昱那小子乐呵得很。别怪姐妹无情，肖昱也算是我众多‘姐妹’中最靠谱的一个了，你跟了他不会受苦的！”

向绾飞快地回了短信，然后再次接收到了余知羡血与泪的控诉。

“向绾，我必须和你说我和他没戏，你别乱点鸳鸯谱。”

“我从不乱点菜。是不是你的菜，你再品品不就知道了？”

“打扰了。再见！”

结束对话后，向绾继续抱着心不在焉的状态在学校晃荡了一天，直到日落西山，她才开车回到家里。

一进门，刚做完长时间演讲报告的她忽然觉得口渴难耐，放下书包就捞起餐桌上倒的半杯水一饮而尽。等到喝完后，她才后知后觉地反应过来，这不会是肖岂沅喝过的水吧。

怎么又想到他？阴魂不散啊……

向绾拿着水杯走到洗手台冲洗了几遍，磨蹭了一会儿回到房间。不知不觉中竟有种挥之不散的睡意，本想坐下来好好看会儿书，结果像是被冥冥之中的某种神秘力量驱使，最后爬上了床呼呼大睡。

醒来时，已经是晚上八点，夜幕沉沉。

向绾在黑暗中起身摸索到墙壁上的电灯开关，摁了一下，头顶上的灯却毫无反应。她又反复试了几次，发现结果还是一样。紧接着她检查了房间里的一切通电设备，发现无一例外地打不开。

难道家里停电了？

一种熟悉的恐惧感朝她袭来，她试图打开手机照明灯，往楼下走去，却在刚踏出房门的时候踌躇不已，止步不前了。

从小到大，这世上就没有她惧怕的事，除了……黑暗。这是向家尽人皆知的事，自从小时候她把自己误锁在洗手间一晚后，向绾对黑暗就产生了不可名状的恐惧。

想到这里，向绾的脖子上已经渗出了一层细密的汗珠，两条腿开始发软。她试图走出房间去敲开肖岂沅的房门，可是刚一拧开门把，就总觉得黑暗中有只眼睛看着她，使她心有余悸，胸闷气短。

“肖岂沅？你在吗？肖岂沅？”

喊了几次无人回应后，向绾只好以龟速挪回床上坐着，一秒两秒，一分钟两分钟……直到，她的房门被人敲开，肖岂沅的身形闪现在门边。

一瞬间，她的眸中倒映着一支火光摇曳的蜡烛，像是漆黑夜里那束救赎她的光芒，令她一时间心生暖意。

肖岂沅见她正襟危坐在床上，看起来不知道在做些什么。手电筒的灯光倏地打在了向绾脸上。

“肖岂沅？”她的语气中有种平日里见不到的柔和，带着一种不知所措的孩子气，叫得肖岂沅一阵酥麻。

他缓步凑上前去，将点好的蜡烛放在她的床头，道：“怎么了，你做噩梦了？”

“不是。”

“那你这是？”

“家里停电了。”她淡淡地说道，语气里有种无可奈何的心烦。

“我知道停电了。”肖岂沅矮身坐在了床边，借着摇曳的火光看清了向绾的面庞，那张精致的容颜难得闪现了女孩子独有的柔弱。

“什么时候来电？”向绾沉默了半晌，缓缓抬起头，抿了抿嘴，突然飞快地说了一句，那样子活像电视剧里撒娇的小孩。

肖岂沅严重怀疑这是因为光线昏暗的问题，毕竟他的心竟然在这一瞬间受到了甜蜜暴击？

“我正要下楼去问……”

“别……别走。”

“什么？”肖岂沅的心颤了一下，非常不适应地纠正她，“你能换个语气说话吗？”

向绾竟没有反驳地温顺道：“好。”

肖岂沅更加慌了。

“我都说了你能换个语气吗？”

“那我可不可以和你一起下楼？好吗？”她抬眼认真地端详着他，

眼里又是一记致命的“求关爱”暗示。

她她她……怎么能这样?

肖岂沅被看得手脚发麻，几番扯动着嘴皮子后直接放弃了劝说，选择妥协。

“好吧。你今天到底怎么了？”他一面说着，一面推开门走了出去。一阵狂风猝不及防地吹起阳台边的窗帘，向绾立马目不转睛地盯着窗户，生怕那里出现什么不该出现的怪东西。

虽然她已极力抑制住心里不可名状的恐慌，但在犹豫了几秒后，还是猛地跳下了床，快步追上了下楼的肖岂沅。

“等等我。”黑暗中，小心翼翼地摸索着扶手下楼的肖岂沅忽然感觉到自己的衣角被人扯住，一缕声音从他头顶落下。

他吓得轻叫了一声，转过头才发现是向绾。

微微局促的眉头，蜷曲着的凌乱碎发，一双黑曜石般的眸中流转的竟是孩童般无助的眼神。即便是在昏暗的月光下，他仍然能看清她额间几缕被汗水濡湿的头发。

此时此刻，她正揪着他的衣角，面色难堪地盯着他。

“肖岂沅，你先别走。”

她的声音不大不小，轻轻落在了他的耳边。

原来，一向人小鬼大的向绾的弱点竟然是怕黑？这不科学啊!

一瞬间，肖岂沅忽然觉得向绾像个卸下浑身盔甲的女孩，与大多时候的她截然不同，今夜，她的味道就像冬日街边那个热气腾腾的南瓜派，令人心绵意潺。

“好。”肖岂沅的心倏地软了下来。他明明感觉得到这个女人的手已经覆上了他的手腕，却没有想要撇开的念头。

大抵被她这种强势袭来的柔情触动了，肖岂沅转而忍住了笑意扮演起大哥哥的角色，他轻声对她说：“有我在，没事的。”

而她，感受得到他的手很温热，像最好的时光里的太阳，她的腕却很冰凉，像最黑的暮夜里的月光。一股微弱的气流正好落在她细腻的后颈上，痒痒的令人赧然。

一步一步，向绾就这样任由肖岂沅抓着她手走下了数不清的台阶，接受这个男人的温柔。

“还要半个小时？”肖岂沅挂断手机，发自内心地朝向绾无奈地笑了笑。向绾只好跟着抿了抿唇，在沙发上坐了下来，顺便把他扯到了座位上。

在得知半个小时内来电后，两人呆坐在沙发上开始了漫长的等待。

“肖岂沅，你热吗？”

“嗯。”

“向绾，你饿吗？”

“饿啊！”

“肖岂沅，怎么还不来电？”

“嗯。”

……

沉寂许久，气氛越发浓烈。

直到来电前的最后一刻，肖岂沅终于没忍住冲着这个怕黑的家伙开了一个巨大的玩笑：“向绾，你的脚下好像有一只手伸过来了……”

“什么？”向绾果然被吓到了。她抬起赤裸的双脚往肖岂沅那边歪身倒去，肖岂沅没料到她会下意识做出这样的举动，一个不留神倒在了沙发上，她就这样压在了他的胸前。

向绾惊得失声尖叫，肖岂沅显然也吓了一跳。

一秒钟，两秒钟……

这个沉默会不会太长？这样的心跳会不会太响？

向绾屏住呼吸不敢动弹，肖岂沅沉重的气息一拨又一拨地洒落在她的肌肤上。

就当两人都心烦意躁的时候，灯光忽然亮了起来，电视屏幕上的广告声随之响起。各怀心事的两人猛地分开紧贴着的身体，摆回一开始的姿势，然后一个走去倒水，一个回房收拾。

“哈哈哈，好热啊！我去喝水。”

“我……我回房间收蜡烛。”

倒水的那个脑海里回想着“我怕黑”的声音。

回房的那个心房里充斥着“两秒前”的场景。

这一夜，向绾躺在大床上，翻来覆去地盯着天花板；肖岂沅站在墙壁前，心烦意乱地扔飞镖。一种异样的情愫在肖家的每一个角落荡漾开来，呼吸微暖，心间微暖。

1.

夜色戚戚，脚步匆匆，向绾风风火火地破门而入，摔包直奔冰箱——

“太热了！太渴了！”

眼下，虽不是夏季，她却因为点了一份特辣夜宵，在楼下尝了一口后，就开始大汗淋漓，脑子里只有一件事，那就是喝水。

不是水也行，饮料也可以。

想到这里，她唰地拉开橱窗，从储物箱里拿出了一个精致的旋转玻璃瓶，里面透明的液体正散发出迷人的光泽，简直是救命之水。

向绾三两下旋开盖子，猛地就灌了好几口，前几口咻地下肚，最后一口“噗”地悉数喷在了地上。

“我去，这是什么玩意儿？”向绾举起手拼命给自己扇风，舌尖火辣辣的，脑子里猛地蹿上一股热气，喉咙里像堵着什么异物一般难受。

她赶紧把瓶子拿来瞅，看着看着眼冒金星，头冒虚汗。

酒精度——53%。

凉了凉了……

向绾心想，这下可不是醉酒这么简单的问题了，自己恐怕要严重过敏。

她一手撑着晕乎乎的脑袋，一手握着酒瓶往二楼走去，脑海里第一个浮现的就是肖岂沅的面容。她应该快些告诉他她喝了酒，而她对酒精过敏，只有他能带药回来救她了。

脚步有些踉跄地颠到了一个房间里，脑袋瓜越发沉重，向左摆也不是，向又晃也不是，却怎么也无法不动弹，后背上噌噌地冒着虚汗。

热热热……

向绾一边脱掉衣服，一边单手拨通了肖岂沅的电话。很快，电话那头就接通了。

“你有事？”还未等向绾开口，肖岂沅就像预感到什么似的率先问了一句，语气却不是那般生硬而事不关己的态度，而是带着一种隐隐的不安。

向绾显然捕捉到了话语里的一丝暖意，借着酒劲竟然撒起娇来，语气里有种不由自主地委屈。

“肖岂沅，我……我不小心喝了你的白酒，如果很贵的话，我可以赔你，但是……”

“但是什么？”电话那头，原本嘈杂的背景音突然消失不见，只余下安静而有些紊乱的鼻息声。

“但是我酒精过敏，你能不能回来的时候给我带点药，我……我现在好晕啊，我不行了，我要睡觉了。”向绾不可自控地一屁股坐在床沿边，倒下身来，握着手机的指尖也跟着松了松，手机一下子滑落在枕头边。

她却无力去取。

她忽然想起，今晚，肖岂沅值的是夜班，等他回来估计也是第二天清晨的事了。况且，医院的值班人员不得无故缺勤。只是，她已经无力再去纠正些什么了，连再次拿起手机的气力都所剩无几。

在意识消失之前，她隐约听到了枕头边传来的呼唤，随后，就陷入了沉沉的昏睡中。

也不知过了多久，她忽然听到梦境里的长廊里有人在呼唤她的名字，可她却没有力气去应答，只感觉自己浑身瘙痒难耐，一只手不由自主地摸到了后背挠来挠去。

过了一会儿，她觉得这姿势真是别扭，隔了件衣服行动不便，于是她开始急不可耐地扯领子脱衣服，冥冥中她听到了那人还在呼唤她的名字，甚至有一双手在黑暗中伸过来制止了她的所作所为。

“向绾，你别……”

那声音忽然有些嘶哑地在她耳边重复这样的话语，可她却不管不顾，直到硬生生地扒掉了一颗纽扣后，她才忽然清醒了一些。她感受到了胸口的丝丝凉意，以及……嘴唇上那带着点柔软的温热。

那是什么?

向绾忽地明白了什么，眼睛在强大的意识冲击下渐渐睁开。映入眼帘的，是一张近得不能再近的眼睛，熟悉而又陌生。

那是肖岂沅的眉眼，却不是平日里的那个模样。分明有了一丝迷离与无法掩盖的温柔，带着一点冲动与措乱。他沉重的鼻息像细浪一样拍打在向绾的脸庞，向绾只觉得自己的心上蹿下跳个不停，似梦而非梦，亦真又亦假。她只是呆滞地躺在床上，下意识地又闭上了眼睛，任由自己在眼前的一片黑暗里游离。

他在做什么?她为什么会做这样的梦?

奇怪的是，她的身体却一点儿也不排斥这种感觉，反倒是顺从地放松了警惕，身子也跟着酥软了。

随着这个绵长而湿润的吻进行得越久，她身上的瘙痒也跟着消退得越快，模糊的意识渐渐明晰。不甚明了的眼睛终于也变得敞亮。

大脑里的一根弦猛地崩掉了。

“肖岂沅，你……”她想推开他凑近了的胸膛，却发现使不上劲，并且自己的衬衣已经凌乱不堪地散开来。迷糊间，她意识到这不是别人闯的祸，是她自己种的果，一张小脸血色欲滴，这令面前的肖岂沅不禁怀疑她发烧了。

“向绾，你发烧了?”他根本就无视了向绾错愕的眼神，转而伸出手覆在了她的额间。

过敏是有可能会引起发烧的，但看着温度应该不是，好在他赶回来得及时。

这么想着，他原本紧蹙的眉头也跟着松了松，僵硬的表情方才有了一丝舒缓。

“肖岂沅你不是值班？”向绾不动声色地把自己卷进被子里，扯起被角盖住自己一半的脸，掩饰自己的慌张与尴尬。

“嗯。你过敏了。”肖岂沅干净利落地回答。

“所以你翘班了？”

肖岂沅“嗯哼”了一声，从床上坐起身来，忽然觉得自己有些失态，嘴角明明还残留着向绾的余温，忍不住想回味，却拼命抑制住这种冲动，只是故作镇定地往门外走。

“我走了，你休息吧。”

“这怎么回事？我的过敏好了？”向绾疑惑地摸了摸自己的身子，看了看手臂，忍不住叫住往外走的肖岂沅，“你吻了我！”

这是肯定也是疑问语气。

她知道他是吻了她的，但是，仅仅是因为他吻了她，她的病就全好了？

肖岂沅显然看穿了她的想法，转过头来扫了她一眼，却捕捉到了她有些苍白的脸和疲惫不堪的神情。他知道，她的病虽然好了，但酒劲仍有残余。况且，据以往几次的经验来看，她服“药”后本身也会产生嗜睡反应。

“我是吻了你，是为了治疗。有什么事明天再说吧，你累了需要休息。你还没清醒，并且，你想睡觉。”

“我……”向绾本想刨根问底，但神奇的是，肖岂沅的一番话像是提醒了她体内的某些感觉一般，她的确感到了一股不可抗的睡意袭来，包裹着一种酒后沉重感压得她喘不过气来。

算了吧。她把头埋进被子里，疲惫不堪地闭上了双眼。

下一秒，卧室里的灯熄灭了。

肖岂沅站在外头，轻轻地带上了门。关上门前的最后一秒，看着熟睡的向绾，他的心忽然颤了一下。

还好，他赶回来了；还好，他在情急之下吻了她；还好，她还在。

2.

一阵微光稀稀落落地照在向绾的面颊上，她隐约觉得刺眼，睁开眼后，看到的是熟悉的洁白的天花板，和不熟悉的周边摆设。

这是谁的房间？是她的？

是吧，不是吧，不像啊。

她忽然发现，左手边的那张床根本就不是平日里自己睡的床，而自己身处的这个房间也不是她的房间，而是肖岂沅的！

发生了什么？她是怎么摔下床的？

她从地板上坐起身来，揉了揉太阳穴，努力地回想起昨夜发生的点滴。她记起了自己喝了大半瓶白酒，随后闯进了一个房间，找到了一张床，再后来……

啊!

那个吻!

是梦吗？不是梦吗？所以到底是不是梦呢？

向绾的心“咯噔”一声，思绪陷入了一阵凌乱的混沌中，一张脸蛋跟着红了一片。她急于在心中寻求一个答案，却又暗示自己不该去追寻那个答案。纠结了半天，她还是在肖岂沅推门而入的时候没忍住问了出来。

肖岂沅在听见自己的房间传来动静，推门而入时，看见的是向绾呆坐在冰凉的地板上发怔，脸色竟还是有些涨红。

他不禁有些怀疑她是否高烧不止。

本想上前去看个究竟，向绾却率先脱口而出道：“肖岂沅，那个吻……呃，是真的？”

看着她无辜却又有些小心翼翼的样子，他的心再次跟着晃了一下。这种感觉是叫心动吗？

他下意识地忽略掉这些异样的感觉，一句“是”在喉头滚了几遭，到底是没来得及说出口来。客厅里刺耳的门铃声忽然响个不停，像是给在场的两人打了一剂清醒针，肖岂沅慌忙往外走，向绾也有些慌乱地在原地整理着装。

等她打理好自己，刚要走出房门时，忽然听见虚掩的房门外传来一串熟悉得不能再熟悉的声音。

“儿子啊，妈给你们定制的这款床垫可是限量版的，你们年轻人啊还是要照顾好身子，这款床垫对颈椎好，我今天接到电话就赶紧领着他们来给你送来了，放心吧，都晒过了。”

这是肖妈妈的声音，向绾是绝对不会认错的。

听肖妈妈的脚步声分明是朝她这里来的，难道，肖妈妈就要进来了？

不不不，照她现在这个蓬头垢面的样子出现在肖岂沅的房间里，被肖妈妈看见了不误会才怪，不仅要误会，恐怕下午就会把婴儿用品从老宅搬来这儿了。

惊慌失措的向绾连忙环视房间的四周，凌乱的床单和滚落的被子。啊，来不及整理了，眼下，只有三十六计走为上计了。

脑子一热，她慌忙俯下身匍匐在地上，一溜烟地往肖岂沅的床下钻，好在他的床高，她的身材娇瘦，没两下就缩在了黑暗里吮吸着满地的尘灰，惊恐的心情已经令她失去了思考的能力与沉着的理智，只是秉着呼吸不敢动弹。

房门很快被打开了。

随后是一阵错乱的脚步声和一声有条不紊的命令。

脚步是几个人的，她听得出来，声音是肖母的，她不会认错。

“把旧的换掉吧，新的装上！”她说。

“妈，你喜欢买东西我没意见，但是你这样一大早闯进我房间换床垫恐怕不太合适。”一旁的肖岂沅听见肖妈妈开始一本正经地发号施令了，隐隐觉得不安，一边试图拖延，一边用余光在房间的角落搜寻向绾的身影。

她去哪儿了？再不济，也不会弃窗逃跑了吧。

他心不在焉的制止显然对肖妈妈的执拗没有任何效果，一声令下后，两个安装工人井然有序地走到了肖岂沅床边，扒掉床单，拿掉枕头，猛地就掀开了旧的床垫——

当畏畏缩缩的向绾趴在床下一头雾水地在思考肖妈妈到底要换掉什么时，头上突然闪现一束光，她以为是床垫破了个洞。她宁肯这么想，却怎么也没想到，下一秒，自己像是潘多拉魔盒里的神秘生物一样，趴在镂空的木板下一脸蒙地抬眼看着在场的一群人。

这是谁？肖妈妈心想。

我能申请原地暴毙吗？向绾暗思。

此时此刻，她感觉自己就像一只被圈养在动物园里的小兽一般，收获了来自四面八方的奇异的眼光，又像是一只被主人藏在屋子里的小猿猴、床底下的波斯猫。

她觉得从今天起，自己不再是那个脸皮厚的向绾了，而是没脸皮的人了。总之，肖妈妈伸出手指指着她，愣是反应了好半天才明白过来，面前这个鬼鬼祟祟、发型凌乱、姿势妩媚的女人，是自己的儿媳妇向绾。

“向绾？天啊，我的绾绾，你怎么会在床下？你在这做什么？啊！是不是岂沅欺负你了！把你关在这里？”肖妈妈的思路开始放飞起，以一种无人能企及的速度行进着。

在场的人都不禁为这个结论抹了把汗。抬着旧床垫的两个工人一时间也吓了一跳，无法理解这一家人是什么情况，满脸惊疑地对视了一眼，随后退到了一边。

感受到尴尬气氛的肖妈妈像是也意识到了自己的荒唐，在接收到了来自肖岂沅“无语”的眼神后，她脑袋里的那根筋忽然连上了，全明白过来了。

一拍脑袋，她欢喜地惊呼道：“好啊！绾绾！我懂了！你这是在害羞！”

肖妈妈机灵地扫了一眼地上凌乱的床被，满脸姨母笑地看了下穿着睡衣的肖岂沅以及有些狼狈的向绾：“你们昨晚……咳咳咳，有些事妈都懂，妈就不说了。孩子，来来来，别害羞，出来吧！妈给你做主！”

肖妈妈走到了床边向床板下的向绾伸出了手，不堪入目的向绾弓着身子，无助的神情对上了肖岂沅无奈的眼神，然后，像一只毛毛虫似的，扭啊扭地钻了出来，样子极其滑稽，惹得肖妈妈都不禁笑出了声来。

“不是你们想的那样……”向绾一边捋着凌乱的头发，一边解释，肖妈妈却盯着她的胸前目不转睛地看。向绾注意到了，遂顺着她的视线下落，最后，目光停留在了自己的胸前。

这……

胸前，衬衣的纽扣早就不知所终，微微袒露着的锁骨欲盖弥彰，让人浮想联翩。这下，连向绾这个当事人自己看了都觉得跳进黄河也洗不清了，更何况在场的肖妈妈。

她开始掩着嘴偷笑，眉梢眼角都是桃花地冲肖岂沅竖了个大拇指。

“不不不！不是你们想的那样！”向绾突然大喝一声，想要制止在场各位的想入非非。

肖妈妈听了一本正经道：“缩缩，那你说说是怎样？”

“是……是……”向缩支支吾吾间，忽然想起昨晚，自己被不知是梦中还是现实里的肖岂沅给亲了的画面，脸色渐渐通红，莫名开始心虚。

“别说了。缩缩，那妈就不打扰你们小两口谈情说爱了，妈走了。”肖妈妈挽着皮包，喜笑颜开地往外走，走到一半忽然想起什么似的，原路折回拍了拍肖岂沅的肩，“好好照顾缩缩，怎么弄的，让人家一个女孩子都吓得躲到床底去了，你就不能温柔点？”

肖岂沅只是无奈地笑了笑，并没解释什么。

向缩趁机拼命地给他使眼色，却被肖岂沅硬生生地无视了。

这个男人到底在搞什么名堂，一句话也不解释，他存心的吗？这也太尴尬了吧！

等到一行人陆陆续续从家里离开了，向缩半遮半掩着衬衣，背对着肖岂沅问道：“这一切究竟是怎么一回事啊？我真蒙了，啊不行，我得捋捋，从昨晚我喝了白酒后开始……啊，不对，我明明睡着了，然后……”

“然后？”肖岂沅有意地扬起了语调，却装作漫不经心地朝厨房走去倒水。

向缩的脑子里电光石火般地闪过一些画面。

“你你你……”她忽地转过身来，脸上的神情相当复杂，夹杂着一丝羞赧，一时间觉得不知道怎么面对肖岂沅了。谁知一句话还没问出口，肖岂沅就像故意似的，率先回答了。

“是你想的那样。”他悠然地说。

“我想成哪样了！”向绾嘴硬道。

“哪样都行。”肖岂沅面无表情地拿着水杯从向绾身边走过，留下向绾一个人在原地满头雾水。

所以到底是哪样啊？那样那样？

想到这里，向绾呆愣在原地，内心活动十分复杂，一颗心怦怦地跳，一张俏脸更加绯红了。

不出所料，为这件事她整整纠结了一天，肖岂沅成功在她的脑海里又盘旋了24小时。

让一个男人在她的脑海里出现了这么久绝对是史无前例。难道，她真的喜欢上了他？

不不不，不能再想下去了，这样的话她还怎么面对肖岂沅。她竟然像狗血肥皂剧里说的那样，假戏成真？哼！不能！从今天起，她要开始躲着他了，能躲则躲，对对对！

3.

“丁零零……”

一阵急促的手机铃把正在课堂上打瞌睡的向绾吓醒了。睡眼蒙眬的向绾被推醒后，慌忙摁了接听键，肖岂沅充满男人味的声音随即从那端传来。

“你在上课？”

“嗯。”向绾第一次认真地去听肖岂沅的声音，的确有些迷人，她的心跳不由自主地加速起来。

“下课了我去接你，回家收拾收拾，下午我妈喊你出去玩。”

“什么？你也去吗？”

“嗯。”

“那那那……那我不去了。”向绾紧张兮兮地回道。

“什么？”

她已经决定能躲则躲了好吗！他们之间手也拉了，嘴也亲了，再下去……

啊！想到这里，向绾赶紧打消了脑海里那些奇怪的念头，重新咳了几声。

“懒得理你。挂了。”

电话那头的肖岂沅，沉着脸郁闷地看着被挂断的手机界面，完全猜不透这个女人的心思。

是还在生他的气吗？关于哄女人这方面，尤其是哄这样一个特立独行的女人，他承认自己是一个新手上路，毫无头绪。

匆匆挂断电话的向绾暗自松了口气，放在胸口的那只手缓缓放了下来。她还没做好面对肖岂沅的准备，说了不去就不去，能躲则躲了。

然而……

“向绾，你在想些什么？”

向绾正从学校大门走出来，一张嘴嘟嘟囔囔的，不知在自言自语些什么。肖岂沅的车突然停在了路边，后座上的肖妈妈摇下车窗从里面探出头来，对着向绾轻轻喊了一声。

向绾吓了一跳，抬起眼一看是肖妈妈，顿时有种插翅难逃的预感，忙捂住嘴摇摇头否认。

“没有啊！”

“我听岂沅说，你学习压力是不是太大了，心情不太好，妈带你出去散散心啊。”肖妈妈打开车门下来，直接拉起了向绾的手就要往副驾驶座里塞。

向绾透过车窗玻璃一眼看到了驾驶座上神色不明的肖岂沅，顿时别扭到极点。

“不不不，我没压力没压力！”

“没压力也没事啊，妈就是想一家人一起聚一聚，出去玩，你紧张什么呀孩子？”

“我没紧张啊！”向绾一边忸怩来忸怩去，一边大言不惭地放声道，眼神飘忽不定，根本就不敢再直视肖岂沅，她看见他转过头来盯着车外的她俩。

肖妈妈见状，顿时压低嗓音，凑到向绾耳边：“孩子，你老实说，是不是和我家岂沅吵架，理都不想理这个臭男人了。”

“不是的，我只是……”

“只是什么？”

向绾涨红了脸，犹豫地站在原地不知怎么解释，然后又一眼瞥见了车内肖岂沅投来的无辜的眼神，带着点探究和打量，一时间更加局促不安。

看什么看？有什么好看的？

“只是……”向绾支支吾吾地“只是”个不停，在肖岂沅不可捉摸的神色下心神恍惚，戏精特长突然没了用武之地。

“好啦，别只是只是的了，宝贝，你就上车吧！”肖妈妈听得一头雾水，一个伸手直接要把向绾摁进副驾驶座里，好在向绾眼尖地发现肖岂沅车后那辆豪华新车上坐着驾驶员肖昱。

简直是天赐的救星啊！

“妈！我就不和你们坐一起了，我去肖昱那辆车上吧。我和他熟，老朋友了！”向绾嬉皮笑脸地说着，然后三下五除二地就要往肖昱车上飞奔而去，活生生地把肖岂沅这一车人无视了个彻底。

坐在驾驶座上的肖岂沅本来等着向绾在身边坐下来，突然透过倒车镜看到那个女人朝着自己堂弟的车飞奔而去了，一边跑还一边开心地招着手：“嘿！肖老弟！我来了！”

他的心情顿时抑郁，一颗心沉到谷底。

总之，他也不知怎的，像是被一种不知名的力量驱使一般，猛地下车径直朝身后的车辆走去，利索地逮住了趴在肖昱车窗边打招呼的向绾。

他是要截和的。

“肖昱，你的车很空？”肖岂沅直截了当地来了这么一句。肖昱听了，对上他有些冷冽的眼光，冷不防地打了个哆嗦，本来咧开嘴和向绾笑嘻嘻的神色顿时减弱了不少。

他看了眼车内空空无一人的座位，非常认真地回道：“不啊！很挤很挤……”

说罢，他给向绾打了个眼色：“你看看你，没看到我的车里面已经挤满了人吗？你还是去我哥那儿坐吧，皇后宝座就留着等着你去呢。”

“嘁！”向绾听了下意识地反驳，脸却不争气地红了个彻底。她踌躇了一会儿，拗不过不开车门的肖昱，只好无视肖岂沅，非常“有骨气”地重新回到了前一辆车上。

她想，这小子就是要整死自己，和她对着干。

又或者，他已经火眼金睛看出了点什么？看透了她的小心思？

不会吧……

向绾越想越觉得尴尬，羞赧，低着头默不作声，一个弯腰乖巧地坐在了肖岂沅旁边。

她有点惶恐地抓着安全带，眼神不自在地朝远离肖岂沅的那一个方向看去，总感觉嘴唇上有种酥麻的感觉。过了好半天，车辆迟迟没有发动，正当向绾偏过头有些疑惑的时候，肖岂沅突然俯身凑了过来，将她手中紧拽着的安全带系好，然后神色坦然地重新坐好，一切自然得好像老夫老妻一样。

那一刹那，向绾几乎能闻见肖岂沅发端的那股清香，令她的心跳陡然又漏了一拍。她赶紧缩了缩脖子，往后一靠，却发现身后是椅背，无处可躲。

好在肖妈妈的一通电话缓解了前座的尴尬。

虽然不知道来电者是谁，但神奇的是，他们对话的内容她竟然一个字也听不懂。

什么制药法则，药石无医，精灵世界……完全是一些深奥到不能再深奥的词汇，向绾有那么一刹那差点要怀疑肖妈妈不是人了。

呸呸呸！

怎么可能不是人呢？肖妈妈待她如此好，再怎么说她也不该咒自己的婆婆不是？

身边的肖岂沅好似发现了向绾的疑虑，却只是不动声色地看了眼后视镜。

就这样，一路上带着复杂的情绪，向绾随着肖妈妈一家被带到了豪华私人会所。还没走进会场时，她就觉得气氛不太对，来往的贵宾纷纷举着红酒杯向他们点头致意，尤其是肖妈妈，一个劲地和一群贵妇打招呼，向绾一个也不认识，只好紧紧跟在大人的背后，眼珠子全放在会场上琳琅满目的食物上。

怎么突然感觉，好像有点饿。

等到走进了主会场，她先是看到了门边的立牌，上面写着“肖岂沅 & 向绾庆婚派对”。

庆婚？

她站在立牌前很是怀疑地盯着这两个名字看了很久。

向绾，肖岂沅，是她认识的那两个名字没错。

等等！这是什么情况！她什么时候要跟肖岂沅结婚了啊，当事人怎么不知道啊？

向绾弱弱地扯了扯肖妈妈的裙摆衣角："妈，你是还认识其他向绾吗？"

肖妈妈被自己儿媳妇问得有点愣，她开心地捏了捏向绾的脸，说："儿媳妇还没睡醒呢，你不就是我们家宝贝的向绾吗！"

这下子，她才发现这一家子人今天穿得真是截然不同，礼服与西装，气质不凡，方才在来的路上她只顾着神游瞎想，都没好好思考自己是不是上了一条贼船。

"妈，咱们今天来这儿是要……"

"要庆祝你们早日结婚啊！"

"什么？"向绾吓了一大跳，扯着衣角的手微微颤抖，"我什么时候要结婚了？"

"快了快了！其实我早就想办聚会介绍你了，那个臭小子一直不让，这次提出来，那个臭小子竟然默许了！"肖妈妈开心地抱着向绾，"我就说你们是天生一对！这是注定的呀。"

"妈，其实你误……"

"好了，快跟着妈妈上台！"肖妈妈打断了向绾的话，兴高采烈地拉着向绾走上舞台，脚步轻快到向绾差点跟不上。

肖妈妈接过服务生手上的话筒："今天谢谢大家来捧场呀，其实早就该把我儿媳妇介绍给大家的，但你们也知道现在年轻人腻歪着呢，一刻也不想分开的那种，我办这个聚会办得也不容易。不过，既然他俩婚事将近，我也不能顺着年轻人委屈我儿媳妇了，来，向绾，你来说两句？"

隆重的掌声一拨接着一拨，聚光灯一打，气球一升，穿着便服的向绾原本还在舞台上忸怩，一瞬间要被闪瞎眼睛了，感觉自己像个救世主一样站在原地呆若木鸡，动作戛然而止，不知道说啥好。

她感觉整个会场的人都渐渐聚集过来，然后上百双眼睛都在盯着她看，每个部位都被一览无遗。

好……好密集的眼光啊！怎么缓解这个尴尬？

她只好举起手小心翼翼地挥了挥："大家好啊……哈！哈！哈！"

目光一个流转，不小心撞进了舞台一侧正凝视着她的肖岂沅的眼睛里，里面尽是笑意。大概，他就觉得她现在傻不拉几吧！

向绾的表情顿时很复杂。她本来就还没做好面对这个男人的准备，现在又被蓄意地在毫无准备的情况下拖到舞台上，内心一阵郁闷，她只盼着赶紧下台，接下来肖妈妈的一言一行她都已经听不清了。

这不是赶鸭子上架吗！

等到好不容易被请下台时，她终于受不了了，脚底像抹了油一样，就想着往会场外跑。结果刚要溜走，肖妈妈的声音就从身后追了上来。

"绾绾啊，你去哪儿？"

"我……我去透透气啊……"

"是不是想到要结婚就很紧张呀。"肖妈妈捂着嘴偷笑了笑，向绾只好干干赔笑着点了点头，往外走。

外面的气温有点凉，向绾发着呆低着头乱走，直到她听到了很吵的音乐声，抬眼一看，不知道什么时候她已经走到了会所的院子里。

会所的院子里有个露天泳池，此时正放着摇滚风格的 DJ 舞曲，有一堆人在里面嬉闹着，看起来是在办派对。

向绾条件反射般想走，刚转身却被叫住。

“向绾？”坐在泳池边的一个男人站起身向她走来，“哟，还真是向绾哎！”

在泳池玩耍的人顿时沸腾起来，男人抓住向绾手臂，拉着她往泳池走：“一起玩啊，系花。”

“你是谁啊！”向绾大力想甩开这个男人，却发现自己力气太小无法挣脱。

“哟，果然是系花啊，记性真好自己班上的人都不认得。”说完，男人使出更大力气，拖着向绾走。

“你有病啊！”向绾正打算发威推开他，紧接着听见了一个熟悉的声音。

“松开。”肖岂沅没等到那人回应，伸出手，一拳打向了那个男人。

男人掉入泳池，激起一层水花。

“她是我的女人。”肖岂沅霸气地宣示自己的主权，随后一把攥住向绾的手就要拉她离开这个是非之地。

向绾却不领情，下意识地甩手挣扎。

“请你也松开我。”向绾撇过头，不去看他的眼睛。

肖岂沅却并不放手，心头一股醋意弥漫开来。

眼看着肖岂沅不肯放手，向绾一个劲挣扎，猛地把手抽离开来，肖岂沉一个趔趄被推下水去。

怎么办！

向绾的脑海里迅速浮现一个念头：肖岂沉恐水！

来不及多想，向绾“扑通”一下跳下水去，像只旱鸭子似的乱拍乱踢，等到自己呛了几口水才想起自己不会游泳的事实。她卖力地在水里探出头喊了几句肖岂沉的名字，到处乱漂寻找肖岂沉的身影，不仅人影没找到，还一连呛了好几口水。

最后，反过来被救的还是她自己。

只觉得腰间上一双有力的手将她环住，我细微呼了一声，原来是肖岂沉从水中游了过来在身后护住了。隐隐约约感觉到是他，一瞬间，向绾的心头像闪过一丝强电流，一种不可捉摸的感觉在她胸腔里蔓延开来。

“肖岂沉……”她念了句，同时，又呛了一口水。肖岂沉看在眼里，心沉了沉。

不能在水里待太久。

肖岂沉的头脑清醒得很，极快地对当前的局势做出了判断。

环顾了一下四周，泳池里的确还有不少人，他可不愿伤及无辜。

眉头一紧，心间一种不安感迅速蔓延开来，他抱着向绾迅速往岸边游去。等他将向绾安顿好后，向绾忽然指着泳池，瞪大了眼睛。

“肖岂沉，你看！这这这——”

顺着她的视线看去，泳池里的人一个个像休克了一样，要么躺在泳池边，要么溺在了水里。

太可怕了吧！

果然，还是发生了……

“你待在岸上别动，打电话联系医护人员！”

肖岂沅此时此刻真是一个头两个大，说完这句话，他迅速潜入水底，一个个地把人往泳池边带，手忙脚乱，刻不容缓。

向绾站在岸上，满脸蒙地看着眼前发生的一切，眼珠子都要掉到水里去了。

这这这……这什么情况？他他……他不是恐水吗？

什么鬼？

4.

向绾一个人待在岸上急得如热锅上的蚂蚁，眼看着岸上被救起来的人一个个像昏睡过去一样躺在地上排成一排，向绾恐慌极了。

谁能告诉我这究竟是怎么一回事啊！

就在向绾想入非非之际，肖岂沅突然从水里“哗啦”一声冒出头来，然后双手抵在泳池边，一个跃身就跳上岸，那样子可以说是十分狼狈了。

“你是怪物吗？”向绾条件反射地问出声。

她盯着湿漉漉的肖岂沅，水让他的衬衫贴在身上，腹肌若隐若现，向绾咽了咽口水，有点性感啊……

“不是。”肖岂沅的语气中有一点沉重。

“肖岂沅，你不是恐水吗？这些人怎么回事啊，莫名其妙就不省人事了？刚刚还好好的。”

“他们只是睡着了。”肖岂沅一本正经地解释。

“睡着了？你当我是小孩子吗？”向绾的表情变得很严肃，“其实刚刚溺水的时候我就在想，喜欢就是喜欢，怎么逃也逃不掉，但是感情最重要的是信任对吧？你这样真的是信任我吗？”说完就想走掉，然而手臂却被人拉住。

“向绾，我没有骗你。”肖岂沅想了想，说，“其实我是一个抗过敏的人体药丸。”

“哦。”向绾脱口而出，但转念一想，“等等！什么人体药丸？你是不是在逗我？”

说着说着，向绾声音渐渐小了，她的眼前倏地闪过以往的经历，自己一次又一次脱离过敏的危险，每次都有肖岂沅在场，每次都没有吃药。

头发，亲吻……

难道，这一切都是真的？

不不不，这个世界是科学的，怎么可能呢？

然而，眼前这一幕让她不得不信啊！

“他们现在这个样子都是因为……”

“嗯，”接收到向绾抛来的疑惑眼神，肖岂沅毫不避讳地回应道，“使用药物过后的嗜睡症状。”

此时此刻，向绾已经惊讶得说不出话来了。

过了好半天，她才反应过来，喊了一句：“你是说，他们都喝了你的洗澡水才这样的？”

肖岂沅的嘴角抽了一下。

你一定要形容得这么特别，你才开心吗？

“所以你不是人？”向绾打算把心中的疑问一个个抛出去。

“我是人类。只是拥有抗过敏药效。”肖岂沅汗颜，解释道。

“那肖爸爸，肖妈妈……”向绾的眼神开始透露着不可置信。

“我爸，人类；我妈，半人半精。”

“什么精？”

“药精……”

“我去，我忽然想起了一件事，上次在医院里被你救活的那个人，你不会是亲了他吧？”向绾脑子突然开窍，一点就通。

肖岂沅见她抛来询问的眼神，无奈地摇了摇头。

“你想到哪儿去了。我用头发救的他，至于那个特殊方法，我只对你用过。”

嗯？向绾一边脸红，一边着急了。

“肖岂沅，你等等，我有点缓不过神，你让我先晕一下。”说完，她真的就扶着额头倒在了他的怀里，任由他叫了好几声都没有反应。

肖岂沅惴惴不安地抱着她，回到了休息处，心里七上八下。

1.

我这是在做梦吗？

过了好半天才醒过来的向绾带着这样一种惊疑的心情和肖岂沅重新回到了会场里。只是，这一路上她都没能平息心中的波涛汹涌。这一时半会儿的她太难以接受了。

她喜欢着的那个男人突然变成了一颗人体药丸，这不是她演的科幻话剧里才有的情节吗？还有，岸上那个正在和她招着手的肖妈妈……是半人半精？

肖妈妈会飞檐走壁？她是不是能杀人于无形之中，就像初次与肖岂沅见面时那样杀狗于无形。

想到这里，向绾都有点不敢接受迎面而来的肖妈妈的拥抱了。

“绾绾啊！你可吓死妈妈了，你还好吧？”

她木讷地趴在肖妈妈的怀抱里，话题逆转得猝不及防，弱弱道：“妈，你会飞吗？”

“什么？”肖妈妈一时半会儿没听清楚，眼睛越过向绾的肩头看向浑身湿透的肖岂沅，眼里蓦地闪烁着担忧，“你俩什么情况，你掉水里了啊？”

这句话明显是对着肖岂沅说的。

肖岂沅默然地点了点头，顶着湿透的头发，随手拨了拨发梢，用眼神示意肖妈妈无妨。

“该知道的她都知道了。”他突然说道。

“啊！你终于和她坦白了。”肖妈妈喜出望外地把向绾从怀里揪了出来，摁住肩膀摆正道，“我们这几个长辈就一直想着怎么和你说呢，思来想去觉得这些事还是让岂沅告诉你的好，毕竟是你们小两口的事，就是怕你一时间接受不了，吓晕过去了。不过现在看来，我家绾绾心理承受能力果真强啊！”

“我……”向绾欲辩无言。其实，她现在离昏厥只差一点点了，真的只有一点点了，但是话到嘴边却变成了，“妈，你会飞吗？带我飞上天的那种。”

“啊？”肖妈妈神秘兮兮地盯着向绾，压低了嗓音凑到她面前，“可以的，但是我老了，已经很久没飞了，嘻嘻！”

她还真是想象不出那个画面啊！

向绾神情复杂地站在原地，脑子里乱成一团糨糊。这时，从远处抱着一堆食物的肖昱兴冲冲地奔了过来，本来一副话到嘴边的样子，结果看到肖岂沉像一只落汤鸡一样站在人群中格外醒目，不由得扑哧一声狂笑了出来，问道："我的老哥，你不会是掉水里去了吧？"

他一边说一边转过头瞥了眼肖岂沉的表情，顿觉大事不妙。

"你这是杀生？"

"是我的错。"向绾眼看着肖岂沉沉着脸，没忍住替他开脱，毕竟是她惹的祸。

肖昱一时没了声音："你们说的这都是些什么啊，我怎么听得云里雾里的。"

"你不需要懂。"肖岂沉顶着湿哒哒的头发，侧目提醒了肖昱一句。

肖昱一时没了声音。

向绾也选择了沉默。

说实话，她还是没有做好接受这个真相的准备。毕竟，一切来得那样猝不及防，她需要时间。好在，肖妈妈看出了她的不安。

"行啦，昱儿，总之现在真相大白了，我们得给绾绾一点时间接受老肖家的秘密，所以我们去吃顿饭吧？"肖妈妈适时地提出了这个毫无逻辑可言的说辞，众人沉默了。

餐厅里，向绾已经被动地坐在餐馆的座椅上，饭碗里被肖妈妈夹了一堆菜品，垒得老高老高。桌子的对面正坐着肖岂沉，不知是不是她的错觉，她总感觉到他有意无意地将目光停留在自己脸上，脸颊也有些微微发痒。

她忍不住伸出手挠了挠。

这种奇怪的感觉一直持续到了这顿饭即将结束，因为，一种更加奇怪的感觉笼罩着她，压得她喘不过气来。

“绾绾，你是不是吃了什么不该吃的东西？”不知从某时起，肖妈妈也感觉向绾看起来不对劲，盯了好半天后，再仔细嚼了嚼口中的饭菜，突然像明白了什么似的抬头问她。

向绾被这么一提醒，开始觉得头皮发痒，脖子上有阵奇怪的瘙痛。

她认真嚼了嚼口中的饭菜，越发觉得有猫腻：“这菜里面是不是放了料酒？”

话音刚落，肖岂沅和她同时放下了碗筷，一刹那对视，被向绾闪躲开了。

“料酒……绾绾，过敏。”肖妈妈恍然大悟地拍了拍桌子。

向绾已经可以预见到自己即将变成什么模样了。

料酒，量虽不多，但也足够使她过敏了。

奇怪的是，她好像一点也不慌，潜意识里似乎意识到一个事实，她有病，对面那位不是有药吗？怪不得肖妈妈老说他们是天生一对。

过敏患者和过敏药，能不是一对吗！

可是，说实话，她还是没想好该怎么面对他。

刚认清自己的心意就算了，现在还突然被告知了这么大一个反科学的秘密。并且，这让她想起了那晚他是用怎样一种方式替她解围的——

接吻。

一张脸又开始血色欲滴，向绾下意识地撇开脸：“妈，没事，我回去吃点药就行。”

“这怎么行！”肖妈妈一边反驳，一边拼命给肖岂沅使眼色。

肖岂沅欲言又止地看着向绾，似是要采取行动，却又分明察觉了她的不自在。

“你干什么？”突然，头皮一丝疼痛，肖岂沅抬眼一看就撞见肖昱笑嘻嘻地凑过身来，手里攥着从他头上扯下的一两根细长的头发。

肖岂沅疑惑了一秒，随即明白了这小子的意思，顿时不知说什么好。

“别胡来。”

“我可没有胡来。”肖昱一边说着，一边将肖岂沅的那缕头发放进了向绾的汤里，若无其事地耿介道，“自家人就不解释这是为什么了，这药啊包治百病。”

洗发水啊？不知道的人还以为这一家子是神经病呢！

向绾不由得想起了前段时日在医院的所见所闻，那个过敏休克被及时救醒的病人，的确是奇迹，但她还是摇了摇头，并不接受这种治疗。

“难道，你在期待一些别的什么？”肖昱不怀好意地轻声问，原本就无所适从的向绾更加赧然了。

“你闭嘴！”她塞了一块馒头堵住肖昱的嘴。

肖昱的脸顿时崩成了猪肝色，向绾威胁道：“你再胡来我让我家知羡离你远一点了啊！”

此话一出，这小子果然安分了不少，但饭桌上的气氛莫名变得很是尴尬，一向活跃的肖妈妈也察觉到小两口之间的不对劲，没了主意。

这时，原本缄默不语的肖岂沉蓦地移开椅子站起身来。

“向绾，和我去车上拿药。”他说道。语气平淡无奇，让人捉摸不透他此时此刻的心思。

“你带药了？”向绾下意识地反问。

肖岂沉肃然地点了点头，转过身就往门外走了。向绾在座位上犹豫了好一会儿，最后将信将疑地起身跟了过去。

“肖岂沉，药在哪儿？”向绾远远地见肖岂沉钻进了驾驶座里，好半天也没有再出来，只得移步到副驾驶座的窗口，敲了敲窗户。

然后，窗户很快降了下来。肖岂沉手里攥着一盒东西，顺手又从驾驶座边摸出一瓶水，示意向绾开门坐下。

向绾利索地坐了进去。

“向绾，你生病了。”在只有两人的密闭空间里，肖岂沉忽而一派深沉地启唇道，充满磁性的声音里有种说不出的情绪。

这不是废话吗？

向绾刚无语地想着，身边那人偏过头望着她，淡淡地继续道，语气中有一丝难掩的温柔和冲动：“生病了就要乖乖吃药。”

说罢，他一个侧身覆了过来，向绾还没来得及反应过来，那人的唇已经压在了她的双唇上，霸道地撬开了她的唇齿，攻略着她唇舌。向绾吓得“唔唔唔”地闭上了眼睛，任由肖岂沉捧着她的脸，肆虐地宣告着他的主权，一双手紧紧地攥着衣角，身子绷得紧紧的。

她不知道双手该寄放在何处，她只知道她的嘴里有点甜。

“你……”她终于反应过来，不知所措地推了他一把，却莫名有了点欲拒还迎的意味。肖岂沅越发不舍罢手地攻略她的城池。

他承认因为她的沉默与闪躲而感到莫名恼火，他的人生中竟也有乱了阵脚的时候。虽然这么做的确是为了给她治病，但当他的唇贴上她时，心里的声音就告诉自己，绝不会是浅尝辄止了，他做不到，那种想要将她嵌入怀里不罢手的念头刺激着他的神经。

于是，他失去理智地这么做了。

情迷意乱，神色迷离……

若不是担心她亲吻太久而产生药物过量的昏厥状况，他也不知自己何时才会放手。等到肖岂沅终于冷静下来舍得在自己和向绾的零距离亲密中划开一段距离时，向绾红着脸低下了头，就怕安静得可怕的空间里能听得到她小鹿乱撞的声响。

胡乱地抹了把嘴角，她下意识地武装起来以掩饰自己的尴尬：“你疯了！我我我……我要下贼船！”

她“气急败坏”地扭开车门，然后逃之夭夭地往马路上去，站在路边拦了辆车跑了。只留肖岂沅哭笑不得地在座位上看着一点点变小的人影，带着点儿稚气和可爱。

我该拿你怎么办好，向绾。

2.

“妈，我和向绾先回去了，你让肖昱送你回来。”纷乱的车流中，肖岂沅戴着蓝牙耳机，一只手拨通了肖妈妈的电话收拾残局，另一只手扶在方向盘上，目不转睛地跟着不远处那辆车来回穿梭在车流中。

他看不到车上向绾的后脑勺，但是他很确定她就坐在车上。

这个女人的背包钱包手机还都放在他的车上，就这么傻傻地拦了辆车跑了，如若遇到了坏人连通风报信的机会都没有了！

他一边懊恼着，一边又豁然开朗了。

想想也是，他哪天不是在为她收拾烂摊子呢？习惯了这样的感觉，也喜欢上了这样的感觉。

“小姐，我们的车好像被跟踪了。”出租车司机一边看着后视镜，一边和坐在副驾驶座上的向绾说。

向绾心虚地瞟了一眼倒车镜：“呵，甭管他，司机师傅你能开多快就开多快，这人就是一个自大狂，对我做了不可饶恕的事！”

司机师傅听着向绾这么义愤填膺的发言，还以为这小姑娘遇到了什么可怕的经历，吓出了一身冷汗猛踩油门飞了出去。

这时的向绾可谓是牛气哄哄，无所畏惧——

让你追啊，你再追我就跑！

于是，在红绿灯的阻挠和杂乱无章的交通秩序下，他们成功地甩掉了肖岂沅。

过了几分钟，车辆稳稳当当地停在家门前，向绾打开车门站在一边，把手插进了口袋，捣鼓了半天，最后亲身领悟了那一句：

前一秒笑嘻嘻，后一秒哭唧唧。

哎？她的钱包呢？手机呢？不对，她的背包呢？

天哪，她终于被自己蠢到了！这个时候，想要要回这些东西还是只能联系肖岂沅了，但是，她是绝对绝对不会打这个电话的！

这么想着，她使劲地摇了摇头，不小心对上了司机师傅凌厉的眼神，下一秒脱口而出："师傅呀，能不能帮个忙让我打个电话，我钱包落在我朋友车上了，真的真的抱歉！"

司机师傅无奈地叹了口气，慷慨地把手机递给了向绾。

一分钟后，电话拨通了。

"哦，你要回家了没？我手机在你车上。"

向绾直截了当地说，却感觉到对方的声音竟然有种重叠的效果。

"嗯。"电话那头的肖岂沅闷闷地说了声，突然柔和道，"向绾，转个头，我在你身后。"

向绾本能地转头一看，肖岂沅正拿着她的东西信步走来，眼角带着一点迷人的笑意，扫了她一眼后，他径直朝出租车驾驶座走去，利索地替她付好账，还从容不迫地朝司机师傅道了歉，一如他在工作中那样有条不紊。

这……就像替小朋友收拾烂摊子的家长。

看着肖岂沅这副模样，向绾只觉得自己又窘又尴尬，等到车开走了，她还傻站在那里，一向能说会道的嘴突然变得寡言了，生硬地挤了两个字："谢谢。"

不得不承认，她原本的不满情绪渐渐被溶解了，内心被一股不可忽视的暖意充斥着。虽然突如其来的事实令她难以接受，但她知道，她面对着的这个名叫肖岂沅的男人，是她喜欢的人，再强硬的不满，只要他一点点微不足道的温暖，就能融解她的冷冰。

可她还没做好准备，一句“谢谢”令两人之间的距离瞬间远了不少。

肖岂沅对此是一点都不领情，他只是走过来，自然而然地牵起了她的手：“谢什么，肖夫人。”

向绾的耳根又红了几番，却没能甩开被握住的手。

“谁……谁是你夫人了？”她急道。

只听他说——

“你不愿做也行，向绾，换我做你先生。”这句云淡风轻的话，却带着铺天盖地席卷而来的血性浪漫，一双好看的丹凤眼里尽是真情流露。

能不能别这么说话，她快要受不了了！向绾的心七上八下的，脑袋又一次蒙了，就这么任由肖岂沅把自己拉上了楼回到家里。站在家门口，暧昧的气息迅速在整个屋子里蔓延开来，就在向绾以为又该发生点什么的时候……肖昱的声音突然在身后响起。

“你们在干吗呀？”

两人迅速分开了牵在一起的手，转过身来看着门口站着的余知羡和肖昱。

“知羡？”向绾有些诧异地看着余知羡，不知道他们怎么会出现在这里。而肖岂沅只是黑着脸瞟了肖昱一眼，意在告诉他：你来得也太不是时候了。

肖昱当然明白了肖岂沉眼里的意思，只好讪讪笑了笑。

“向绾，我……”相比起肖昱的落落大方，余知羡明显有点儿焦虑，看着向绾的眼神充满了求助的渴望。

要解释她为什么会在这个时刻来到这个地方，还得从半小时前说起啊。

将肖妈妈送回家时，已经是傍晚时分。彼时的余知羡正饿得肚子咕咕叫，而肖昱已经站在余知羡家门口按响了门铃。

距上一次校园歌手赛后送余知羡回家已经过了一周，在这一周里，他不得不承认，这个女孩的身影已经深深烙印在他的心口，总是在不经意间闯进他的脑海里，想起她的音容笑貌，她的羞怯矜持。

他很明白，他的心在想什么，他想要追逐些什么。如果说，从前的他对待一切都是那样点到为止，得过且过，那么从现在开始，他将用万分的热忱拥抱他所想要的，认真以待。

这些天，他必须承认自己被思念的情绪所折磨，于是，在先斩后奏地和肖岂沉通风报信后，他拨通了她的电话，编造了一个谎言……

敲门声落下，过了好一会儿，院子里的大门被一个中年男性打开。那眉眼，那神情……明眼人一看就知道是余知羡的亲生父亲。

“你是？”余爸爸神色不明地看着站在门外的这个高大英俊的男子，怎么也想不出自己家有这样一个亲戚。难道知羡这孩子瞒着自己找了个对象？

“伯父，你好。”面对余爸爸，肖昱丝毫没有怯场，自然而然地扬起了他的招牌式笑容，“我是你未来的女婿。”说罢，他直率地伸出了手，礼节性地弯下腰。

余爸爸被这突如其来的消息惊到了，一时间也不知说什么好，脑子短路期间默默伸出手回应了肖昱一下，抱着一颗老父亲的心，想着女儿大了留不住，然后敞开了门。

此时此刻，余知羡正在屋子里穿鞋。

就在十五分钟前，肖昱给她来电，向缩和肖岂沅约他们一起到肖家烤肉，余知羡半推半就地答应了。然后，十五分钟后，她听见了余爸爸神色郁郁地站在门边，朝她招呼了一声。

“知羡啊，你男朋友来接你了。”

“什……什么？我、我男朋友？”余知羡的鞋穿到一半，一个没站稳，直接跌坐在地上。随后跟进来的肖昱一见，本能地就上前把她扶了起来。

“你没事吧？”

余知羡晕乎乎的，站起身来后，一会儿指指肖昱，一会儿指指自己，支支吾吾道：“我我我……你你你……我们？”

“你……哦不对，你们……知羡，你打算还要瞒着爸爸多久啊？”余爸爸咳了几声，倚在门边看着紧挨着那两人，眼神里是满满的严肃和失落。余知羡脑海里的弦砰的一声断掉了，百口莫辩。

“不不不，爸，不是你想的那样。我和他就是朋友，朋友而已。”

“朋友？这个年代了，你还让爸爸相信你和他之间是纯友谊？他就是你所说的那个要一起出去吃饭的朋友？”余爸爸板着脸扫了一眼长得俊俏的未来女婿，心里想着自己女儿的眼光也不赖。

“嗯。”余知羡承认，这是事实，但是，在场的并不只有他们两人啊！

想到这里，她赶紧偏过身来对着肖昱挤眉弄眼，期望他能说上几句澄清一下。只是，她怎么也不会想到，这一切都是肖某人一手策划的。

于是，肖昱面不改色地牵起了余知羡的手：“伯父，我必须坦承一件事。我对你家知羡的确心存爱慕，并且还处在相互了解的阶段，希望伯父能给我们彼此一个机会，我会好好照顾知羡的。”

“别给机会！”余知羡指手画脚地反驳道，一张笑脸涨得通红，余爸爸却权当是女儿害羞，乍一看，还真觉得女儿和这位未来女婿有点儿夫妻相呢。

余爸爸又严肃地咳了几声，一双明亮的眼睛在肖昱身上来回扫了好几眼，最后坦诚道：“现在这个年代不比我们那个时候了，做父亲的就是给女儿把把关，给不给机会决定权还是在知羡身上。若是她看上了你，我自然相信我女儿的眼光。”

虽然老爸说得有道理，但是，此时此刻的余知羡实在没法感谢他给予自己的信任啊！

相比起她的啼笑皆非，肖昱倒是风度翩翩。

“伯父说的是。余家教育出来的女儿，自然是慧眼识珠，你说对吧？”他一面顺着余爸爸的意思肯定了一番，一面侧脸揶揄地看了知羡一眼。

余知羡遂更加不知所措了。

她承认了不就拐着弯地表达接受了他？这是个圈套啊！

万年愚钝的余知羡在这一刹那突然机灵了起来，缄口不答。她扯着肖昱的衣袖直接往外走，反正解释就是掩饰，还不如先让老爸冷静一下，回头再谈谈。

一上车，余知羡就忍不住讨伐这个罪魁祸首了。

“肖昱，你是不是还在记恨我在高速公路上的事？”余知羡下意识地将这一系列事件联系起来，她实在想不到这个看起来气度不凡的男人有什么理由要看上自己，还跑来和她开这种毫无准备的玩笑。

驾驶座上的肖昱一听，先是愣了愣，嘴角不禁扯起了一丝苦笑。

“余知羡，在你的眼里，我是那么小心眼的人吗？在你看来，我一而再再而三地出现在你的面前就是因为那件事？”肖昱的眼里倏地闪过了一丝失望。

她竟看不出一丝丝他的靠近。

余知羡呆愣了一下，想也没想：“不然呢？你就算是向绾的铁哥们儿也不该和我开这种玩笑呀！”

玩笑？

一阵紧急刹车，肖昱将车子停在了马路边，拉起手刹，并未开灯地就着月光转过身盯着余知羡。

“这不是玩笑。”他的语气里是前所未有的认真，“对你来说也许很突然，但对我来说，是一个缠绕了二十几年的梦。如果梦想有成真的可能，要我肖昱放弃，没有这种可能。”

内心深处蓦地浮现了一丝丝苦楚与心酸。

时间磨砺了他与她，他们都变了，唯一不变的是他记得她，也认出了她，还好没错过。可是她呢？那个记忆中模糊不清的男孩，早就被她忘得一干二净了吧，只有书中的情节，没有具体的笑脸。

“你在说什么啊？”她听不懂他言语里的落寞。

肖昱小心翼翼地控制住心中的波澜不平，扭过头重新看向了窗外的夜色茫茫：“你不懂，你忘了。”

“我忘了什么？”

“没什么。”肖昱熟稔地从口袋里摸出了一支烟，降下窗子点燃，余知羡这才嗅到他身上一直带有的淡淡的烟草味。此时无声胜有声，余知羡虽然不解，但也知道这时自己最好不说话。

只是，就着香烟，她在肖昱的皮衣上闻到了一种特别的味道，有种说不出的男人味，让她的心莫名安稳。于是闭眼，任由他抽完这支香烟。

把最后一口烟吐尽，像是经历了一个世纪。

肖昱重新发动车辆时，已然不是方才那种略带落寞的神情，像是做了一个重大的决定，他的声音带了点烟嗓的沉闷感，不似往日的直爽明朗：“余知羡，没关系，我都可以原谅。如果忘了，就重新开始，制造我和你的回忆。”

“嗯？”怎么会有这样的男生，莫名其妙，像小说里走出来的男主，前言不搭后语的，是被附体了吗？

余知羡姑且抱着一种将信将疑的心态去接受这个男人青睐自己的事实，但她还是没有回话。如果要认真思量的话，爱情这个东西，她无疑是一无所知。

3.

余知羡和肖昱就这么晃荡到了肖岂沅家。

事实上，肖昱起先打着四个人一起吃顿饭联络感情的幌子，先斩后奏地和肖岂沅说已经在赶往他家的路上，肖岂沅倒是默许了。但向绾和余知羡完全是蒙在鼓里的。

兄弟两个怀着好朋友亲上加亲的腹黑念头，就这么把余知羡和向绾给算计了。

当余知羡在肖昱的带领下把手里拎着的一堆食材放在厨房时，向绾给肖岂沅使了个眼色。

“是你叫的人？你让这小子带知羡来的？”

“别人的感情我不关心。”肖岂沅意有所指地朝厨房里那两人看了眼，随后一本正经地扬起了语调，“要是让这小子的进度都赶超了我，未免太好笑。”

向绾没好气地白了他一眼，掩饰住胸腔里一阵猛烈的跳动，转过身要去厨房帮忙洗菜。

“别去那里，有人不欢迎你去。”肖岂沅看出她的意图，特意提醒了一句。然而向绾就这么听他的岂不是太没面子了，但是想想似乎又有那么些道理，于是磨磨蹭蹭地先将餐桌收拾了一圈。

厨房这头，余知羡正一个人用筷子在搅拌一盆生肉，肖昱不声不响地站在她身边切土豆片，画面和谐到无以复加，但静得可怕的空间反而让余知羡紧张不安起来。

这画面也太像她新书里写的那对恩爱有加的夫妻平时生活的场景了吧！

特别是当肖昱的手越过她的身前，拿起砧板旁的菜刀时，她竟然不由得屏住了呼吸，微不可察地往旁边挪了一步。

刚想着要放点音乐缓解一下气氛，却一不小心手太用力，搅出了一块肉在她洁白的衬衣上。

“啊！”她很小声地嘟囔了一声，随后抹掉了污渍，本是无关紧要的小事，却被肖昱看在眼里。十几秒后，他不动声色地拿起了墙壁上挂着的那条围裙，重新站在余知羡身后。余知羡刚在想这小子切菜切到一半去哪儿了，下一秒一双颀长的手突然越过她的肩，示意她暂停。

然后，肖昱温柔地将那条围裙戴在她的胸前，细心地在身后打了个结。

“小心点，白衣服。”他有理有据地提醒道。

余知羡却慌得不行，连闪躲都没来得及，就被肖昱穿戴好了围裙。她该说这个男人无礼还是贴心呢？但是，她好像并不反感他的这一举动，只是，尴尬到不行。

她的后颈还残留着他指腹轻轻摩挲而过的余温，还有那股淡淡的萦绕于周身的烟草味，一点一点地刺激着她的神经。

紧张得一时脑抽，余知羡开始语无伦次，莫名其妙了。

“你……你现在去上厕所。”她没头没脑地来了这么一句，指使肖昱去上厕所。说出口后，她自己都觉得这个把对方支开的理由令人啼笑皆非，没想到，肖昱竟然应了！

“好。”

他像是察觉到她的不安似的，洗了洗手走开了，留她一个人哭笑不得地在厨房里继续拌肉。

难道这就是传说中的，真正的宠溺就是你闹我陪着你闹吗？

余知羡开始在心里一丝不苟地分析她和肖昱自第一次见面时的几次交集，怎么也没想出他能看上她的原因。难道说，这其中还有什么隐情？他只是玩玩？

可是，能和向绾交朋友这么久，他大概坏不到哪去。

胡思乱想中，余知羡忽然意识到一个问题：自己为什么要这么认真地去分析肖昱这个人嘛！难道自己已经开始忍不住留意这个男人了？

不不不……

“啊！”

事实证明，神游的结果就是闯祸，一盆肉全倒在地上了。这一声惊呼后，余知羡目瞪口呆地看着满地的残局，快被自己蠢哭了，她今天不仅穿了白衬衫，还穿了双白色的帆布鞋！

十几秒后，在客厅里“无所事事”的向绾和肖岂沅不约而同地看到肖昱从厕所里飞速冲到厨房的身影，非常有默契地对厨房里的那一声尖叫选择了无视。

唉……知羡啊知羡，不是姐妹出卖你，是这个男人的确优秀不已。这么想着，向绾心中的负罪感顿时少了不少。

“你没事吧？”肖昱刚冲进厨房，就看到满地的肉，眼神在余知羡身上来回扫了好几遍，确认无事后，方才松了口气。他走上前一步，牵起她的手看了看。

不是刀伤，那就好。

“对不起……我太大意了。”一边蹲在地上收拾残局，一边诚恳地道歉，做错事的余知羡已经卑微到土里去了。肖昱却一边安慰她，一边让她到旁边休息。

“人没事就好。”

天晓得他在厕所里听到那一声尖叫时有多么紧张，脑海里已经浮现了一百种可能出现的最坏结果。好在并没发生什么。

于是，两人一起重新处理食材，还好买的量并不少。

只是，对于发生了什么一无所知的向绾和肖岂沅来说，这顿晚饭的进展也忒慢了点。这是要把晚饭吃成夜宵的节奏吗？

肚子饿得咕咕叫，向绾又扫了一眼客厅的时钟，终于忍不住了，跑到厨房一探究竟。她的眼神一向好，一进厨房，就看出了两人间有猫腻了！

“你们刚刚……”向绾站在厨房门口，看着转过身来的两人，一惊一乍。

“我们刚刚……”两人莫名其妙地看着她不怀好意的神情。

“你你你！”向绾忽然叉着腰手指着肖昱，不可置信，“你想对她做什么？你刚刚脱裤子了？”

此话一出，肖岂沅也出现在了门口。

这小子不至于吧！

然后，他抬眼一看，清晰地发现肖昱的“大门”没关。

“……”兄弟，注意一点形象啊！这下肖岂沅也没话说了，走过去拍拍他的肩，叹了口气。肖昱被这帮人整得一头雾水，低头一看，才发现自己出糗了，顿时背过身去，冷汗如雨下。

余知羡是最后反应过来的人，一张脸已经红到不能再红了，大概是因为他们之间真的发生了点什么有点心虚吧！但是她知道，他马不停蹄地从厕所赶来，出现这样的失误似乎在常理之中，这么说来，在那种情况下他的反应，能不能解释为，他对她的确动了真心呢？

竟暗自为他不是欺骗自己而松了口气。

只是，她越是解释越是抹黑。

“不不不，不是你们想的那样！他刚刚上厕所忘记了，我可以证明！”

“你证明？”向绾突然哈哈大笑，揶揄地看着余知羡，“宝贝，我这是担心你的人身安全，男人嘛，万一这小子真是个衣冠禽兽，我不会饶了他的！但是，你怎么给他证明呢？你看着他上的厕所？”

“我没有！”余知羡立马反驳，实在想不出理由了，情急之中脱口而出，“但是我相信他！”

“啪啪啪！”三声掌声应声而响，向绾坏笑着看着余知羡，余知羡的样子的确不像受到了伤害，这样她就放心了。

“感人！一切托付终身都是从信任开始的。”

“向绾你太坏啦！”余知羡终于不堪一击地扔下围裙不干了。她怎么感觉所有人都在将她往肖昱那里推呢？

于是，余知羡不堪被开玩笑想要逃离现场，结果一脚绊到了客厅里地板上插座的电线，一锅滚烫的汤水洒在地上不说，重要的是她直接呈八字倒在了地上，脚踝处一阵痛楚传来。

连逃跑都这么没骨气的吗！

她悻悻地爬了起来，肖昱的一双手却已经出现在她的身边，皱着眉望着她，像是忘却了方才他才是那个被人嘲笑的对象。

“还起得来吗？”他只关心她的安危，至于其他，他都可以不在意。

这么一说，余知羡才发现自己的脚崴了，脚脖子处已经红肿起来。肖昱顺着她的眼神很快发现了状况，没有征得她的同意就将她背了起来。

“哥，这顿饭是没法吃了，我带她看医生去。”他匆匆丢下三两句话就破门而出，只留下肖岂沉黑着脸站在厨房里盯着这如同神一般的剧场。

这小子说带人来吃饭，用他的场地他的厨具，唯一贡献的肉打翻了一地不说，现在连他家的锅都砸了，洒了一地汤水，最后整得他和向绾饿肚子啥也没吃！

他是翅膀硬了，无法无天了吗！

一声咒骂，百米外的肖昱打了个喷嚏，划破夜色沉寂。

此时此刻，余知羡趴在他的背上不知所措。

“肖昱，你放我下来，我自己能走。”她倔强地嘴硬道，明明是不好意思，在肖昱看来却是一味地想摆脱他的亲近。

“你都伤成那样了，你还说没事？余知羡，你能不能别在该柔弱的时候这么倔，就像从前一样。”肖昱的脑海里陡然浮现了二十几年前，那个受了委屈难过得要死，还要逞强地躲在角落里佯装不在意，拒人于千里之外的小女孩的模样。

“什么？”余知羡又一次没听懂他在说什么了。但，她忽然想起了一件事。

一件很久远的事了……

这是她第二次被一个男人背着行走在大街小巷里，上一次，是在很久很久以前了。

那是二十几年前一个微醺的午后，她把鞋丢了，光着脚丫子委屈地待在角落里不敢动弹，是他把她背回了家。

只是，男孩的后背不似眼前这个男人一般厚实伟岸。

思绪飘来飘去，余知羡也不知道为什么在这时突然想起了他，她只隐约听到前面那人飘来了几句，语气里酝酿着一种迷人的甘醇。

“余知羡，一如二十年前一样，你趴在我的背上。”

4.

一觉醒来，余知羡仍对昨日发生的事耿耿于怀，并非气赧，而有些娇羞。

“向绾，昨天你怎么开我和肖昱的玩笑呢？”电话里，余知羡佯装生气地讨伐向绾。过了好半天，才听到向绾有气无力的声音。

“姐妹，所以我这么做是遭天谴了吗？拉了一晚上，急性肠胃炎了。”

余知羡惊得从床上坐了起来。

“你什么情况？怎么会突然生病？”

“说来话长，你们走后我饿晕了，我和他出去吃饭来着，我不想吃他那个馆子，就贪吃了几口路边摊，回来就拉晕了。老娘这脸面都不知道往哪儿搁了。现在躺在床上都要怀疑自己肛脱了，唉……”向绾一边痛心疾首地后悔着，一边搓着被角，听见门外的动静。

“我的天，我去看看你！”余知羡赶忙下床穿衣服，却在一会儿后听到肖岂沅的声音，那个熟悉的嗓音清晰地从听筒那头传来。

“不用了，她有我。”说罢，电话就嘟嘟地挂了。

这下，余知羡为难了。

她是该去关心呢，还是不该去打扰呢？

算了算了，真怕看到一些不该看的东西。

“肖岂沅，你干吗？”这头，对走进屋子莫名抢自己电话的肖岂沅不明所以的向绾没好气地瞥了他一眼，但是她实在没力气和他吵。

“你生病了，需要休息。”肖岂沅的语气不容置喙，但显然带了一点柔和的味道。他伸出手将向绾散乱在额前的碎发拨到了两边，就着床沿坐了下来。一只手轻轻抚在她的额头上，感受着她最直接的体温。

“嗯……没发烧。”他淡淡地下结论道，却发现向绾的耳根处红得像是要滴出血来。嗯哼，内心轻笑了一声，只见眼前这个女人飞快地闭上了双眼，佯装睡觉，脸颊却浮现了两朵红云。

她还没说出口原谅他的隐瞒，接受他的身份，但她的心明明已经在告诉他答案了吧！

肖岂沅一向自信，在感情上，他不强求，但如果是属于他的，他绝不怯弱与含糊。

“睡吧。”他很轻很轻地附在她耳边呢喃了一句，向绾更惊得心怦怦直跳。原本打算装睡，这下有点受不了了，只得一个翻身用被子蒙住头，呼呼大睡。

再醒来时，已是日落时分。房间里的窗帘被拉上了，四周有点昏暗，她睁开眼，看见床沿处空无一人，内心一瞬间有些失落。

他去上班了？

她蹑手蹑脚地翻开被子，光着脚丫子下床开灯，突然看见厕所门那里站着个熟悉的人影。

“地板凉，听话，穿鞋。”他一步步地靠近，然后弯腰，拿起棉拖，坐在了床沿上。他噙着笑看着她，然后伸出一只手拍了拍被单，声音闷闷的，和房间里昏暗的气息混为一体，“向绾，过来，穿鞋。”

那语气，就像家长在招呼不懂事的小孩子一样，成熟、体贴、温暖。

向绾本欲脱口而出“不要”，身体却诚实地朝他走去。最后一反常态地乖巧地坐在床边，任他弯下一向直挺的腰背，替她穿好鞋。那一刻，向绾内心的城池崩塌了，她知道自己完了，也原谅了。

可是，没关系怎么能那么容易说出口呢！

她可是向绾啊……

于是，她重新钻回了被窝里，示意自己还没睡够。肖岂沅当然看出了她的意图，突然从书桌上端来一碗热气腾腾的粥，站在床边，好笑地看着耍脾气的某人。

“吃了再睡，你生病了。”

“不要。”向绾沉声拒绝。

“我是医生。”肖岂沅一本正经地劝她，向绾一本正经地回答。

“医生就医生，你管不着我。”

“可我不只是医生，你不只是我的病人，你还是我肖岂沅的未婚妻。”此话一出，向绾觉得自己脑袋瓜又要晕乎乎了。她承认，自己不是他的对手，一句话就能让她心神恍惚，想入非非，心波荡漾。

但她还是继续嘴硬：“哦。”

“还是说，你想换个方式吃？”沉默了一会儿，肖岂的声音再次响起。

向绾莫名有种不安，不知他葫芦里卖的什么药。哦不，他就是颗药，事到如今，她心底早就已经接受这个事实了。

“什么？”

“你不想吃饭，吃药也行，如果你想的话。”他的声音莫名带着隐忍的笑意，向绾的脑袋瓜飞快地转动起来，然后秒懂了他的意思，“咻”地从被窝里坐起身来，端起碗筷就乖乖地要吃饭。

肖岂沅见她这般猴急，没忍住又闷笑了一声。一双手覆上她捧着碗的手，顿时感受到她的冰凉，他的眉宇皱成了一个川字。

“把手伸进被窝，我喂你。”这一次不再是陈述句，而是命令。

向绾明显听出了他的强硬，只好把手缩回被窝里。昏暗的屋子里，随即出现了这样一番场景：万年自傲的肖岂沅低头喂向绾喝粥，吹吹热气试试口温，一勺一勺送到嘴里，那样子，要多温馨有多温馨，简直让外人难以想象。

而当事人向绾只觉得自己像漫步在云端，心动的感觉，欢欣的感觉……各种激昂的情绪扰得她脑袋里似乎有一团糨糊，再躺在床上时偷偷笑成了爱情的模样。

原谅？

不得不原谅，这只是时间问题。

只因为，他是肖岂沅。

几分钟前，他一边喂着她，一边认真地和她说着——

“向绾，养好病，我要你做我的新娘。”

5.

一轮红日已经似有若无地挂在天边，微光渐渐消散，转而被一种白色的熹光笼罩着，微凉，渐暖。

向绾拢了拢头发，将身上的睡衣裹紧，忽而感到脖子下枕着一只手臂。思绪渐沉，迷蒙间睁开双眼，一张熟悉的面孔随即映入眼帘，惊讶、害羞与慌张汹涌澎湃在心头萦绕不去。她当然知道枕边的人是谁，却对这飞速的进展有点儿措手不及。

是谁准许他不经同意就钻进被窝取暖的？

自作主张的臭男人！

但是……咦，好像取暖的人不是他，而是她才对。

她分明感受到被窝里的一只手像触电了一般，冰凉的手心里传来阵阵暖意。包裹在它上面的，是另一只宽大的手掌。

他的手还是像从前那个夜晚里那样温热，而她还是一样冰凉。

没忍住调皮的念头，用冰凉的脚尖去试探着另一双脚的所在，故意触碰了一下，却被突然响起的声音吓了一大跳，做贼心虚地缩回了脚丫子。

“你醒了。”两人异口同声道。

随后，是短暂的尴尬。好在向绾摆正了心态，经过这一夜她早想明白，也没有必要做个扭捏的人把话藏心底了，大大咧咧才是她一向的风格，在感情上也不例外。

“肖岂沅。”她哑着嗓子呼唤了他的名字。

肖岂沅的眼睛里忽然翻涌了星辰大海，闷闷地应了她一声“我在”。

“嗯……肖岂沅，你是颗抗过敏的药丸？”

“嗯。”

“而我，天生就是易过敏体质。”

“嗯。”

“踏破铁鞋无觅处，得来全不费工夫。我想这会不会是命运的安排，天作之合。”说完这句话，向绾都忍不住笑了，但是这的确是她这几天常常在想的一件事。

他的特别，只有她懂。

他就是她的灵丹妙药，还是免费的永久性抗过敏药丸，长期食用还无副作用。

一颗心又开始发烫发热，连同四肢，连同面庞。好在晨光是她最好的伪装，没有照亮此刻她脸上的羞赧。肖岂沅却感受到了周遭温度的升高。

“向绾。”他轻唤她的名字，说出埋在心底已久的话，“我的人生中从来没有过意外，包括你。从前我只当你是个不速之客，但后来，我很清楚，你不是意外，你是我注定的必然，命运把你带到我的身边。我这个人从不信命，但这一次如果是命运的安排，我愿意妥协。”

为了你，我相信命运。

6.

如果不是医院那头催得紧，肖岂沅是不会这么善罢甘休早早地爬起床来去上班的。千叮咛万嘱咐向绾记得按时服药后，他才放下半颗心去上班。

好在向绾的身子骨也并不弱，在肖岂沅几天的照顾有加后，开始一如既往地大鱼大肉了。并且全然没有了生病时那副妥协的模样，重新开启了雷厉风行的女戏精模式。

这模式……连一并沉浸在恋爱氛围中的肖岂沅都快招架不住了。

每天醒来，对着日历的向绾第一句话总是这样的：“今天是××××年××月××日，请问肖岂沅先生什么时候要娶我呢？”这个女人俨然变成了他的头号粉丝，从手机屏保到家中海报，全是他的照片，行走在外就差没带着一块名牌宣示对他的主权。

果然，她是上天安排来降服他的妖精！

虽然，肖岂沅时常感到自己的脸面被这个女人给丢尽了，却心甘情愿地被这么“折磨”，谁让他爱上她呢？

出于经验之谈，他也料到了今晚的这场家庭聚餐必定有一出好戏在等着自己。

“绾绾啊，妈妈都多久没见你了！想死你了！”

“臭小子，有时间应该多带我孙媳妇回家看看这些个长辈。”

“向绾，你爸和我给你俩看好了婚期，是不是该摆上日程了？”

“……”

一进家门，向绾和肖岂沅就被一众长辈围攻了。电视机里，春节联欢晚会播得热火朝天，饭桌前的火锅热气腾腾，这一天，正是大年三十的夜晚，两家人围坐在餐桌前谈笑风生。

正播放一出小品《情书》，借着这个节目，老一辈不由得开始侃侃而谈，肖大状借着兴头多喝了几杯酒，开始话痨起来，讲起了年轻时写情书的事。

肖爸爸和向爸爸也开始跃跃欲试地分享年轻时那点儿事，说着说着，也不知怎的聊到了肖岂沅身上。

“这小子，从小就是块木头，甭提了，别说是情书，一个情字怎么写都不知道呢！要不是遇到了向绾，现在估计还是个木头人。”肖爸爸一针见血地评价自己儿子，肖岂沅闻声虽脸色暗了下来，却是没说什么。

这下，一桌子长辈开始止不住地揶揄肖岂沅了。

眼看着自己人被戏谑，向绾表示忍不下去了。

“谁说他没写过情书？他给我写的情书我到现在都能背得出来呢！”

“啊？”一众人满是姨母笑地盯着向绾来回打量，一个个眼睛里都充满了好奇心，他们的确是想知道出自这个木头男人之手的情书会是个什么样子。

于是，向绾在威逼利诱下迫不得已地开始了说谎不打草稿的行径:“内容是这样的，亲爱的向绾，你是风儿我是沙，我对你情也深深雨也蒙蒙，你就是我的小苹果……”

向绾叽里呱啦不带喘气地胡言乱语、长篇大论后，除了电视机里的声音，一众人全部用一种惊疑的眼光盯着当事人肖岂沅，沉默了。

这是什么小学生情书？内容乱七八糟，东拼西凑，幼稚到不能再幼稚，甚至……有那么点可笑。对肖大状来说，打死他也不相信这是自己优秀的孙子写的啊！

于是，他一本正经地咳了几声：“岂沅，这当真是你写的吗？”

肖岂沅放下筷子，不紧不慢地抽了张纸巾擦擦嘴角，一个眼神对上了向绾的脸，淡然地“嗯”了声。他就这么轻易地承认了，虽然他明明是应该欲哭无泪才对，但是……

没辙了，他认了。

旁边那位可是向绾，无法无天能大闹天宫的向绾，胡闹嘛她最在行，她开心就好。

只是他做梦也想不到，一向狂妄的自己竟有一天会栽在一个女人的手里，心甘情愿服服帖帖。

肖岂沅无奈地笑了笑。

向绾看在眼里，自知自己说过了头，莫名心虚地拿起食物开始往嘴里塞，直到堵满嘴巴，说不出话来。

“少吃点芒果。”肖岂沅将她的一举一动看在眼里，眼看着她已经吞下第十块芒果肉了，心里莫名有点担忧。他的担忧不是没来由的，芒果吃多了对她而言的确不好。

“不怕，不是有你嘛。”向绾边吃边抬头，朝着肖岂沅露出一个甜美的微笑。

向绾对自己也有自知之明，收到提示后就禁口了。但她还是高估了自己的体质。

等到零点过后，四处的礼花和烟火声响彻天际，向绾早就窝在房间里洗澡了。面对着水汽氤氲的镜子，她清晰地看到自己的皮肤上那若隐若现的红色斑痕，轻叹了口气。

裹着浴巾走出房门，本想在房间里找找有无备用的药，却一眼看到坐在床头的肖岂沅。

“你怎么在这儿？”她惊呼了一声，攥着浴巾的手莫名紧张地用力起来，羞赧不已。

“被赶过来了。我房间被锁了。”肖岂沅言简意赅地坦诚道。有肖妈妈在，大年三十让他们睡一张床，这是势在必得的事啊！

“不过，我们也不是没一起睡过。”他压低了声音似是自言自语。

向绾却听得分明，鼻息热热的，思绪开始飘回那个清晨，他和她最近的那一次接触，脸色红了红。

“你过敏了？”肖岂沅选择性地忽视了她脸上的不自在，注意力全然在她的皮肤上。要说面对这样一个玲珑有致的女人，他毫无感觉，那是不可能的，只是，他似乎还没想好怎么开始，只是习惯性地为了她隐忍着。

有些事，他一向尊重她的意愿。

但是，她似乎并不排斥。

向绾缓步走向肖岂沅，踮起脚，伸手挽住他的脖子，毫不遮掩：“肖先生，我过敏了，所以快为我治疗。”

- 全文完 -

自从向绾怀孕后，肖岂沅就没过过一天安心日子。对肖家人来说，也是天天有“惊喜”！

因为，向绾实在是——太不像一个孕妇了！

她的身体素质可谓是达到了人生巅峰水平。怎么个巅峰法呢？

吃啥啥不怕，喝嘛嘛也香。完全就不是一个孕妇该有的状态，好像肚子里的孩子是人类和药丸的超强结合体一般，具有极其顽强的生命力和抵抗力。也正是在这样的情况下，这孩子注定将拥有一个不平庸的名字。

这天中午，一家人围在一起吃饭，正谈到兴头处，向绾忽然“啊”

的一声，放下了手中的筷子，摸着圆鼓鼓的肚皮，自言自语：“你再拳打脚踢，再拳打脚踢我的肚皮要破啦！你给我老实点！”

“怎么啦？”

“绾绾，你没事吧？”

一家人见她皱着眉头情绪上头了，纷纷关怀备至地凑到一边嘘寒问暖。向绾只是摆摆手，大大咧咧道：“不碍事，不碍事，就是这小小子实在是太皮了！我得想想怎么治他。”

话音刚落，肚子上又是一阵倒腾，向绾禁不住捂了捂肚皮，嗔怒：“好啊你！你给我消停一会儿！再不停下来，我就——”

就什么？

肚子里的孩子好像在无声地反问她，不仅没有收敛，反而变本加厉地折磨向绾……

向绾气呼呼道：“行！你就叫‘肖停’了，你不停下来，你以后就用这个名字了。”

“……”在场的肖家人差点没一头栽倒在地上，肖妈妈口中的饭瞬间喷了出来。

“绾绾，你……你不会是在开玩笑吧？”

“没啊妈，我没开玩笑呢！最近我也正想着该给这孩子取个什么名字，现在灵感一来，简直是天赐的，你不觉得和这顽皮的宝宝相当匹配吗？”

“这——”肖家人开始面面相觑，脑子飞速地转动起来，一边眼神交流，一边思考该怎么劝向绾放弃这个奇葩的名字。

然而，向绾却越说越起劲："妈，我想了想，你要是不满意这个名字，我还能再给你想一个。比如肖费啊，肖失啊，肖张啊，肖除，肖化，肖十三郎……"

肖大状手一松，筷子上夹着的菠菜"啪嗒"一声掉在桌面，嘴皮子哆嗦了几遭，笑容渐渐消失。

"孩子啊，咱这取名字可不能随便是吧！"肖大状试图委婉地把这个异想天开的孙媳妇拉回正常的轨道上来。

但这个孙媳妇显然不是个一般人。

"爷爷，您这么一说，我觉得很有道理。取名字的确不能随便，但要独特啊！咱图的就是别具一格，我向绾的孩子怎么能叫肖十三郎这么普通的名字呢！那就肖张了，我怎么看都觉得很适合形容他天天好动的性子。"

这下，肖大状都要没话说了，给肖妈妈使了个眼色，意思是，等岂沅回来再看着办吧。

于是，肖岂沅接到了一通电话后，不紧不慢地回家了。他只不过是下班回家晚了，儿子就叫"嚣张"了？怎么不叫"销赃"呢？

他苦笑了笑，将从浴室里出来的向绾扶到了床上。

"向绾，孩子的名字——"刚要开口和她讨论，寻找可扭转的余地，却看到向绾笑嘻嘻地盯着他的袖口看，一颗纽扣摇摇欲坠，像是要掉了一般。

"我给你缝缝。"说罢，她捂着肚子缓步走到梳妆台上拿针线，再重新回到他的身边坐下，取出针线，"咦？你刚刚要和我说什么？

是名字的事吗？”

“嗯。”肖岂沅看着她温柔的面庞，顿了一会儿，语气淡然，转而笑道，“没什么，我只是觉得你这名字取得很好。”

“很好？”真的吗？她还以为只有她自己这么觉得呢！

“当然。”他说，“这名字，一看就是你生的孩子。”

“对对对！”向绾感觉到自己的良苦用心终于被理解了，开心地哈哈大笑。

看着她舒心的面庞，肖岂沅宠溺地揉了揉她的头，不再言语。

不管是“肖张”还是“肖停”，只要他们的母亲是向绾，这就够了。

“啊！”漆黑的夜晚，向绾忽又惊声一下，惹得肖岂沅紧张兮兮。

“怎么了？”

“没怎么。我想，肖停和肖张怕是不够厉害，治不住这孩子了，得想个更厉害的名字了！”

“行，你怎么开心怎么来。”肖岂沅摸着她的肚皮，心满意足地让她靠在自己的怀里，窗外的圆月好似他现在的心情一样，盈满、充实。

“我又忘了，孩子的名字叫什么呢？”黑色轿车里，余知羡靠在车窗边小心翼翼地装着彩礼钱，低着头问了身边的肖昱一句。

“肖停和肖张。”肖昱很耐心地又一次回答了这个问题。

向绾生了对龙凤胎，好在并不是什么怪物，只是身份依旧特殊——据药精肖妈妈所说，这个孙子是颗抗抑郁症的人体药丸。

余知羡听了这个名字，笑了笑，趁停车的空当，从包里掏出另一只空的红包在上面写好名字，准备往里面塞钱。

肖昱全然看在眼里。

“你这是做什么？”他停下车，把手伸了过去，指尖轻轻拈起一只红包，看见上面赫然写着“肖昱”两个大字。

“帮你写红包啊！”

“我知道，但你为什么要分开？”

“本来就没有一起包的理由呀……我和你，这……这不是还没成吗？”余知羡糯糯地解释道，结果话说到一半，就被肖昱嘴堵住了嘴，狠狠地惩罚了一番。

“唔唔唔……”

在吻得过瘾了之后，肖昱方才给了某人一个喘息的机会。

“你自己说，咱俩成了吗？”他坏坏地勾起嘴角一笑，一手重新搭在方向盘上，发动车辆。

余知羡的势头顿时矮了半截。

“哦。”

“那你知道该怎么做了吗？”

“知道……”她憋屈地撇了撇嘴，重新又拿了一只红包出来，在上面小心地添上了“肖昱、余知羡夫妇”几个字，肖昱瞄了一眼方才心安理得。

“你很委屈？”语调一扬，他故意问道。

“没有没有。”余知羡怯怯地盯着马路中央的监控探头，生怕肖昱再在车里做出什么奇怪的事，遂口是心非。

于是，递上彩礼的那一刻，余知羡明显感受到了向绾狡黠的笑容。

“怎么，婚期安排上了？”初为人母的向绾自然而然地将孩子递给站在一侧忙着招呼客人的肖岂沅，满脸姨母笑地看着余知羡，然后让她把这些不必要的礼节收了去。

“彩礼你自己留着，当你俩结婚时我给的，哈哈哈！”

“这……”余知羡不知所措地抬眼看了下肖昱的表情,脸蛋红了红。

“我和知羡该发生的都发生了，还差一个婚礼？你这份礼回得太晚了。”肖昱直率地损了损向绾，话音刚落，却被余知羡一个巴掌打在了背上，一张脸羞得通红。

太丢人了吧！他再口无遮拦，她要生气了！呜呜呜……

于是，肖昱成功地陷入了被余知羡冷战的恐慌中。

心情不爽的余知羡索性坐得离肖昱远远的，还破天荒地做了回坏小孩，喝了几口酒。等到宴席终于散了，她也不等肖昱来接她回去，拿起包就想走人。一个人走了几步，心里想着，他怎么还不来追自己啊？却一个转头，远远地见他从百米之外跑了过来。

她望着他走过的路，不知道是从什么时候开始，每一步留下的，都是她的心跳。

“你来干吗？”她口是心非地扭头就要走。

肖昱被她这头一回的“作”给逗笑了。

“我来找回我的东西啊！”

“你的？哼！我才不是你的！”

“我也没说那个东西是你，你自己非说是你自己，那我也没办法了。”肖昱笑了笑，一副运筹帷幄的样子，把余知羡又气到了！

这下，她终于发威了，踮起脚尖凑上前就在肖昱的嘴上咬了一口。

肖昱吃痛地叫了一声。

前所未有！

“你喝酒了？”

“没喝酒就不能咬你？老虎不发威，你当我凯蒂猫啊！”余知羡反问。

“不是，”肖昱忽然爽朗地笑了笑，嘴上残留的余温仍感受得到。他赶紧纠正，“我是说小酒怡情，你喜欢的话以后天天给你喝！”

又中了他的圈套！

语毕，余知羡就被这个男人吻得七荤八素，身子骨都酥软了。

看来，她真的是拿他没辙啊！怎么就被他吃得死死的呢。

关于这个故事，是在一个夏天诞生在我的脑海里的，也是我诸多脑洞中的一个，它的的确确是一个无底洞了，比起我其他脑洞的话。所以，真正去细思、完善这个故事的时候，并不是个一挥而就的过程。

真正执笔去写这个故事，是在我最繁忙的时候。忙到身心俱疲，日夜颠倒，却痛并快乐着，因为我同时在追求两件我所热爱的事——写作与音乐。所幸，我有同时去坚持两个信仰的勇气，并无悔地付出着。令我感到幸运和欣慰的是，我没有让这个故事的雏形只是雏形。这部作品就像我的一个孩子，它来了，我就不会让它胎死腹中，或者在半途难产而死。于是，坚持与热爱，让它与读者成功见面了。

写作和音乐是我生命中两个重要的舞台，它们来源于我的生活，又反映着我的生活。怎么说呢？药丸人？过敏症患者？听着真是有点扯，但实话实说，文中的向绾身上有我自己的影子——她戏精、外向，有时候还有点神经质，思维跳脱，最重要的是，她是一个易过敏患者，没错，这就是本人！作为易过敏人群，成天动不动就跑医院已经成了我的痛处！呜呜呜……所以，请问，我的“药丸人”先生什么时候可以空降在我的人生里呢？

我猜，是下一秒。

每一秒，我都对我的生活充满了期待和期许，即使是在我忙到要“自闭”了，还天天抱着愧疚的心情拖稿，熬夜写稿的那些时日里，我依旧没有想过放弃正在坚持的东西。

一路走来，我要感谢身边鼓励、关心着我的人，最要感谢的，是我最最美丽可爱的编辑橘子姐姐，是她的鞭策与宽容陪伴着我一路负重前行，在一次次的瓶颈中重拾希望、整装而行。

关于作品，我不敢说呈现在读者面前的是一部成功的作品，最好的作品，但，它一定是不乏诚意的一部作品。我享受用心谱写它的过程，也企盼着你们能从中感受到欢笑与暖意，哪怕只有一丝丝，我也心满意足，心存感激。

关于爱情，我有太多话要说。但在这个故事里，向绾和肖岂沅的爱情，代表的是我关于爱情的一部分期待。这是一场势均力敌的爱情，棋逢对手，越挫越勇。他们在一起不会是玉石俱焚，而会是相得益彰，这是我最崇尚的，关于爱情的模样。

最后，我要把这世上最好的祝福和暖意送给我亲爱的读者们，我愿每一个等待爱情的人，都得偿所愿。只要你不离开，他一定会来。

这个故事，到这里就结束了，但……

亲爱的，生活在继续，梦想还在继续，我，还在继续……

艾拟

扫码即可在喜马拉雅 FM
收听到这本书哦！

图书在版编目（CIP）数据
等等，这个婚约有猫腻 / 艾拟著. -- 上海：上海文化出版社，2019.6
ISBN 978-7-5535-1600-4
Ⅰ. ①等… Ⅱ. ①艾… Ⅲ. ①长篇小说－中国－当代Ⅳ. ① I247.5
中国版本图书馆 CIP 数据核字（2019）第 098043 号

责任编辑 蔡美凤
特约编辑 杨吉晨
装帧设计 孙欣瑞 西 楼
封面绘制 扎小扎
印务监制 周仲智
责任校对 周 萍

等等，这个婚约有猫腻
艾拟 著

出 版 上海文化出版社
出 品 上海故事会文化传媒有限公司
（200020 上海市绍兴路 74 号 www.storychina.cn）
发 行 上海文艺出版社发行中心
（上海市绍兴路 50 号）
印 刷 长沙鸿发印务实业有限公司
开 本 880×1230 1/32 印 张 9.125
版 次 2019 年 8 月第 1 版 印 次 2019 年 8 月第 1 次印刷
书 号 ISBN 978-7-5535-1600-4/I.611
定 价 36.80 元

上海故事会文化传媒有限公司 出品（00871）www.storychina.cn

本书如有印装问题，请与印刷厂联系调换。联系电话：0731-82755298